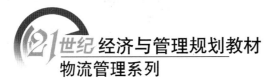

21世纪 经济与管理规划教材

物流管理系列

现代仓储管理与配送中心运营

WAREHOUSING & OPERATION OF DISTRIBUTION CENTER

刘 俐/编著

U0133257

北京大学出版社
PEKING UNIVERSITY PRESS

图书在版编目（CIP）数据

现代仓储管理与配送中心运营/刘俐编著.—北京:北京大学出版社,2008.8
（21世纪经济与管理规划教材·物流管理系列）
ISBN 978 - 7 - 301 - 14100 - 7

Ⅰ.现…　Ⅱ.刘…　Ⅲ.① 仓库管理 - 高等学校 - 教材　② 物流 - 配
送中心 - 经济管理 - 高等学校 - 教材　Ⅳ.F253

中国版本图书馆 CIP 数据核字(2008)第 112167 号

书　　　名:现代仓储管理与配送中心运营

著作责任者:刘　俐　编著

策 划 编 辑:石会敏

责 任 编 辑:石会敏

标 准 书 号:ISBN 978 - 7 - 301 - 14100 - 7/F·2008

出 版 发 行:北京大学出版社

地　　　址:北京市海淀区成府路 205 号　100871

网　　　址:http://www.pup.cn　电子邮箱:em@pup.pku.edu.cn

电　　　话:邮购部 62752015　发行部 62750672　编辑部 62752926
　　　　　　出版部 62754962

印 刷 者:北京大学印刷厂

经 销 者:新华书店
　　　　　　730 毫米×980 毫米　16 开本　19.75 印张　334 千字
　　　　　　2008 年 8 月第 1 版　2008 年 8 月第 1 次印刷

印　　　数:0001—5000 册

定　　　价:33.00 元

物流管理系列教材
编 委 会

编委会主任：王稼琼

编委会副主任：王旭东

编委会委员：邬　跃　孙秋菊　崔介何　张耀荔

　　　　　　刘　俐　张旭凤　张志勇　张　涵

　　　　　　李彦萍　王红江　王微怡　魏巧云

　　　　　　王晓平　白晓娟　陆　华　温卫娟

　　　　　　田　雪

（以上排名不分先后）

控制方面增添了许多新内容。

本教材在阐述基本原理的同时运用了较多的案例,且每章都有精心配置的思考题,因而适合物流管理专业本科和专科教学使用,同时也有利于物流工作者和其他专业学生自学。

此教材可以说是《现代仓储运作与管理》的第二版。《现代仓储运作与管理》是本人多年教学实践的总结。自 2004 年出版以来,逐步得到社会各界的认同,被许多院校和企业选用。此间三年多的校内外实践又有些新的心得,希望借此改版契机与同行分享。

改版工作得到教研组同事李彦萍老师的大力支持,她在第五章和第九章的相关指标内容上提出了建设性意见,在此向她表示衷心的感谢。还要特别感谢国药物流中心的朱文小姐和海南航空的富九如先生所提供的创新案例,以及研究生孙梦水、李世芳参与了这次改版数据更新。此外,更要感谢我的家人,并把这一新书献给他们,因为他们是我快乐生活的动力。本书中引用了许多同行的成果,在此也向他们表示感谢。

对于书中出现的错误和遗漏,恳请同行和读者给予指正。

刘 俐

2008 年 2 月

前 言

　　由于某些产品的生产相对集中而消费分散,或生产分散而消费相对集中,出现了生产与消费在空间上的矛盾;同时,又由于某些产品的生产是均衡进行的而消费是有季节性的,或生产是季节性的而消费是均衡的,出现了生产与消费在时间上的矛盾。物质产品生产和消费之间这种时间和空间上的差异,使得在有人类活动的每个地方,为了保障人们正常生活和生产的需要都必须储存一定数量的必要资源。

　　在生产全球化、贸易自由化程度不断加深的现代社会中,商品的供应者和消费者更是由于处于不同的地位,经常会出现利益上的冲突,使各种形式的储存活动广泛存在于各个领域、各个部门和各个组织中,始终是商品流通过程中一个不能够去掉的环节。

　　商品的储存活动是商品生产和流通中供求矛盾的集中体现,任何一个企业或部门或国家都需要进行或保持某些储存活动,马克思曾把储存称为社会再生产这条大河中的"商品流"的"蓄水池"。当大河上游生产(供应)的"商品流"大大超过下游消费需要时,关闭这一"蓄水池"的闸门,就不致使"江河泛滥"。反之,当上游生产(供应)一时不能满足下游需要时,"蓄水池"中的资源可以保证下游的一时需要。特别是在全球供应链的生产与运作环境下,企业或组织间的协同更加重要,某个企业或组织的库存问题带来的影响将会波及整条供应链,致使库存形式更加多样化,库存管理要求更加严格。

　　有了必须保持的库存,就必须有存放这些库存的场所——仓库。为了保证库存物品的完好,保证及时的供应,仓库管理者或经营者需要充分合理地利用仓库中的人、财、物资源,从而使仓储规划与运营成为企业或部门生产和经营管理中的重要内容之一。

　　现代的仓储管理与传统的仓储管理相比较,在管理理念、管理技术等方面发生了许多变化,传统的仓库在客户增值服务需求不断增加的情况下,更多地向配送中心转变,这也是本人将《现代仓储运作与管理》改名为《现代仓储管理与配送中心运营》的原因,新版在规划流程与方法、运营绩效管理与

目　　录

仓储管理概述

主要内容

- 库存的类型与作用
- 仓储管理的作用和模式
- 仓储管理的任务、原则和特点
- 中国仓储业的历史和发展

纵观再生产的整个过程，仓储管理活动在任何领域都是一个客观存在，是不能被其他物流活动所轻易替代的，即使在各种企业大谈"零库存"、"JIT库存"和供应商管理库存的今天，库存本身也只是由社会再生产的一个领域转移到了另一个领域，可以毫不夸张地说，科学地进行仓储管理是一个企业、部门，乃至一个国家发展的基础。

本章从经济活动中各类型库存的作用入手，阐述仓储管理的重要性和管理模式，然后分析仓储管理自身的特点和原则，要求了解库存的类型与作用，掌握仓储管理的作用与模式，掌握仓储管理的任务、原则和特点，了解我国仓储管理的历史与现状。

第一节　库存的类型与作用

库存（库存《GB/T18354-2001 中 4.14》inventory 是指处于储存状态的物品。广义的库存还包括处于制造加工状态和运输状态的物品）在企业中是指企业在生产经营过程中为现在和将来的耗用或者销售而储备的资源。当某些库存承担起国家的安全使命时，这些库存通常被称为国家储备。

保持库存是每个企业所面临的问题，由于持有库存需要投入资金，而且库存有可能变成积压物品或废旧物品，所以控制和管理库存对企业物流整体功能的发挥起着非常重要的作用。国家储备在战争、自然灾害和疫情发生的时候，更是关系到一个国家、一个地区甚至世界的稳定与安全。

因此，不论对于企业还是对于国家政府，库存管理问题都是一个非常重要的问题，都要在保证供应的前提下，尽可能降低库存成本。

一、库存的类型

库存的分类方式很多，从不同的角度可以进行不同的分类，从而进行不同目的的研究。

（一）按库存在再生产过程中所处的领域进行分类

按库存在再生产过程中所处的领域不同，库存可分为制造库存、流通库存和国家储备。

1. 制造库存

制造库存是制造商为了满足生产消耗的需要，保证生产的连续性和节奏性而建立的储备，其中按库存的用途可分为：原材料、材料、半成品、产成品的库存和辅助生产用的工具、零件、设备乃至劳保用品的库存。按库存的目的可分为周转库存、安全库存和战略库存。虽然制造商拥有的库存品种可能比批发商或零售商少许多,但在产品供大于求的市场条件下,库存向供应商转移已成为一种趋势。

2. 流通库存

流通库存是为了满足生产和生活消费的需要,补充制造和生活消费储备的不足而建立的库存。其中有批发商、零售商为了保证供应和销售而建立的商品(物资)库存,以及在车站、码头、港口、机场中等待中转运输和正在运输过程中的物资和商品。参见案例 1。

▶ **案例 1**

宜家在上海建大型亚太区物流分拨中心

全球知名家具商瑞典宜家集团 2007 年 3 月 29 日在上海奉贤开建其亚太地区物流分拨中心。据报道,该中心计划投资超过 1.5 亿美元,仓储容量超过 30 万立方米,将成为宜家集团在亚太地区的物流仓储中心。

宜家集团目前在全球 30 多个国家和地区拥有 250 多家超市,2006 年全球营业额达到 173 亿欧元。1 300 多个供应商分布在 55 个国家。28 个配送中心分布在 17 个国家,其中,欧洲有 19 个,美国有 5 个,亚洲的中国、马来西亚各有 1 个。2000 年在瑞典建成的配送中心 DC008 在规模和技术水平方面最具代表性。DC008 按功能分为 CDC 和 DC 两部分,通过地下隧道连接在一起。DC 主要负责对销售网点的货物配送;CDC 是配合网上销售,直接面向顾客提供送货上门服务的配送中心。CDC 每天要处理 1 200 多个订单,生成约 300 多个货物单元,用大约 65 辆卡车把货物送到北欧四国的客户家中。

(案例编自新浪财经新闻)

3. 国家储备

国家储备是流通储存的一种形式,是国家为了应对自然灾害、战争和其他意外事件而建立的长期后备,是国民经济动员中的重要组成部分。例如石油储备、粮食储备、食盐储备等。参见案例 2、案例 3、案例 4。

▶ **案例2**

中国启动四级石油储备体系化建设

石油是国民经济的血液,在目前世界能源消费结构中所占的比重是39.97%,在可预见的将来也仍是世界上最主要的能源。有数据显示:油价每提高1美元,消费者一年就要损失120亿美元;如果油价上涨10美元并持续一年的话,世界经济的年增长率会减少0.5个百分点,而发展中国家经济的年增长率则会减少0.75个百分点。

随着经济的发展,中国对石油的需求量越来越大。国家发改委的一项统计表明,近十年来,我国国内生产总值(GDP)年均增长9.7%,石油消费年均增长5.77%,而石油供应年均增长仅为1.67%。1993年,中国成为石油产品净进口国,1996年成为原油净进口国,2000年共进口原油、成品油7000万吨。据统计,中国对进口石油的依存度已由1995年的6.6%上升为2000年的25%,2005年,进口原油占国内总需求的比例提高到32.5%。

专家认为,当一国的石油进口超过5000万吨时,国际市场的行情变化就会影响该国的国民经济运行;进口量超过1亿吨以后,就要考虑采取外交、经济、军事措施以保证石油供应安全。有专家预测:到2020年,中国石油消费缺口将达2亿多吨。由此,石油安全问题对我国也就成了一个日益紧迫的问题。以国家战略石油储备、地方石油储备、企业商业储备和中小型公司石油储备为主体构成的中国四级石油储备体系化建设已经启动。一期工程全面铺开。2007年建成的镇海石油储备基地将从1000万桶的储存量开始,最终达到1 125 000万桶的储备量。

(案例编自搜狐新闻)

▶ **案例3**

两座具有世界先进水平的国家储备粮库同时在北京竣工

2002年11月6日,两座具有世界先进水平的国家储备粮库同时在北京竣工,可为国家粮食储备库增加仓储量约5000万公斤。这两座粮库分别是中央储备粮北京顺义直属库和北京西南郊国家粮食储备库,此次进行的是扩建工程,均为国债投资项目,是国家战略储备粮库集约化管理计划的一部分。顺义直属库扩建工程投资额为1000万元,建筑面积为6000平方米;北京西南郊粮库扩建工程投资额为1375万元,建筑面积为8865平方米。

这两座粮库均安装有计算机测温和环流熏蒸等高科技设施,在保温、防潮、隔热、密闭性等方面都达到了绿色储粮标准,能够保持低温储粮,延缓粮食陈化,起到保鲜作用,在5年转换期内,能始终保持新粮的品质。根据粮库照明的特殊要求,粮库安装了防尘防爆灯,内墙涂料为环保型涂料,符合绿色环保要求。

(案例编自搜狐新闻)

▶ **案例4**

食盐储备从容应对"非典"

2003年4月,受"SARS"疫情影响,从22日开始,北京市出现群众集中购买包括食盐在内的生活日用品现象,23日至25日的3天内,北京市共销售小包装食盐7247吨,相当于平常一个半月的销量。这种集中购买现象还波及了天津、河北、山西、陕西、内蒙古、黑龙江、河南、四川、安徽等地。面对首都食盐市场突如其来的情况,北京市盐业公司立即启动食盐供应应急预案,公司的33辆送货车连续24小时不间断送货,24日又增调了25辆社会运输车辆,北京华德碘盐配送中心的8台全自动碘盐分装机连续作业120小时,做到市场缺多少补多少,全力缓解市场紧张气氛。

我国实行的是食盐专营制度,拥有一整套行之有效的组织调度、保障供应的生产流通体系。我国盐的年生产能力达到4100万吨,而年需求量为3200万吨,其中食盐是710万吨,全国日常食盐库存能够达到280万吨,可保证4个月的供应量。充足的食盐储备在这次防"非典"抢购风潮中经受住了考验,为稳定市场发挥了重要作用。

(案例编自搜狐新闻)

(二) **按库存在企业中的用途进行分类**

企业持有的库存按库存的用途可分为:原材料库存、在制品库存、维护/维修/作业用品库存、包装物和低值易耗品库存及产成品库存。

1. **原材料库存**

原材料库存(raw material inventory)是指企业通过采购和其他方式取得的用于制造产品并构成产品实体的物品,以及供生产耗用但不构成产品实体的辅助材料、修理用备件、燃料以及外购半成品等,是用于支持企业内制造或装配过程的库存。

2. 在制品库存

在制品库存(work-in-process inventory, WIP)是指已经过一定生产过程,但尚未全部完工、在销售以前还要进一步加工的中间产品和正在加工中的产品。WIP之所以存在是因为生产一件产品需要时间(称为循环时间)。

3. 维护/维修/作业用品库存

维护/维修/作业用品库存(maintenance/repair/operating, MRO)是指用于维护和维修设备而储存的配件、零件、材料等。MRO的存在是因为维护和维修某些设备的需求和所花的时间有不确定性,对MRO存货的需求常常是维护计划的一个内容。

4. 包装物和低值易耗品库存

包装物和低值易耗品库存是指企业为了包装本企业产品而储备的各种包装容器和由于价值低、易损耗等原因而不能作为固定资产的各种劳动资料的储备。

5. 产成品库存

产成品库存(finished goods inventory)就是已经制造完成并等待装运,可以对外销售的制成产品的库存。与MRO相似的是,产成品必须以存货的形式存在的原因是用户在某一特定时期的需求是未知的。

(三) 按照库存的目的进行分类

按照库存的目的,企业持有的库存可以分为周转库存、保险库存和战略库存。

1. 周转库存

周转库存(又称经常库存《GB/T18354-2001中4.15》cycle stock)是指在正常的经营环境下,企业为满足日常需要而建立的库存。即在前后两批货物正常到达期之间,提供生产经营需要的储备。

2. 保险库存

保险库存又称安全库存,是指用于防止和减少因订货期间需求率增长或到货期延误所引起的缺货而设置的储备。保险储备对作业失误和发生随机事件起着预防和缓冲作用,它是一项以备不时之需的存货。在正常情况下一般不动用,一旦动用,必须在下批订货到达时进行补充。

3. 战略库存

战略库存是指企业为整个供应链系统的稳定运行而持有的库存,例如在淡季仍然安排供应商继续生产,以使供应商保持技术工人,维持生产线的生产能力和技术水平。虽然从库存持有成本单方面来看,这样的战略库存会有较大幅度的增长,但从整个供应链的运作成本来看却是经济可行的。

(四) 按价值进行分类

按价值可分为贵重物品与普通物资,如库存 ABC 分类法就属于按价值分类的方法。

A 类是年度货币量最高的库存,这些品种可能只占库存总数的 15%,但用于它们的库存成本却占到总数的 70% ~80%。

B 类是年度货币量中等的库存,这些品种占全部库存的 30%,占库存总价值的 15% ~25%。

C 类是年度货币量较低的库存,它们的价值只占全部年度货币量的 5%,但品种却是库存总数的 55%。

(五) 按库存需求的相关性分类

按物品需求的相关性划分可分为独立需求库存与相关需求库存。

1. 独立需求库存

独立需求库存是指某一物品的库存需求与其他物品没有直接关系,库存量是独立的。例如对冰箱的需求独立于对微波炉的需求。

2. 相关需求库存

相关需求库存是指某一物品的库存量与其他物品的量与时间存在一定的对应关系。例如对微波炉部件的需求是与微波炉的产量相关的。

二、库存的作用

库存对于一个企业、部门、地区,甚至国家都具有非常重要的作用。关于库存的作用我们必须从正反两方面来分析。

(一) 库存的积极作用

我们通过库存在企业生产经营管理中的重要性来分析,库存的积极作用主要体现在以下几个方面:

1. 获得大量购买的价格折扣

大量采购可以得到价格折扣,这对于制造商、批发商、零售商都一样。虽然不立即用于生产和销售的增购部分会增加企业的库存成本,但是,只要库存成本的增加低于购买价格的节约,企业就可以增加原材料库存。大量采购所获得的价格折扣成为买方市场条件下企业增加库存的重要原因。

2. 大量运输降低了运输成本

大批量采购导致了大量运输,有些企业整车皮、整卡车甚至整船运输原材料。整车运输的运费率比零担运输低许多,从而减少运输成本。运输成本通常是原材料最终售价的一个重要组成部分,运输费率的降低对企业是非常重要的。

3. 避免由于紧急情况而出现停产或供应中断

企业通常保持一定数量的库存作为缓冲,以防在运输或订货方面出现问题而影响生产。制造商不愿意因为原材料缺货而关闭装配线,因为这种成本非常高。零售商也不愿意出现脱销的不利局面,因为由此而带来的失销成本可能更大。参见案例5。

▶ **案例5**

2002 年美国西海岸港口工人罢工对香港企业的影响

据香港《大公报》报道,香港业界估计由于美国西岸发生工潮,受影响的港货货值高达 86 亿港元,估计工潮对香港每日造成的损失超过 1 亿港元。

圣诞节及新年佳节将近,许多买主为了应付佳节的需求,不惜多花钱让出口商采用空运寄货。不过,这次罢工对香港的影响并未像人们想象的那么大,有香港厂商早已预感到西岸劳资纠纷的严重性,因此他们积极与美国买家联络,在 2002 年上半年加大了进出口量,提前在库存方面做出了决策。这反映出港商对国际贸易的熟悉和善于应变的灵活性。

(案例依据相关新闻编写)

4. **防止涨价、政策的改变以及延迟交货等情况的发生**

由于生产全球化程度的不断提高,一些企业跨国采购的比重越来越大,同时供应的不确定性因素也越来越多,如果供应国发生政变或经济危机,那么供应就会中断,从而导致缺货。因此,对于进行跨国采购的企业来讲,库存具有更广阔的意义。

5. **调整供需之间的季节差异**

对于以农作物作为原料的企业,由于农作物只在一年中的某些时期生产,因此需要存储这些产品以满足全年的需求。在某些时候,运输方式也可能造成季节性供给,如在冬季一些航道和港口封冻,使得货物的供应受阻。对于生产企业来说,根据季节性高峰需求设计生产能力是没有效率的,而且风险极大,较好的方法就是全年有规律地小规模生产,这就形成在非高峰需求期间的库存。

6. 保持供应来源

许多大型制造企业都利用小供应商制造本企业所需配件或半成品,如果大制造商在一年中的某个时期不从小供应商那里购买产品,这些小制造商可能就会关闭工厂并辞掉所有员工;而当大制造商再次需要从小供应商进货时,这些小制造商就要重新招聘员工——这样不仅会提高成本,还会降低产品质量。因此,大制造商在淡季给小供应商一些订单使其维持生产或部分生产能力是有必要的。这样做对于大型企业来说,虽然会增加库存,但比改变供应商或使小供应商重新生产的成本更低。

7. 获得生产的节约

长期连续生产可以降低产品的生产成本,但这意味着生产先于需求,产品不能马上全部销售出去,形成产成品库存。当然,企业需要权衡降低的生产成本与增加的库存成本之间的关系,对于技术含量高、生命周期短的产品尤其要慎重考虑。

8. 提高客户服务水平

由于市场竞争的日益加剧,不论是制造商,还是批发商,或是零售商,都必须不断提高服务水平,才能保持和提高竞争力。许多企业采取的一个策略就是增加库存,并将库存靠近客户以利于及时供货,这种策略对于冰箱、彩电、电脑、日用品等可替代性很高的产品尤为重要。

9. 保留技术工人

对于制造商而言,产成品的库存还具有保留技术工人的战略意义,即在非高峰生产时期,为了不让技术工人停工失业,就必须继续生产,从而产生产成品库存。

(二) 库存的反作用

库存的反作用不仅仅局限在库存本身要占用一定数量的资金、在储存期内要产生各种费用和发生损耗,更应该引起人们重视的是库存会掩盖管理过程中的不足和差错,还会使社会需求出现虚增。

1. 库存会掩盖管理过程中的不足和差错

不论是企业的库存还是储备,通常都是在系统出现偏差、产生供不应求的情况时才用来解决问题,因此最好的库存策略不应该是应付某种情况,而应该是准时供货。因为有了应对各种紧急情况的库存,往往使人们忽略了被库存掩盖起来的计划和控制过程中的许多不足和差错。大多数的差错是由于容忍浪费和管理水平低下造成的,例如供应商没有按照标准生产,或者没有按时、按量生产;设计图错误;工作人员不认真;盲目采购、盲目生产等。

图 1-1、图 1-2 把库存比作小溪中的水流,把各种导致差错的问题比作小溪底部的障碍,库存水平越低,问题就会暴露得越充分,也就会越早得到解决。

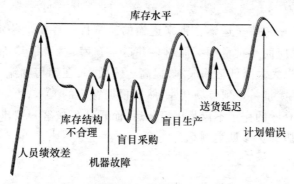

图 1-1 库存掩盖问题就像溪水淹没了障碍

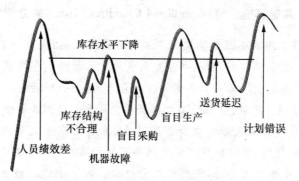

图 1-2 减少库存就能暴露问题

2. 库存会使社会需求虚增

库存不仅会掩盖生产和经营过程中的一些错误和员工的依赖和惰性思想,还会使某种产品的整个需求放大,从而导致这种产品或某大类产品的社会需求虚增,最终导致该产品供过于求,出现库存积压和报废,造成更大的损失。

第二节 仓储管理的作用和模式

一、仓储管理的作用

仓储管理系统是一个企业、部门或地区的物流系统中不可缺少的子系统。仓储管理可以在时间上协调原材料、产成品的供需,对供应起着缓冲和平衡的作用;凭借仓储管理,企业或部门可以为客户在需要的时间和地点提供适当的产品,从而提高产品的时间效用和空间效用。

仓储管理的重要作用主要表现在以下几个方面:

(一)降低运输成本、提高运输效率

大规模运输和整车运输会带来运输的经济性。在供应物流方面,企业分别从多个供应商小批量购买原材料并运至仓库,然后将其拼箱并整车运输至工厂,可以大大降低运输成本,提高运输效率;在销售物流方面,企业将各工厂的产品大批量运到市场仓库,然后根据客户的要求,小批量运到市场或客户,这种仓库的作用不仅是拼箱装运,而且还可按客户要求进行产品整合,开展增值服务。参见案例 6。

▶ **案例 6**

联合慈善事业公司(Combined Charities, Inc.)的分拨问题

联合慈善公司的全国办公室为许多著名的慈善机构、政治组织的筹款活动准备资料。公司将资料印好,并分发到各地的活动站。合同签好后,通常是将整个公司的劳动力和印刷设备完全投入进来,为某一项活动准备资料,常常加班加点。印刷完毕后,由 UPS 直接将资料由印刷厂送到各地的分拨点。

该公司总裁具有良好的物流管理意识,他认为在全美各地租用仓库虽然会增加仓储费用,但可以先将资料以整车运到各个仓库,然后由 UPS 从大约 35 个仓库作短距离运输,送到当地分拨点。因为当地分拨点可以从仓库提货,而不必直接向印刷厂订货,因而不会常常变更生产计划,所以生产成本也可能会因此下降。

该总裁随后做出如表 1-1 的粗略的成本估算(针对需要印刷 500 万册资料的典型活动):

表 1-1　成本估算表

	从工厂直接运输	通过仓库运输	成本变化
生产成本	500 000	425 000	− 75 000
运输成本			
至仓库	0	50 000	+ 50 000
至当地	250 000	100 000	− 150 000
仓储成本	0	75 000	+ 75 000
总计	750 000	650 000	− 100 000

运输费用的降低在抵消增加的仓储费用后还有结余。看起来,利用仓库节约成本是一种非常有吸引力的方法。

(案例选自〔美〕Ronald H. Ballou:《企业物流管理——供应链的规划、组织和控制》,机械工业出版社 2002 年版)

(二)进行产品整合

如果考虑到颜色、大小、形状等因素,企业的一个产品线包括了数千种不同的产品,这些产品经常在不同工厂生产。企业可以根据客户要求,先将产品在仓库中进行配套、组合、打包,然后运往各地客户。否则,从不同工厂满足订货将导致不同的交货期。仓库除了满足客户订货的产品整合需求外,对于使用原材料或零配件的企业来说,从供应仓库将不同来源的原材料或零配件配套组合在一起整车运到工厂以满足需求也是很经济的。

(三)支持企业的销售服务

仓库合理地靠近客户,使产品适时地到达客户手中,将提高客户的满意度并扩大企业销售,这一点对于企业产成品仓库来说尤为重要。

(四)使物品在效用最高的时候发挥作用

由于生产和消费之间或多或少存在时间或空间上的差异,仓储可以提高产品的时间效用,调整均衡生产和集中消费或均衡消费和集中生产在时间上的矛盾。参见案例 7。

▶ **案例 7**

气调贮藏提高水果附加值

根据联合国粮农组织对 50 多个国家的调查,发展中国家水果收获后的平均损失率在 30% 以上,而发达国家普遍重视农产品产后投入,水果收获后损失率低。美国农业总投入的 3 成用于采摘前,7 成用在产后加工,水果损失不到 5%;美国的农产品产后产值和采摘时自然产值比是 3.7:1,日本是 2.2:1,我国只有 0.38:1。发达国家对即将上市的水果要进行精选、分级、清洗、打蜡、防腐保鲜、精细包装等商品化处理,并采用气调贮藏以提高产品的附加值。国内外研究表明,水果通过储藏保鲜,可推迟 2~3 个月上市销售,售价可以提高 40%～50%。

(案例由编者选编自新闻)

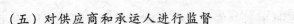

（五）对供应商和承运人进行监督

储存活动出现在再生产过程的各个领域和各个环节，它始终都是上一个过程的终点，同时又是下一个过程的起点。仓库通过对到库物品进行验收，对供应者的产品质量和承运者的服务质量进行监督，拒绝不合格产品进入；同时还可以通过出库业务管理对生产企业消耗定额等的执行进行监督。

二、仓储管理模式

仓储管理模式是库存保管的方法和措施的总和。企业、部门或地区拥有一定数量的库存是客观事实。库存控制和保管是企业生产经营过程和部门管理的重要环节，仓储成本是企业物流总成本的重要组成部分，因此选择适当的仓储管理模式，既可以保证企业的资源供应，又可有效地控制仓储成本。

仓储管理模式按仓储活动的运作方可以分为自建仓库仓储、租赁仓库仓储和第三方仓储。还可以按库存所有权划分为寄售和供应商管理库存等。

（一）按仓储活动的运作方分类

仓储管理模式可以按仓储活动的运作方分为自建仓库仓储、租赁仓库仓储和第三方仓储。

1. 自建仓库仓储

自建仓库仓储就是企业自己修建仓库进行仓储。这种模式的优缺点如下：

（1）可以更大程度地控制仓储。由于企业对仓库拥有所有权，所以企业作为货主能够对仓储实施更大程度的控制，而且有助于与其他系统进行协调。

（2）管理更具灵活性。这里的灵活性并不是指能迅速增加或减少仓储空间，而是指由于企业是仓库的所有者，所以可以按照企业要求和产品的特点对仓库进行设计与布局。

（3）长期仓储时成本低。如果仓库得到长期的充分利用，可以降低单位货物的仓储成本，在某种程度上说这也是一种规模经济。

（4）可以为企业树立良好形象。当企业将产品储存在自有自建的仓库中时，会给客户一种企业长期持续经营的良好印象，客户会认为企业经营十分稳定、可靠，是产品的持续供应者，有助于提高企业的竞争优势。

（5）仓库固定的容量和成本使得企业的一部分资金被长期占用。不管企业对仓储空间的需求如何,仓库的容量是固定的,不能随着需求的增加或减少而扩大或减小。当企业对仓储空间的需求减少时,仍须承担仓库中未利用部分的成本;而当企业对仓储空间有额外需求时,仓库却又无法满足。另外,自有仓库还存在位置和结构上的局限性。如果企业只能使用自有仓库,则会由于数量限制而失去战略性优化选址的灵活性;市场的大小、市场的位置和客户的偏好经常变化,如果企业在仓库结构和服务上不能适应这种变化,就会失去许多商业机会。

2. 租赁仓库仓储

租赁仓库仓储就是委托营业型仓库进行仓储管理。这种模式的优缺点如下:

(1) 从财务角度看,租赁仓库仓储最突出的优点是企业不需要资本投资。任何一项资本投资都要在详细的可行性研究基础上才能实施,但租赁仓库仓储可以使企业避免资本投资和财务风险。企业可以不对仓储设施和设备作任何投资,只需支付相对较少的租金即可得到仓储服务。

(2) 可以满足企业在库存高峰时大量额外的库存需求。如果企业的经营具有季节性,那么采用租赁仓库仓储的方式将满足企业在销售淡季所需要的仓储空间;而自建仓库仓储则会受到仓库容量的限制,并且在某些时期仓库可能闲置。大多数企业由于产品的季节性、促销活动或其他原因而导致存货水平变化,利用租赁仓库仓储,则没有仓库容量的限制,从而能够满足企业在不同时期对仓储空间的需求,尤其是库存高峰时大量额外库存的需求。同时,仓储的成本将直接随着储存货物数量的变化而变动,从而便于管理者掌握成本。

(3) 减少管理的难度。工人的培训和管理是任何一类仓库都面临的一个重要问题。尤其是对于产品需要特殊搬运或具有季节性的企业来说,很难维持一个有经验的仓库员工队伍,而使用公共仓储则可以避免这一困难。

(4) 营业型仓库的规模经济可以降低货主的仓储成本。由于营业型仓库为众多企业保管大量库存,因此,与企业自建的仓库相比,通常可以大大提高仓库的利用率,从而降低库存物品的单位储存成本;另外,规模经济还使营业型仓库能够采用更加有效的物料搬运设备,从而提供更好的服务;最后,营业型仓库的规模经济还有利于拼箱作业和大批量运输,降低货主的运输成本。

(5) 使用租赁仓库仓储时企业的经营活动可以更加灵活。如果企业自已拥有仓库,那么当市场、运输方式、产品销售或企业财务状况发生变化,或者企业搬迁时需要改变仓库的位置,那么原来的仓库就有可能变成了企业的负担。如果企业租赁营业型仓库进行仓储,租赁合同通常都是有期限的,企业能在已知的期限内灵活地改变仓库的位置;另外,企业还不必因仓库业务量的变化而增减员工,还可以根据仓库对整个分销系统的贡献以及成本和服务质量等因素,临时签订或终止租赁合同。

（6）便于企业掌握保管和搬运成本。由于每月可以得到仓储费用单据,所以可清楚地掌握保管和搬运的成本,有助于预测和控制不同仓储水平的成本。而企业自己拥有仓库时,很难确定其可变成本和固定成本的变化情况。

（7）增加了企业的包装成本。由于营业型仓库中存储了不同企业的各种不同种类的货物,而各种不同性质的货物有可能互相影响,因此,企业租赁仓库进行仓储时必须增强货物的保护性包装,从而增加了包装成本。

（8）增加了企业控制库存的难度和风险。企业与仓库经营者都有履行合同的义务,但盗窃等对货物的损坏给货主造成的损失将远大于得到的赔偿,因此在控制库存方面,租赁仓库进行仓储将比使用自建仓库承担更大的风险。另外,在租赁仓库中泄露有关商业机密的风险也比在自建仓库中大。

3. 第三方仓储

在物流发达的国家,越来越多的企业转向利用第三方仓储（Third-Party Warehousing）或称合同仓储（Contract Warehousing）进行仓储管理。

（1）第三方仓储的概念。第三方仓储是指企业将仓储管理等物流活动转包给外部公司,由外部公司为企业提供综合物流服务。

第三方仓储不同于一般的租赁仓库仓储,它能够提供专业化的高效、经济和准确的分销服务。企业若想得到高水平的质量与服务,则可利用第三方仓储,因为这些仓库的设计水平更高,并且符合特殊商品的高标准、专业化的搬运要求。如果企业只需要一般水平的搬运服务,则应选择租赁仓库仓储。从本质上看,第三方仓储是生产企业和专业仓储企业之间建立的伙伴关系。正是由于这种伙伴关系,第三方仓储公司与传统仓储公司相比,能为货主提供特殊要求的空间、人力、设备和特殊服务。

合同仓储公司可以为货主提供存储、卸货、拼箱、订货分类、现货库存、在途混合、存货控制、运输安排、信息和货主要求的其他专门物流服务。由此可见,合同仓储不仅仅只是提供存储服务,而且还可为货主提供一整套物流服务。

（2）第三方仓储的特点。与自建仓库仓储和租赁仓库仓储相比较,第三方仓储有如下特点:

①　有利于企业有效利用资源。利用第三方仓储比企业自建仓库仓储更能有效处理季节性产业普遍存在的产品的淡、旺季存储问题,能够有效地利用设备与空间。另外,由于第三方仓储公司的管理具有专业性,管理专家拥有更具创新性的分销理念和降低成本的方法,因此有利于物流系统发挥功能、提高效率。

②　有利于企业扩大市场。由于第三方仓储企业具有战略性选址的设施与服务,因此,货主在不同位置的仓库得到的仓储管理和一系列物流服务都是相同的。许多企业将其自有仓库数量减少到有限几个,而将各地区的物流转包给合同仓储公司。通过这种自有仓储和合同仓储相结合的网络,企业在保持对集中仓储设施直接控制的同时,能利用合同仓储来降低直接人力成本、扩大市场的地理范围。

③　有利于企业进行新市场的测试。货主企业在促销现有产品或推出新产品时,可以利用短期第三方仓储来考察产品的市场需求。当企业试图进入一个新的市场区域时,要花很长时间建立一套分销设施;然而,通过合同仓储网络,企业可利用这一地区的现有设施为客户服务。

④　有利于企业降低运输成本。由于第三方仓储公司处理不同货主的大量产品,因此经过拼箱作业后可大规模运输,这样大大降低了运输成本。

尽管合同仓储具有以上优势,但也存在一些不利因素,其中对物流活动失去直接控制是企业最担心的问题。由于企业对合同仓库的运作过程和雇佣员工等控制较少,因此,这一因素成为产品价值较高的企业利用合同仓储的最大障碍。

（二）按库存所有权分类

仓储管理模式按库存所有权可以划分为寄售和供应商管理库存等。

企业生产和销售系统中的库存通常是为避免出现某种差错而设立的,因而库存也常常会掩盖许多不应该发生的差错,使成本居高不下。好的库存策略不应该是为准备应付某种情况,而应是为了准时供货,所以企业库存管理的目标是"零库存"。

零库存技术(《GB/T18354-2001 中 6.13》zero-inventory technology)是指在生产与流通领域按照 JIT 组织物资供应,使整个过程库存最小化的技术的总称。

当然,要做到完全意义上的"零库存"非常困难,而且在许多情况下也是不必要的,企业只要建立一个准时制的库存系统就可以了。

准时制库存(just-in-time inventory)是维持系统完整运行所需的最小库存。有了准时制库存,所需商品就能按时、按量到位。

企业实现准时制库存的方式多种多样,但都是基于与供应商或客户的可靠联盟。

1. 寄售

寄售(consignment)是企业实现"零库存资金占用"的一种有效方式,即供应商将产品直接存放在用户的仓库中,并拥有库存商品的所有权,用户只在领用这些产品后才与供应商进行货款结算。这种仓储管理模式的实质是供应商实现的是产成品库存实物零库存,而产成品库存资金占用不为"零",用户实现的是库存原材料或存货商品资金占用为"零",而实物不为"零"。

从供应商方面看,寄售的优点体现在有利于节省供应商在产品库存方面的仓库建设投资和日常仓储管理方面的投入,大大降低产品的仓储成本;从用户方面来看,寄售的优点有利于保证原材料或存货商品的及时供应而又不占用资金,可以大大节约采购成本。

2. 供应商管理库存

供应商管理库存(《GB/T18354-2001 中 6.26》vendor managed inventory,VMI)是指供应商等上游企业基于其下游客户的生产经营、库存信息,对下游客户的库存进行管理与控制。

供应商管理库存通常可以理解为企业的原材料库存由供应商进行管理,当企业需要时再运送过来,这种模式与 JIT 系统和 ECR(有效客户响应)有着诸多共同之处。

由于 VMI 把库存及其仓储管理转移给了供应商,因此选择一个有效率、有效益和可信赖的供应商是非常重要的。

三、管理模式的决策依据

自建仓库仓储、租赁仓库仓储和第三方仓储各有优势,企业决策的依据是物流的总成本最低。

1. 自建仓库仓储与租赁仓库仓储的成本比较

自建仓库仓储与租赁仓库仓储的成本比较见图1-3。

租赁仓库仓储和第三方仓储的成本只包含可变成本,随着存储总量的增加,租赁的空间就会增加,由于营业型仓库一般按企业库存所占用的空间来收费,这样成本就与总周转量成正比,其成本函数是线性的。而自建仓库

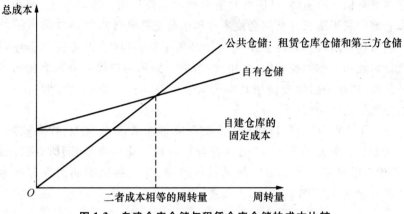

图1-3　自建仓库仓储与租赁仓库仓储的成本比较

仓储的成本结构中存在固定成本。同时,由于营业型仓库的经营具有盈利性质,因此自建仓库仓储的可变成本的增长速率通常低于租赁仓库仓储和利用第三方仓储的仓储成本的增长速率。当总周转量达到一定规模时,两条成本线相交,即成本相等。这表明在周转量较低时,选择租赁仓库仓储或第三方仓储较好,随着周转量的增加,由于可以把固定成本均摊到大量存货中,因此自建仓库更经济。

2. 仓储管理模式的适用条件

一个企业是自建仓库仓储、租赁仓库仓储还是采用第三方仓储的仓储管理模式,主要由货物周转总量、需求稳定性、市场密度三大因素决定。

仓储模式的适用条件如表1-2所示:

表1-2　仓储模式的适用条件

仓储模式	周转总量		需求稳定性		市场密度	
	大	小	是	否	集中	分散
自建仓库仓储	√	×	√	×		×
租赁仓库仓储	√	√	√	√	√	√
第三方仓储	√	√		√	√	√

由于自建仓库的固定成本相对较高,而且与使用程度无关,因此必须有大量存货来分摊这些成本,使自建仓储的平均成本低于公共仓储的平均成本。因此,如果存货周转量较高,自建仓库仓储更经济。相反,当周转量相对较低时,选择租赁仓库仓储或利用第三方仓储更为明智。

需求稳定性是自建仓库的一个关键因素。许多厂商具有多种产品线,使仓库具有稳定的周转量,因此自有仓储的运作更为经济。反之,采用租赁仓库仓储和利用第三方仓储会使生产和经营更具灵活性。

当市场密度较大或许多供应商相对集中时,自建仓库将提高企业对供应链稳定性和成本的控制能力;相反,当供应商和用户较为分散而使市场密度较低时,则在不同地方使用几个公共仓库要比一个自有仓库服务一个很大的地区更经济。

从表1-2可以看到,自建仓库仓储的前提非常苛刻,租赁仓库仓储和第三方仓储具有更大的灵活性,而且符合物流社会化的发展趋势。在许多时候,仓库可以根据各个区域市场的具体情况,分别采用不同的仓储管理模式。参见案例8、案例9。

▶ **案例 8**

美国某药品和杂货零售商的混合仓储管理模式

某药品和杂货零售商成功实现其并购计划之后销售额急剧上升,需要扩大分拨系统以满足需要。一种设计是利用6个仓库供应全美约1 000家分店。公司既往的物流战略是全部使用自有仓库和车辆为各分店提供高水平的服务,因而此次公司计划投入700万美元新建一个仓库,用来缓和仓储不足的问题。新仓库主要供应匹兹堡附近的市场,通过配置最先进的搬运、存储设备和进行流程控制降低成本。管理层已经同意了这一战略,且已经开始寻找修建新仓库的地点。

然而,公司同时进行的一项网络设计研究结果表明,新仓库并不能完全解决仓储能力不足的问题。这时,有人建议采用混合战略——除使用自建仓库外,部分地利用营业型仓库,这样做的总成本比全部使用自建仓库的总成本要低(见图1-4)。于是企业将部分产品转移至营业型仓库,然后安装新设备,腾出足够的自有仓库以满足可预见的需求。新设备的成本为20万美元。这样,企业成功地通过混合战略避免了单一仓储模式下可能导致的700万美元的巨额投资。

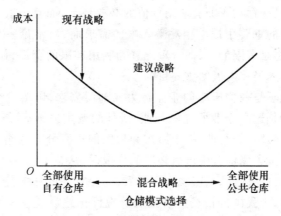

图1-4 仓储模式成本对比

（案例选编自《企业物流——供应链的规划、组织和控制》,机械工业出版社 2002 年版）

▶ **案例9**

由零库存向满库存的转变

某跨国汽车公司在中国的生产线投产后,一直沿用其在本土的零库存管理模式,由供应商管理库存,根据生产线需要每日进行配送。但近两年随着城市交通越来越拥堵,供应延迟情况屡屡发生,严重影响了生产。该公司遂组织人员对企业现有的库房资源进行整合和改造,购置新型货架和装卸设备,使仓容扩充了一倍,然后将市内运输外包给一家专业运输企业,每日由该运输企业沿优化路线从各供应商处"收货"存进改建的仓库中。这一变化使原来的零库存变成了满库存,尽管库存持有成本大大增加,但企业用空间换回了时间,生产得以保障。

（案例依据企业实践编写）

第三节　仓储管理的任务、原则和特点

一、仓储管理的任务

（一）宏观方面

良好的仓储管理的作用不仅表现在它是社会再生产过程得以顺利进行

的必要条件,是保存物资原有使用价值的必要环节,而且还表现在它是促进资源合理配置的重要手段。相对于无限的需求而言,不论一个国家的资源多么富有,它总是有限的,因而合理配置和利用有限的资源,做到物尽其用,是一个国家谋求经济发展的重要目标。

仓储管理不是一个简单的企业行为或部门需求,因为一个企业的库存及其仓储管理是这个企业所在的行业,所处的城市或地区物流系统中的一个组成部分,涉及一个行业、一个城市和地区的资源分布与组合。当一部分企业的库存超过了保证再生产所必需的界限时,从整个国家来看,这就是对资源的一种浪费。因此,从宏观方面来看,仓储管理的任务是进行资源的合理配置及储存,为我国的市场经济发展及现代化建设建立一个科学合理的仓储网络系统。

在现实经济生活中,我们可以看到行行设库、层层设库的问题依然比较突出,某些产品在一些行业和企业呆滞、长期闲置不用,而在另一些行业和企业却非常短缺,使得开工不足。

积压与短缺并存是我国经济的一大"顽疾"。除了产品结构方面的原因外,流通体制不合理和仓储管理水平落后也是重要原因。我国是一个人均资源相对有限的发展中国家,充分利用有限的资源对我国经济协调稳定发展具有现实意义。

(二)微观方面

仓储管理系统是企业物流管理系统的子系统。在保证服务质量的前提下,提高仓储效率、降低储运成本、减少仓储损耗是仓储管理系统的主要任务。具体内容是:

(1)合理组织收发,保证收发作业准确、迅速、及时,使供货单位及用户满意。

(2)采取科学的保管保养方法,创造适宜的保管环境,提供良好的保管条件,确保在库物品数量准确、质量完好。

(3)合理规划并有效利用各种仓储设施,搞好革新、改造,不断扩大储存能力,提高作业效率。

(4)积极采取有效措施,保证仓储设施、库存物品和仓库职工的人身安全。

(5)搞好经营管理,开源节流,提高经济效益。参见案例10。

▶ **案例10**

"英迈中国"库房探秘

2000 年,英迈公司全部库房只丢了一根电缆;半年一次的盘库,由公证处做第三方机构检验,统计结果只差几分钱;陈仓损坏率为万分之三;运作成本不到营业额的 1%⋯⋯这些数据都出自拥有 15 个仓储中心、库存货品上千种、价值达 5 亿元人民币的"英迈中国"。他们是如何创造这些奇迹的呢? 就让我们去看看"英迈中国"的库房吧。

几组数据:

0.123 元:"英迈中国"库中所有的货品在摆放时,货品标签一律向外,没有一个倒置,这是在进货时就按操作规范统一摆放的,目的是为了出货和清点库存时查询方便。运作部曾计算过,如果货品标签向内,即使用一个熟练库房管理员将其全部恢复标签向外,也需要 8 分钟,这 8 分钟的人工成本就是 0.123 元人民币。

3 公斤:"英迈中国"的每个仓库中都有一本重达 3 公斤的行为规范指南,细到怎样检查销售单、怎样装货、怎样包装、怎样存档等等,在这本指南上都有流程图、文字说明,任何受过基础教育的员工都可以从规范指南中查询和了解到每个物流环节的操作规范,并遵照执行。

5 分钟:统计和打印出"英迈中国"上海仓库或全国各个仓库的劳动力生产指标,包括人均收货多少钱,人均收货多少单,只需 5 分钟。在 Impulse 系统中,劳动力生产指标统计实时在线,随时可调出。而如果没有系统支持,统计这样一个指标至少需要一个月时间。

10 厘米:"英迈中国"的仓库空间是经过精确设计和科学规划的,甚至货架之间的过道也是经过精确计算的,为了尽量增大库存可使用面积,只给运货叉车留出了 10 厘米的空间,因此叉车司机的驾驶必须稳而又稳。

20 分钟:仓库员工从接到订单到完成取货,规定时间为 20 分钟。因为仓库对每个货位都标注了货号标志,并输入 Impulse 系统中,系统会将发货产品自动生成产品货号,货号与仓库中的货位一一对应,所以仓库员工在发货时就像邮递员寻找邮递对象的门牌号码一样便捷。

1 个月:"英迈中国"的库房是根据中国市场的现状和公司业务需求而建设的。每个地区的仓库经理都能在 1 个月内完成一个新增仓库的考察、配置与实施,这保证了物流支持系统能够被快速启动。他们的经营理念是,如果人没有准备,有钱也没用。

几件小事：

（1）"英迈中国"库房中的很多记事本都是收集已打印一次的纸张装订而成的，即使是各层经理也不例外。

（2）所有物品进出库房都必须严格按流程进行，违反操作流程，即使有总经理的签字也不行。

（3）货价上的货品号码标识用的都是可以重复使用的磁条，这样可以节约成本。

（4）要求合作伙伴所有运输车辆的厢壁上必须安装薄木板，以避免货品包装在途中损伤。

"英迈中国"的运作优势，是不断改进每个操作细节，日积月累而成。然而"英迈中国"的系统能力和后勤服务能力在"英迈国际"的评估体系中仅得了 62 分，刚刚及格。在美国的专业物流市场中，"英迈国际"也只能拿到 70～80 分。

（案例摘编自《浙江日报》2002 年 9 月 10 日）

二、仓储管理的基本原则

保证质量、注重效率、确保安全、追求经济是仓储管理的基本原则。

（一）保证质量

仓储管理中的一切活动，都必须以保证在库物品的质量为中心。没有质量的数量是无效的，甚至是有害的，因为这些物品依然占用资金、产生管理费用、占用仓库空间。因此，为了完成仓储管理的基本任务，仓储活动中的各项作业必须有质量标准，并严格按标准进行作业。

经济全球化和区域经济一体化使包括仓储企业在内的物流企业面对着开放的市场，用户需求日益多样化、个性化，物流企业在质量水平、营业水平上面临激烈的竞争。

ISO9002 标准的制定和发布，使全世界的质量管理和质量保证开始走向规范和统一，使世界上不同国家、不同企业之间的经济交流、贸易往来和技术合作在质量方面有了共同的语言、统一的认识和共同遵守的规范。按照ISO9002 标准进行质量体系认证，已成为当今国际服务贸易领域的发展趋势。物流企业属于服务贸易的范畴，要把企业融入世界经济贸易一体化市场就必须实施 ISO9002 质量标准的认证。参见案例 11。

▶ **案例 11**

物流企业获得 ISO9002 认证可强化质量管理，
实际上也就获得了通往一体化市场的通行证

负责 ISO9002 质量体系认证的认证机构都是经过国家认可机构认可的权威机构，对企业质量体系的审核是非常严格的。从企业内部来说，按照经过严格审核的国际标准化的质量体系进行质量管理，可真正达到法治化、科学化的要求，极大地提高工作效率和产品合格率，迅速提高企业的经济效益和社会效益。从企业外部来说，当顾客得知供方按照国际标准实行管理，拿到 ISO9002 质量体系认证证书，并且有认证机构的严格审核和定期监督后，就可以确信该企业是能够稳定地生产合格产品及至优秀产品的信得过企业，从而放心地与企业订立合同，扩大了企业的市场占有率。

"入世"后，国内市场进一步向世界开放，引进外资的步伐更加迅速，更多的外资企业进入中国市场，国内市场将与世界进一步接轨。有了 ISO9002 认证，企业就有了通往国际化市场的通行证，所提供的服务就会受到青睐。如有家通过了认证的物流公司，在同欧洲商人洽谈业务时，介绍了公司的许多优势，客人不感兴趣，而当公司领导拿出 ISO9002 认证书时，当场就成交了一笔较大业务。相反，没有通过认证的企业，就会失去很多客户和业务机会。

（二）注重效率

仓储成本是物流成本的重要组成部分，因而仓储效率的提高关系整个物流系统的效率和成本。在仓储管理过程中要充分发挥仓储设施和设备的作用，提高仓库设施和设备的利用率；要充分调动仓库生产人员的积极性，提高劳动生产率；要加速在库物品周转，缩短物品在库时间，提高库存周转率。参见案例 12。

▶ **案例 12**

AS/RS 使 Benetton 在全球实现快速反应

Benetton 每年在世界范围内制作和运输 5 000 万件服装。它唯一的仓库要为 Benetton 在 60 个国家中的 5 000 家商店供货，但整个仓库只有 8 个管理者,每人每天平均运送 230 000 件服装。在 Benetton 的仓库中,自动存储与检索系统(automated storage and retrieval system)——以计算机和通信网络为中心的情报处理技术与运输、保管、配送中的物流技术相结合的管理手段,是 Benetton 在全球实现快速反应的保证。

（三）确保安全

仓储活动中不安全因素很多。有的来自库存物,如有些物品具有毒性、腐蚀性、辐射性、易燃易爆性等等;有的来自装卸搬运作业过程,如每种机械的使用都有其操作规程,违反规程就要出事故;还有的来自人为破坏。因此特别要加强安全教育,提高认识,制定安全制度,贯彻执行"安全第一,预防为主"的安全生产方针。

（四）追求经济

仓储活动中所耗费的物化劳动和活劳动的补偿是由社会必要劳动量决定的。为实现一定的经济效益目标,必须力争以最少的人财物消耗,及时准确地完成最多的储存任务。因此,对仓储生产过程进行计划、控制和评价是仓储管理的主要内容。

三、仓储管理的基本特点

仓储管理活动可以表述为:仓储管理人员和作业人员借助仓储设施和设备,对库存物进行收发保管。

仓储管理活动与一般的物质生产活动相比有明显的不同,其主要表现如下:

（1）仓储管理活动所消耗的物化劳动和活劳动不改变劳动对象的功能、性质和使用价值,而要保持和延续其使用价值。

（2）仓储管理活动的产品虽然没有实物形态,却有实际内容,即仓储劳务,也就是以劳动的形式,为他人提供的某种特殊使用价值。

（3）仓储管理活动虽然不改变在库物品的使用价值,但要增加在库物品的价值。也就是仓储生产中的一切劳动消耗要追加到在库物品价值中去。追加多少,由社会必要劳动量决定。

（4）仓储劳动的质量通过在库物品的数量和质量的完好程度、保证供应的及时程度来体现。

第四节 中国仓储业的历史和发展

一、中国仓储业的悠久历史

中国仓储业有着悠久的历史,在中国经济发展过程中起着重要的作用。

人类社会自从有剩余产品以来,就产生了储存。原始社会末期,当某个人或者某个部落获得食物自给有余时,就把多余的产品储藏起来,同时,也就产生了专门储存产品的场所和条件,于是"窖穴"就出现了。在西安半坡村的仰韶遗址,已经发现了许多储存食物和用具的窖穴,这是目前我国发现的最早的仓库雏形。另外,我们在古籍中常常看到有"仓廪"、"窦窖"、"邸阁"这样的词语。所谓"仓廪","仓"是指专门藏谷的场所,"廪"是指专门藏米的场所。所谓"窦窖",是指储藏物品的地下室,椭圆形的叫做"窦",方形的叫做"窖"。所谓"邸阁",是用来存放粮食的地方。古代把存放兵器的地方叫做"库"。后人把"仓"和"库"结合使用,把储存和保管物品的建筑物和场所统称为"仓库"。

中国仓储业虽然具有悠久的历史,但是由于中国经济长期受封建主义的束缚,到近代再加上帝国主义的侵略,使旧中国的生产力水平极其低下,民族工业得不到正常发展,商品生产和交换的规模较小,因此,服务于商品交换又随商品生产的发展而发展的仓储业基本上处于一个低水平状态。新中国成立以后仓储业才得到了相应的发展。纵观中国仓储活动的发展历史,大约经历了下列四个阶段:

第一阶段:中国古代仓储业

中国古代商业仓库是随着社会分工和专业化生产的发展而逐渐形成和扩大的。《中国通史》上记载的"邸店",可以说是商业仓库的最初形式,但受当时商品经济的局限,它既具有商品寄存性质,又具有旅店性质。随着社会分工的进一步发展和商品交换的不断扩大,专门储存商品的"塌房"从"邸店"中分离出来,成为带有企业性质的商业仓库。

第二阶段:中国近代仓储业

中国近代商业仓库,随着商品经济的发展和商业活动范围的扩大,得到了相应的发展。19世纪的中国把商业仓库叫做"堆栈",即指堆存和保管物品的场地和设备。堆栈业与交通运输业、工商业的发展极为密切,当时由于中国工业主要集中在东南沿海地区,因此堆栈业也是在东南沿海地区,例如,上海、天津、广州等地区,起源最早,也最发达。根据统计,1929 年上海码头仓库总计在 40 家以上,库房总容量达到 90 多万吨,货场总容量达到 70 多万吨。

堆栈业初期只限于堆存货物,其主要业务是替商人保管货物,物品的所有权属于寄存人。随着堆栈业务的扩大,服务对象的增加,旧中国的堆栈业已经划分为码头堆栈、铁路堆栈、保管堆栈、厂号堆栈、金融堆栈和海关堆栈等。近代堆栈业的显著特点是建立起明确的业务种类、经营范围、责任业务、仓租、进出手续等。当时堆栈业大多是私人经营的,为了商业竞争和垄断的需要,往往组成同业会,订立同业堆栈租价价目表等。

但是,由于整个社会处于半封建半殖民地的经济状态,民族工业不发达,堆栈业务随商业交易和交通运输业的盛衰而起落。

第三阶段:社会主义仓储业

新中国成立以后接管并改造了旧中国留下来的仓库,当时采取对口接管改造的政策,即铁路、港口仓库由交通运输部门接管,物资部门的仓库由全国物资清理委员会接管,私营库由商业部门对口接管,银行仓库除"中央"、"中国"、"交通"、"农业"等银行所属仓库作为敌伪财产随同银行实行军管外,其余大都归商业部门接管改造;外商仓库按经营的性质,分别由港务、外贸、商业等有关部门接管收买。对于私营仓库的改造是通过公私合营的方式逐步实现的,人民政府通过工商联合会加强对私营仓库的领导,限制仓租标准,相继在各地成立国营商业仓库公司(后改为仓储公司),并加入当地的仓库业同业工会,帮助整顿仓库制度。

随着工农业生产的发展,商品流通的扩大,商品储存量相应增加,但改建的解放区原来仓库和接收的旧中国仓库,大多是企业的附属仓库,在数量上和经营管理上都不能满足社会主义经济发展的需要。为此,党和政府采取了一系列措施,改革仓库管理工作。

1952 年,原中央贸易部颁发的《关于国有贸易仓库实行经济核算制的决定》指出,为解决仓容不足,消除仓库使用不合理现象,提高仓库使用率,必须有组织、有计划地实行经济核算制。并强调除专用仓库和根据各经营单位经营商品的具体情况,保持一定数量的附属仓库外,其余仓库应全部集中组成仓储公司,推行仓库定额管理,以便统一调剂,供各单位使用。这些措施首先在北京、天津、上海、沈阳、武汉等城市试行。这也是集中管理仓库的开端。

1953 年召开了第一届全国仓储会议,做出了《关于改革仓储工作的决定》,进一步明确国营商业仓库实行集中管理与分散管理相结合的仓库管理体制。根据这一决定,在全国 10 万人口以上的城市都丈量了仓库面积,查清了当时的仓容能力,在此基础上经过调整集中,成立了 17 个仓储公司。实践证明,集中管理与分散管理相结合的仓库管理体制是适合中国国情的,也是适应中国社会主义商品流通的客观要求的。集中管理的仓库一般由仓储公司(或储运公司)经营,它是专业化仓储企业,实行独立经营核算;分散管理的仓库隶属于某个企业,只为该企业储存保管物品,一般不独立核算。它们各具优缺点,一般情况下,一、二级批发企业比较集中的城市,大中型工业品仓库(除了石油、煤炭、危险品、鲜活、冷藏等特种仓库外)适宜集中管理;三级批发仓库,特别是批发机构和仓库在同一地点的,则适宜分散管理,以便开展购销业务。

同时,根据社会主义计划经济的需要,国家对重要的工业品生产资料,逐步实行与生活资料不同的管理方法,即计划分配制度。1960 年以后,在国民经济调整的过程中,国家对物资管理工作也做了整顿和改革,改革的基本原则是进一步加强对物资的计划分配和统一管理,国务院设立物资管理部,建立起全国统一的物资管理机构和经营服务系统。在仓储方面,把中央各部设立中转仓库保管物资的做法,改由物资部门统一设库保管。1962 年,成立了国家物资储运局(后改为物资储运总公司),归属于国家物资管理总局,负责全国物资仓库的统管工作。根据 1984 年的统计,国家物资储运总公司在各地设有 14 个直属储运公司,下属 76 个仓库,拥有库房和料棚 195 万平方米,货场 446 万平方米,主要承担国家掌握的机动物资、国务院各部门中转物资以及其他物资的储运任务,再加上各地物资局下属的储运公司以及仓库,在全国初步形成了一个物资储运网。

从国营商业仓库系统来看,截止到 1981 年底,全国县以上通用商业仓库已经达到 5 700 多万平方米,初步形成按专业、按地区设立的仓库网。在这一阶段,无论仓库建筑、装备,还是装卸搬运设施,都有很大发展,是旧中国商业仓库所无法比拟的。

第四阶段:仓储业现代化发展阶段

在中国一个较长时期里,仓库一直是属于劳动密集型企业,即仓库中大量的装卸、搬运、堆码、计量等作业都是由人工来完成的,因此,仓库不仅占用了大量的劳动力,而且劳动强度大,劳动条件差,特别在一些危险品仓库,还极易发生中毒等事故;从劳动效率来看,人工作业的劳动效率低,库容利用率不高。为迅速改变这种落后状况,中国政府在这方面下了很大力气,首先重视旧式仓库的改造工作,按照现代仓储作业要求改建旧式仓库,增加设备的投入,配备各种装卸、搬运、堆码等设备,减轻工人的劳动强度,改善劳动条件,提高仓储作业的机械化水平;另一方面,新建了一批具有先进技术水平的现代化仓库,特别是 20 世纪 60 年代以来,随着世界经济发展和现代科学技术的突飞猛进,仓库的性质发生根本性变化,从单纯地进行储存保管货物的静态储存一跃进入多功能的动态储存新领域,成为生产、流通的枢纽和服务中心。大型自动化立体仓库的出现,使仓储技术上了一个新台阶。

在 20 世纪 90 年代后期,随着物流系统化的观念和供应链管理思想的引进和运用,我国企业传统的"谁使用谁保管"的仓储管理模式逐步发生了变化,物流外包成为企业致力于提高核心竞争力的途径之一。这时,建立在专业化仓储基础上的第三方物流企业有了广阔的市场发展空间,同时企业物流外包对我国传统仓储业提出了更高的要求,仓库不再是"蓄水池",而应该是"河流",是物流中心和配送中心。

我国加入 WTO 之后,所有的服务行业经过合理过渡期后取消了大部分外国股权限制,不限制外国服务供应商进入目前的市场,不限制所有服务行业的现有市场准入和活动。租赁、速递、货物储运、货仓、技术检测和分析、包装服务等方面的限制将在 3～4 年内逐步取消;在此期间,国外的服务供应商可以建立全资分支机构或经营机构。因此我国的物流市场将逐步全面开放,传统仓储业也将面临激烈的竞争和众多的机遇,必须尽快转变经营观念、提升管理水平。

二、中国仓储业的主要不足

我国仓储业经过多年的改革之后,已经有了一些进步,但是与国际企业以及市场需求相比较,还有明显的不足,主要表现在以下几个方面:

(一) 具有明显的部门仓储业特征

我国自从确立了生产资料社会主义公有制为主体的社会主义经济制度后,建立起集中统一的经济管理体制,在中央集中统一领导下,形成了以部门管理为主的管理体制。在高度计划经济体制下,我国的生产资料流通完全纳入了计划分配轨道,企业所需要的物资只能按照企业的隶属关系进行申请,经过综合平衡以后,再按各部门需求进行计划供应。而各部门为了储存保管好分配来的各种物资,就需要建立仓库。于是,层层设库、行行设库的现象层出不穷,逐渐形成了部门仓储管理系统。从当时来看,部门仓储业的建立为保证本部门的物资供应,完成本部门的生产建设任务起到了积极作用。但是,这样的管理思想至今仍在产生影响,一些部门依然只从本部门利益出发,很少顾及其他部门或国家的利益,再加上相互间缺乏沟通,又没有一个统一管理部门来进行协调和统筹安排,致使重复设库问题依然严重。

（二）仓库的拥有量大,但管理水平较低

由于长期以来是以行政部门为系统建立仓库,所以不同部门、不同层次、不同领域为方便自身使用都来设立仓库,从而使我国的仓库拥有量居世界前列。但是,由于没有一个统一的仓储管理部门,也没有做过全国性的统计,所以我国仓库拥有量的底数并不十分清楚。

我国的仓库数目虽然很多,但是仓库管理水平却不高。究其主要原因,是我们有些领导在思想上对仓储管理不够重视,他们把主要精力放在如何争取货源上,在仓储管理上的投入很少。再加上长期的"重生产,轻流通"、"重购销,轻储运"思想的影响,使社会上普遍对仓库工作存在一种偏见,认为仓库不需要知识,也不需要技术,致使仓库在人力资源的配置上受到很大影响。

（三）仓储技术发展不平衡

自改革开放以来,国外先进的仓储技术不断传入我国,使我国仓储业发生了显著的变化,特别是自动化仓储技术传入我国以后,仓储业在仓储技术方面有了较大提高。与此同时,人们对仓储工作的看法也起了变化,开始逐渐重视仓储管理工作。即使如此,各地区、各行业发展不平衡的现象仍然比较明显。有的企业拥有现代化仓储设备,而有的仓库却还处在以人工作业为主的原始管理状态,仓库作业大部分靠肩扛人抬,只有少量的机械设备,当出入库任务较集中时,还要采用人海战术。

（四）仓储管理方面的法规法制还不够健全

建立健全以责任制为核心的规章制度是仓储管理的一项基础工作,严格的责任制是现代化大生产的客观要求,也是规范每个岗位职责的依据。新中国成立以来,建立了不少仓储方面的规章制度,但随着生产的发展和科学水平的提高,有些规章制度已经不适合现有工作,需要进行修改和新建。在仓储管理法制方面,我国的起步较晚,至今还没有一部完整的《仓库法》。

三、世界及中国仓储业的发展趋势

（一）仓库建设由标准化向定制化转变

随着全球500强企业在中国陆续落户,中国成为全球加工中心已成现实。全球加工中心意味着全球仓库中亚洲的仓库数量最多,亚洲又以中国的数量最多。目前从数量上看,仓库数量在减少,但仓库面积却在增加,因为在建或新建的单个仓库的面积通常都在 6 000 平方米以上。

从仓库建设的标准化程度上看,已由过去的清一色标准化通用仓库为主转变为依据客户库存产品的类型、数量、服务频率、服务水平而量身订制的仓库。在这方面,我国与日本、美国和欧洲发达国家之间有较大的不同,见表 1-3。

表 1-3 中国仓库建设与发达国家的主要不同点

	已建及在建仓库中标准化库的比例	仓库高度	站台形式	库内办公区占用面积
中国	80%	10 米以下居多	有\4.5 米\雨棚	3%
日本	不到 10%	楼库居多	无\有,宽 6 米	20% ~30%
欧洲	15% ~20%	匍匐式 10 米以上	无\有,宽 6 米	15% ~20%
美国	15% ~20%	匍匐式 10 米以上	无\有,宽 6 米	15% ~20%

(二)仓储服务由标准业务向战术服务和战略服务转变

考虑市场因素,企业不断在自营物流与物流外包之间进行权衡。从世界物流巨头以及我国 2006 年 35 家上市物流企业的业绩来看,名列前茅的无一不是资产型企业。它们在仓储和运输两大支柱的基础上不断进行业务创新,现代仓储规划与管理已不单纯重视提高空间利用率,更强调提升空间价值率。

1. 物流标准业务

除仓库管理和运输服务外,产品回收、再包装、咨询服务、货物在途跟踪、报关、货运代理、货物拼箱等服务目前大多被列为仓储型物流企业的标准业务范围。

2. 物流战术服务

物流战术服务通常指仓储企业能接受客户的委托,帮助客户选择运输方式、管理并控制库存量、调整并确定仓库选址、进行货运付款、仓单质押等。参见案例 13。

▶ **案例 13**

中国建设银行上海分行已经开展"标准仓单质押融资"业务

2002 年 8 月 31 日国际经贸消息报道:"仓单质押"业务在中国物资储运

行业开展了将近三年,是解决仓库存货客户资金紧缺、保证银行放贷安全和增加储运仓库货源的有效途径,可以取得一举三得的效果。

如果企业拥有上海期货交易所指定仓库现货,在急需短期运营资金时,可以其自有且允许在交易所交易的标准仓单为质押,向中国建设银行上海分行申请短期融资,融资期限为 10~180 天,质押率高达 80%。

3. 物流战略服务

物流战略服务通常指仓储企业已经成为客户的战略合作伙伴,能够参与客户分拨网络的优化,管理虚拟仓库资源等战略决策。

本章小结

拥有和控制库存是所有企业和组织都会碰到的问题,因此对库存问题的认识态度和角度将对企业或组织采用什么样的库存策略和仓储决策产生重大影响,所以我们需要从多个角度学习和掌握库存的意义和规律。仓储决策有多种方式,几乎没有一个企业只采用一种方式,所以我们必须掌握每种方式的优点和缺点,以便于正确运用。仓储管理本身有其独特的规律,这是这门学科存在的前提,所以,我们也要充分认识仓储管理的性质、特点和原则。此外对仓储发展史和趋势的学习也是必要的,我们可以从中了解世界仓储领域的发展水平和中国特色的仓储市场。

思考题

1. 举例说明仓储管理系统在企业、组织或区域物流系统中的作用。
2. 一个合格的仓储管理系统应该具备哪些功能?
3. 仓储的消极作用是如何表现的?
4. 调查分析你所在地区第三方物流与专业仓储的发展现状。
5. 在网上查询中国仓储协会及相关物流协会的职能。
6. 当仓库需要为客户提供标准业务以外的战术服务和战略服务时,你认为一个仓储管理者应该具备哪些知识和能力?

仓库分类及仓库建设规划

主要内容

- ■ 仓库的分类
- ■ 仓库建设规划概述
- ■ 仓库网点规划设计
- ■ 仓库地址选择
- ■ 库区总体布局

在我国可以看到各种各样的仓库,有的仓库中物品堆积如山,有的则门庭冷落,这种情况产生的原因是多方面的,其中对仓库建设规划的认识不足就是其中之一。通过本章内容的学习,应该掌握仓库的分类以及各类仓库的特征和应用领域,理解仓库建设规划对区域经济及企业自身的影响,掌握仓库配置的原则、仓库选址的方法以及仓库总体布局的原则和仓库面积的确定方法。仓储设施和设备的选择原则和方法将在下一章中讨论。

第一节　仓库的分类

一、仓库的概念

根据中华人民共和国国家标准《物流术语 Logistics termsGB/T18354-2001》中 5.1,仓库(warehouse)是保管、储存物品的建筑物和场所的总称。

仓库曾经被认为只具备仓储的职能,而现在库存的"流速"已成为评价仓库职能的重要指标,仓库是"河流"而不再是"水库"或"蓄水池"。对仓储管理的要求已从静态管理向动态管理发生了根本性的转变,对仓储管理的基础工作也提出了更高的要求。因此,从现代物流系统的角度来看,仓库是从事储存、包装、分拣、流通加工、配送等物流作业活动的物流节点设施。

在一个国家、一个地区、一个企业的物流系统中需要有各种各样的仓库,它们的结构形态各异,服务范围和对象也有着较大的差别,因此,正确把握各种仓库的特点,对于仓库建设规划和仓储管理都具有一定的实际意义。参见案例 1。

▶ 案例 1

伦吉斯:世界最大的鲜活产品批发市场

法国伦吉斯批发市场位于巴黎南郊伦吉斯地区,于 1966 年 3 月建成开业,是目前世界上最大的鲜活产品批发市场。市场占地 232 公顷(9 000 亩),建筑面积 217 万平方米,分为水产、肉食、水果、蔬菜、乳制品、蛋品、花卉等交易区和仓储区。市场有 12 162 名雇员,有近 900 家批发商,1 000 多家自产自销的经营公司、专业户。年成交量 300 多万吨,年营业额 550 多亿欧元,其产品主要供应巴黎近 1 000 万人口的消费,同时也销往北欧、南欧、沙特阿拉伯、北非等国家和地区。

作为目前世界最大的农产品贸易平台,伦吉斯市场在人员、产品质量、服务、物流、加工和基础设施等方面已成为优质的象征。市场拥有一支由经济学家、工程师、建筑学者、物流工程与管理者组成的技术力量很强的专家队伍,在贸易和流通方面对市场进行规划和日常组织,对外提供专业管理和技术服务,开展广泛的国际交流活动。

伦吉斯批发市场距巴黎市中心6公里,距机场仅2公里,直接与高速公路及火车站相连接。市场有4个入口,27条主要道路,10条公共汽车线路,交通便利。

在这个市场中,我们可以见到各种类型的仓库,如存放香蕉的具有成熟培育功能的气调仓库,存放蔬菜的恒温恒湿库,存放海产品的冷冻库等。其中既有批发商投资并拥有的自用仓库,也有由市场建设租赁给商户的营业仓库。

(资料来源:新浪财经,www. sina. com)

二、仓库的类型

仓库按不同的标准可进行不同的分类,一个企业或部门可以根据自身条件选择建设或租用不同类型的仓库。

(一)按使用范围不同分类

(1)自用仓库。是生产或流通企业为了本企业经营的需要而修建的附属仓库,完全用于储存本企业的原材料、燃料、产成品等货物。

(2)营业仓库。是某些企业专门为了经营储运业务而修建的仓库。

(3)公用仓库。是由国家或主管部门修建的为社会服务的仓库,如机场、港口、铁路的货场、库房等。

(4)出口监管仓库。是经海关批准,在海关监管下,存放已按规定领取了出口货物许可证或批件,已对外买断结汇并向海关办完全部出口海关手续的货物的专用仓库。

(5)保税仓库。是经海关批准,在海关监管下,专供存放未办理关税手续但已入境或过境货物的场所。参阅案例2。

▶ 案例2

保税物流中心 A 和保税物流中心 B

伴随着更多的跨国企业在中国生产与经营业务的扩大,我国的保税仓库目前有保税物流中心 A 型和 B 型两种形式。

保税物流中心 A 型是指经海关批准,由中国境内企业法人经营、专门从事保税仓储物流业务的海关监管场所。保税物流中心(A 型)按照服务范围分为公用型物流中心和自用型物流中心。公用型物流中心是指由专门从事仓储物流业务的中国境内企业法人经营,向社会提供保税仓储物流综合服务的海关监管场所。自用型物流中心是指由中国境内企业法人经营,仅向本企业或者本企业集团内部成员提供保税仓储物流服务的海关监管场所。我国第一个 A 型保税物流中心建于上海闵行区,客户是诺基亚。

保税物流中心 B 型是指经海关批准,由中国境内一家企业法人经营,多家企业进入并从事保税仓储物流业务的海关集中监管场所。即海关对保税物流中心 B 型按照出口加工区监管模式实施区域化和网络化的封闭管理,并实行 24 小时工作制度,这种模式已于 2004 年 8 月 18 日在江苏省苏州工业园区进行试点。

在海关政策方面,保税物流中心 A 型和 B 型相似,基本体现"进口保税仓"、"出口监管仓"两仓合一的功能,进口的货物进入保税物流中心 A 型和 B 型即可实现对外付汇;出口的货物进入区港联动、保税物流中心 A 型和 B 型即可申请出口退税。

(资料来源:海关总署网站,www. customs. gov. cn)

(二) 按保管物品种类的多少分类

(1) 综合库。指用于存放多种不同属性物品的仓库。

(2) 专业库。指用于存放一种或某一大类物品的仓库。

(三) 按仓库保管条件分类

(1) 普通仓库。指用于存放无特殊保管要求的物品的仓库。

(2) 保温、冷藏、恒湿恒温库。指用于存放要求保温、冷藏或恒湿恒温的物品的仓库,参见案例 3。

(3) 特种仓库。通常是指用于存放易燃、易爆、有毒、有腐蚀性或有辐射性物品的仓库。

(4) 气调仓库。指用于存放要求控制库内氧气和二氧化碳浓度的物品的仓库。

▶ **案例3**

全国最大冷库在山东青岛开业

2007年10月6日,青岛港同冰岛怡之航联手合作的全国最大冷库正式开业。这一合作项目将为青岛港带来每年近50万TEU的箱量,为将青岛港打造成亚洲最大的冷冻冷藏中转港奠定了基础。

青岛港是我国最大的冷藏箱进出口港,是山东地区乃至沿黄流域水产品、蔬菜出口的重要门户。而冰岛怡之航集团是全球最大的冷藏物流运营商,始建于1914年,在全球拥有118个运营点、36条运输船和近20条冷藏船,拥有90多家冷库设施,超过100万吨的储存能力,为全球范围内的冷冻保鲜货物提供运输服务,其冷藏物流分支机构遍及地中海、欧洲、美洲以及亚洲地区。

该库位于青岛港前湾新港区内,主体为6层,建筑面积55 300多平方米,建有温度 −4 ~ −25℃冷藏冷冻库房36个,总冷藏冷冻容量为5.5万吨,冷库占地及配套堆场面积24 500多平方米,整个系统全部实现了自动化控制。

(案例编自新浪财经新闻)

(四)按仓库建筑结构分类

(1)封闭式仓库。这种仓库俗称“库房”,该结构的仓库封闭性强,便于对库存物进行维护保养,适宜存放保管条件要求比较高的物品。

(2)半封闭式仓库。这种仓库俗称“货棚”,货棚的保管条件不如库房,但出入库作业比较方便,且建造成本较低,适宜存放那些对温湿度要求不高且出入库频繁的物品。

(3)露天式仓库。这种仓库俗称“货场”,货场最大的优点是装卸作业极其方便,适宜存放较大型的货物。

(五)按建筑结构分类

(1)平房仓库。平房仓库的构造比较简单,建筑费用便宜,人工操作比较方便。

(2)楼房仓库。楼房仓库是指二层楼以上的仓库,它可以减少土地占用面积,进出库作业可采用机械化或半机械化。

(3)高层货架仓库。在作业方面,高层货架仓库主要使用电子计算机控制,能实现机械化和自动化操作。

(4)罐式仓库。罐式仓库的构造特殊,成球形或柱形,主要用来储存石油、天然气和液体化工品等。

（5）简易仓库。简易仓库的构造简单、造价低廉，一般是在仓库不足而又不能及时建库的情况下采用的临时代用办法，包括一些固定或活动的简易货棚等。

（六）按建筑材料分类

现代化的高层楼房仓库，用钢筋混凝土的较多；一般平房仓库大部分仍采用砖石和木结构；一些特殊仓库如储油罐等，则用钢结构；也有一些新型材料建成的仓库，参见案例4。

▶ **案例4**

潘帕斯平原上的袋式粮仓

现在，当阿根廷每年的粮食收获季节结束后，在一望无垠的潘帕斯平原上，到处可以看到一条条白色的长龙俯卧在刚刚收割过的田野里，这就是农户们用来储存粮食的塑料粮仓，叫做粮库袋，大约总产量的20%就地储存在这种新型粮库中。

粮库袋是用低密度聚酯材料制作的，一般直径2.7米，长61米，可以储藏200吨粮食，储存期可以达数年之久。每个售价850比索（约合280美元）。这种储藏粮食的方式解决了农户在收获季缺乏仓储能力的困难。农户可以将收获的粮食就地储存，等待市场价格合适时再出售，不必因为无法储藏而匆忙出售，在价格上吃亏；同时这样还可以节省运费，因为在高峰期，运费总是比较高的。

粮库袋在其他一些国家也有，但是在阿根廷使用最普遍，增长极快，1999年只售出250个，2002年就售出了65 000个。阿根廷企业还开发了自己的技术，出售给拉美邻国和法国、澳大利亚等国家。参见图2-1。

图2-1 阿根廷地头的塑料粮库

（七）按货物在库内的储存位置分类

（1）地面型仓库。一般指单层地面库，多使用非货架型的保管设备。

（2）货架型仓库。指采用多层货架保管的仓库。在货架上放着货物和托盘，货物和托盘可在货架上滑动。货架分固定货架和移动货架。

（3）自动化立体仓库。指出入库用运送机械存放取出，用堆垛机等设备进行机械化自动化作业的高层货架仓库，如图2-2所示。

图2-2　自动化立体仓库

自动化立体仓库的入库、检验、分类整理、上货入架、出库等作业都由计算机管理控制的机械化、自动化设备来完成，与普通的仓库相比其优点在于：

1）节省人力，大大降低劳动强度，能准确、迅速地完成出入库作业；

2）提高储存空间的利用效率；

3）确保库存作业的安全性，减少货损货差；

4）能及时了解库存品种、数量、金额、位置、出入库时间等信息。

自动化立体仓库的使用要有足够的资金作为保障，同时对库存物品的包装标准化有较高的要求。

（八）按仓库功能分类

现代物流管理力求进货与发货同期化，使仓库管理从静态管理转变为动态管理，仓库功能也随之改变，这些新型仓库据点有了以下新的称谓：

（1）配送中心。根据中华人民共和国国家标准《物流术语 Logistics termsGB/T18354-2001》中4.26，配送中心（distribution center）是从事配送业务的物流场所或组织，应基本符合下列要求：① 主要为特定的用户服务；② 配送功能健全；③ 完善的信息网络；④ 辐射范围小；⑤ 多品种、小批量；

⑥ 以配送为主,储存为辅。

（2）物流中心。根据中华人民共和国国家标准《物流术语 Logistics termsGB/T18354-2001》中 3.9,物流中心（logistics center）是从事物流活动的场所或组织,应基本符合下列要求:① 主要面向社会服务;② 物流功能健全;③ 完善的信息网络;④ 辐射范围大;⑤ 少品种、大批量;⑥ 存储、吞吐能力强;⑦ 统一经营、管理业务。

（3）转运中心。转运中心的主要工作是承担货物在不同运输方式间的转运。转运中心可以进行两种运输方式的转运,也可进行多种运输方式的转运,在名称上有的称为卡车转运中心,有的称为火车转运中心,还有的称为综合转运中心。

（4）加工中心。加工中心的主要工作是进行流通加工。设置在供应地的加工中心主要进行以物流为主要目的的加工;设置在消费地的加工中心主要进行以实现销售、强化服务为主要目的的加工。

（5）储调中心。储调中心以储备为主要工作内容,从功能上看与传统的仓库基本一致。

（6）集货中心。将零星货物集中成批量货物称为"集货",集货中心可设在生产点数量很多,每个生产点产量有限的地区。只要这一地区某些产品总产量达到一定程度,就可以设置这种有"集货"作用的物流据点。

（7）分货中心。将大批量运到的货物分成批量较小的货物称为"分货",分货中心是主要从事分货工作的物流据点。企业可以采用大规模包装、集装货散装的方式将货物运到分货中心,然后按企业生产或销售的需要进行分装,利用分货中心可以降低运输费用。

第二节　仓库建设规划概述

一、仓库建设规划的意义和内容

（一）仓库建设规划的意义

所谓仓库建设规划就是从空间和时间上,对仓库的新建、改建和扩建进行全面系统的规划。仓库建设代表着一个企业在赢得时间与地点效益方面所做出的努力,在一定程度上还是企业实力的一个标志物。更为重要的是,建设规划的合理性还将对仓库的设计、施工和运用、仓库作业的质量和安全,以及所处地区或企业的物流合理化产生直接和深远的影响。

（二）仓库建设规划的内容

（1）确定仓库网点的数量、规模及服务范围；

（2）确定备选库址；

（3）仓库库区平面规划设计；

（4）仓库建筑类型及规模确定；

（5）仓库设备类型及数量的确定；

（6）仓库技术作业流程确定；

（7）仓库建设投资及运行费用的预测。

二、仓库建设规划的特征

（一）严肃性和预见性

仓库建设规划是对仓库建设方面的重大问题进行决策，一旦付诸实施，则很难加以改变。由于规划不合理带来的后遗症将长期对仓库所在地区的物流合理化产生影响，所以，在进行规划时决不能草率行事，既要满足当前的需要，又要考虑到整个企业、地区今后发展的需要。

（二）适用性和经济性

仓库建设规划需要投入大量资金，所以必须从实际出发，满足实际需要，适合中转供应和仓储作业的要求，节省投资，节省运行费用。

（三）科学性和可行性

仓库建设规划必须符合科学原理，必须通过分析、计算、比较，提出最优方案，同时还要考虑资金、人员、技术、管理等各方面的可行性。参阅案例4。

▶ 案例4

美国照明公司的新仓库建设问题

美国照明公司（ALP）将产成品存放在分布于全美各地的8个主分拨中心 MDC（Master Distribution Center），每个分拨中心为其所在的整个地区提供销售服务。MDC和工厂位置见图2-3。大批量运输使得工厂能以经济批量进行生产。各工厂按周计划生产，尽量减少按月计划生产所出现的预测误差，降低误差的影响。

每个 MDC 是供应该地区的中枢，其规模由地区规模决定。各 MDC 中每种产品的基本库存水平是根据历史销售水平确定的。如果是新产品，就根据目标客户及其估计销量确定存储地点。

ALP 用第一时间交货的比率来衡量其运营业绩，并将其简称为客户服

图 2-3　美国照明公司的 MDC 和工厂位置

务。照明行业的竞争非常激烈,客户对供应商的要求越来越多。其中之一就是第一时间交付比率要很高。消费者渠道期望这一比率能达到98%或更高,而工商企业和原始设备制造商则希望能有95%的货物在第一时间交付。在过去几年中,ALP努力达到了这些要求,现在的目标是使所有渠道的服务水平达到或超过95%。

要迎接这一新的挑战,公司的第一个方案是针对全国消费者建立一座大型订购中心(Large Order Center,LOC)。在现有的分拨系统,每个MDC中消费产品的库存量都很高。LOC能使ALP在消费者市场的客户服务水平达到98%以上,同时降低总库存。但分拨系统因此可以减少多少库存量还是个未知数。根据ALP主要消费者客户的仓库位置,他们将选择印第安纳州的贝茨维尔作为未来的订购中心所在地。启用LOC的风险在于它对各个系列产品的影响不等。另一个方案是合并库存,减少MDC的数量,提高每个保留下来的MDC库存量,而总的系统库存量比现在要低。合并MDC除了改变库存水平外,还会影响运输成本和提前期。为使MDC的合并更经济,除了考虑降低的库存价值外,还要考虑上升的运输成本。内向运输的提前期围绕平均提前期波动1~4天不等,平均偏差是2.5天。至于外向运输,主要地区都在2天以内,偏差为1天。

LOC可能降低总库存,但在全国建新MDC的想法很难说服高层管理人员。在ALP,投资项目的限制条件是所有项目的投资回报最多在2年内收回,任何合并MDC的计划都必须达到这个投资标准,但任何大型建设项目都很难按 2 年收回投资的标准去论证。

（资料来源：〔美〕Ronald H. Ballou 著：《企业物流管理》，机械工业出版社 2002 年版。）

三、仓库建设规划流程

仓库建设规划的制定通常要经历的阶段如图 2-4 所示。

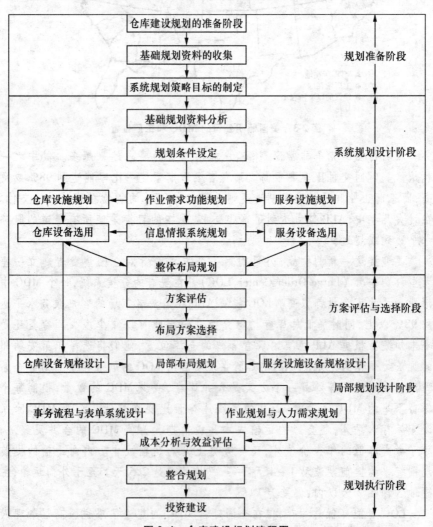

图 2-4　仓库建设规划流程图

（一）规划准备阶段

（1）组建仓库规划建设项目组，成员应来自投资方、工程设计部门等；

（2）明确制定仓库未来的功能与运营目标，以利于资料收集与规划需求分析；

（3）收集基础规划资料。收集所处地区的有关发展资料和有关基本建设的政策、规范、标准；自然条件资料；交通等协作条件资料。资料收集的目的在于把握现状，掌握市场仓库容量。

（二）系统规划设计阶段

（1）资料整理阶段。将收集到的相关资料进行汇总整理，作为规划设计阶段的依据。

（2）规划条件设定。通过对现状资料的分析，可以充分了解企业或地区原有仓库网络的弱点，进而设定新仓库的规划条件，包括仓储能力、自动化程度等。

（3）作业需求功能规划。包括新仓库的作业流程、设备与作业场所的组合等。在合理化、简单化与机械化的原则下，完成各作业阶段的需求规划。

（4）设施需求规划与选用。一个完整的仓库建设规划中所包含的设施需求相当广泛，可以既包括储运生产作业区的建筑物与设备规划，也包括支持仓库运作的服务设施规划，以及办公室及其员工活动场所等场地的设施规划。

（5）信息情报系统规划。现代仓库管理的特点是信息处理量比较大。仓库中所管理的物品种类繁多，而且由于入库单、出库单、需求单等单据发生量特别大，关联信息多，查询和统计的需求大幅度增加，管理起来有一定困难。为了避免差错和简化计算机工作，需要统一各种原始单据的格式，统一账目和报表的格式。程序代码标准化，软件统一化，确保软件的可维护性和实用性。界面尽量简单化，做到实用、方便，满足企业中不同层次员工的需要。

（6）整体布局设计——估算储运作业区、服务设施大小，并依据各区域的关联性来确定各区的摆放位置。

（三）方案评估决策阶段

一般的规划过程均会产生多种方案，应依原规划的基本方针和原规划的基准来加以评估，选择最佳方案。

（四）局部规划设计阶段

局部规划设计阶段的主要任务是在已经选定的建库地址上规划各项仓库设施设备等的实际方位和占地面积。当局部规划的结果改变了以上系统规划的内容时,必须返回前段程序,做出必要的修正后继续进行局部规划设计。

（五）计划执行阶段

当各项成本和效益评估完成以后,如果企业或组织决定建设该仓库,则可以进入计划执行阶段,即仓库建设阶段。

四、仓库建设规划最优方案的选定方法

仓库建设规划是一个非常复杂的问题,它受多种因素的影响和制约。不管是全面规划还是局部规划,都可以提出若干个规划方案,而最后则需要确定一个最优方案。这里所说的"最优"是指总体最优。规划的优劣,主要看其是否符合规划的原则和具体要求。任何规划的原则和要求都是多方面的,因此,对规划的评价应是全面综合的评价。

对规划方案的评价与选优,往往是通过几个方案的比较进行的。其具体方法可采用定性的方法或定量的方法,也可采用定性定量相结合的方法。

定性的方法主要是根据规划的原则,凭经验判定优劣,这种方法简单易行,但缺乏准确性。

定量分析的方法,是将原则和要求用一系列的指标来表示,各项指标表示为一定的量。当若干个方案进行比较时,是对多项指标进行比较。就不同的方案而言,每项指标的值大小不等,每个方案的指标都有大有小,各个方案有长处也有短处,这样很难判定其优劣。但可以通过计算方案各指标的总值来判定好坏。同时,必须考虑各项指标的重要程度不一样,因此不能同等对待,要分清主次,这就需要给每个指标一定的权数,其重要性越突出,权系数就越大。各项指标的权系数之和等于1。

对几个方案的多项指标进行比较属于多目标决策问题,最优目标函数方程为:

$$U_{max} = \sum_{i=1}^{n} W_i f_i$$
$$0 \leqslant W_i \leqslant 1$$

$$\sum_{i=1}^{n} W_i = 1 \quad i = 1,2,3,\cdots,n$$

式中:U_{max}——最优目标函数;

W_i——第 i 个指标的权系数;

f_i——第 i 个标准化后的指标值。

实际比较时可列表进行,如表2-1所示:

表2-1 方案评价表

序号	评价指标	权系数	各方案指标值			
			甲	乙	丙	丁
1	×××	0.3	×× / ××	×× / ××	×× / ××	×× / ××
2	×××	0.25	×× / ××	×× / ××	×× / ××	×× / ××
3	×××	0.15	×× / ××	×× / ××	×× / ××	×× / ××
⋮	⋮	⋮	⋮	⋮	⋮	⋮
	合计	1	×× / ××	×× / ××	×× / ××	×× / ××

表中"评价指标"根据规划的内容、原则和具体要求而定。"权系数"表示相应指标的重要程度,可采用"专家调查法"求出。"各方案指标值",可通过评点计分法或分级评定法算出相应的值。甲、乙、丙、丁各方案下面栏目内,斜线上方的数值表示指标的实际数值,斜线下方的数值表示该指标值与权系数的乘积。表最下面一栏"合计",权系数为1,各方案的指标值合计有两项,斜线上方为各项指标值的总计,斜线下方表示各项指标值与权系数乘积的合计值。

选定最优方案就是找出斜线下方合计值最大的那个方案。有时两个方案之间差异很小,这时不一定数值大的为最优,还必须结合定性分析选定最优方案。决策常用数学方法见表2-2。

表2-2 决策类型与常用数学方法

决策所含变量数量	决策环境的不确定程度	所进行的分析的动态	常用数学工具
单变量	确定型	静态	算术、基本代数、极值原理
		动态	微分方程
	概率型	静态	概率论基本原理
		动态	存货理论等

（续表）

决策所含变量数量	决策环境的不确定程度	所进行的分析的动态	常用数学工具
多变量	确定型	静态	线性/非线性规划等
		动态	动态规划等
	概率型	静态	多元统计分析
		动态	随机过程论等

第三节　仓库网点规划设计

一、仓库网点规划的概念与实质

（一）仓库网点规划的概念

（1）仓库网点。负责某一地区、组织或企业的物品中转供应的所有仓库，构成这一地区、部门或企业的仓库网点。

（2）仓库网点规划。是指在一定体制下，上述这些仓库按照特定的组织形式，在特定的地域范围内的分布与组合。

（二）仓库网点规划的实质

仓库网点规划实质上是一个地区、组织或企业的储备分布问题，配置是否合理不仅会直接影响到该地区、组织或企业资源供应的及时性和经济性，还会在一定程度上影响相关区域、组织或企业的库存水平及库存结构的比例关系。

在企业自用仓库的网点规划设计过程中，由于企业的规模不同，有时这一决策相对简单，有时却异常复杂——只有单一市场的中小规模的企业通常只需一个仓库，而产品市场遍及全国各地的大规模企业要经过仔细分析和慎重考虑才能做出正确选择。在营业型仓库的网点规划设计中，这个问题所涉及的因素则更加复杂，因为这样一个仓库建成之后通常会改变其所在地区以往的直达和中转货物的比例。

二、仓库网点规划的原则

仓库网点是为特定的企业或区域服务的，所以，仓库网点规划必须依照以下原则来进行：

（一）一致性

仓库网点规划必须与所在地区以及服务对象的经济地理条件、生产力发展水平以及发展规划相一致。

（二）服务性

仓库是为生产、流通服务的，因而不能脱离市场需求，服务不足和服务超前都不可取。

（三）经济性

仓库建设会使大量成本和问题沉淀下来，对所属企业和所处地区产生长期影响。其中成本包括大量的有形成本和无形成本。

三、仓库网点规划的主要内容

（一）仓库数量决策

仓库数量的多少主要受成本、客户要求的服务水平、运输服务水平、中转供货的比例、单个仓库的规模、计算机网络的运用等因素影响。

（1）成本。影响仓库数量的成本主要是物流总成本和失销成本。

仓库数量对物流系统的各项成本有着重要影响。一般来说，随着仓库数量的增加，运输成本和失销成本会减少，而存货成本和仓储成本将增加，图2-5描述了仓库数量和物流总成本之间的关系。

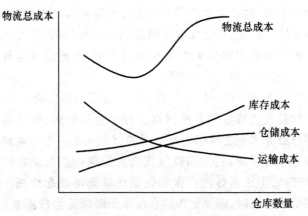

图 2-5　仓库数量与物流总成本的关系

第一，由于仓库数量的增加，企业可以进行大批量运输，所以运输成本会下降。另外，在销售物流方面，仓库数量的增加使仓库更靠近客户和市场，因此减少了商品的运输里程。这不仅会降低运输成本，而且由于能及时满足客户需求，提高了客户服务水平，减少了失销机会，从而降低了失销成本。

第二,由于仓库数量的增加,总的存储空间也会相应的扩大,因此仓储成本会上升。由于在仓库的设计中,需要一定比例的空间用于维护、办公、摆放存储设备等,而且通道也会占用一定空间,因此,小仓库比大仓库的利用率要低得多。

第三,当仓库数量增加时,总存货量就会增加,相应的存货成本就会增加。存货数量的增加,意味着需要更多的存储空间。

第四,库存的平方根定律解释了如果减少仓库的数量,货主的安全库存就会在总体上大幅度减少。这个定律揭示了未来仓库数量产生的总库存等于未来仓库数量与现有仓库数量二者商的平方根与现有总库存的乘积。计算公式可以表达为:

$$X_2 = X_1 \sqrt{\frac{n_2}{n_1}}$$

其中:n_1——现有仓库的数量;

$\quad n_2$——未来仓库设施的数量;

$\quad X_1$——现有仓库中的总库存;

$\quad X_2$——未来仓库中的总库存。

由此可以看出,随着仓库数量的增加,运输成本和失销成本迅速下降,导致总成本下降。但是,当仓库数量增加到一定规模时,库存成本和仓储成本的增加额超过运输成本和失销成本的减少额,于是总成本开始上升。当然,不同企业的总成本曲线不尽相同。

(2) 客户服务的需要。较高的物流服务需要较高的物流成本支持,其中的措施之一就是设立较多的仓库网点。对于企业来讲,商品的可替代程度与所需的客户服务水平之间存在着很强的相关关系。当企业的服务反应速度远远低于竞争对手时,它的销售量就会大受影响。如果客户在需要的时候不能买到产品,那么再好的广告和促销活动都不能起作用。所以当客户对服务标准要求很高时,需要更多的仓库来及时满足客户需求。

(3) 运输服务的水平。如果需要快速的客户服务,那么就要选择快速的运输服务。在不能提供合适的运输服务情况下,就要增加仓库来满足客户对交货期的要求。

(4) 中转供货的比例。中转供货比例的大小对仓库需求的影响非常大,当一个地区或企业中转供货的比例小,而直达供货的比例大时,这个区域或企业需要的仓库数量就会比较少,而单个仓库的规模则会比较大;反之,当这个地区或企业中转供货的比例大,而直达供货的比例小时,这个区域或企业需要的仓库数量就会比较多。

（5）计算机的应用。计算机的普及和使用成本的降低使应用模型及配套软件在现代化仓库中得以应用,利用计算机可以改善仓库布局和设施、控制库存、处理订单,从而提高仓库资源的利用率和运作效率,使仓库网点规划中空间位置与数量之间的矛盾得以缓解,实现以较少的仓库满足现有用户需求的目标。物流系统的响应越及时,对仓库数量的需求就越少。

（6）单个仓库的规模。单个仓库的规模越大,其单位投资就越低,而且可以采用处理大规模货物的设备,因此单位仓储成本也会降低。因此,从仓库规模来看,当单个仓库的规模大且计算机管理运用程度高的时候,仓库数量可以少一些;反之,则应增加数量以弥补容量及服务能力的不足。

（二）确定各仓库规模

许多因素影响仓库的规模。首先必须确定怎样衡量规模。通常情况下,仓库的规模用面积、容积和吞吐能力来表示。

仓库的空间规模主要受以下因素的影响:客户服务水平、市场大小、最大日库存量、库存物品尺寸、使用的物料搬运系统、仓库日吞吐任务量、供应提前期、规模经济、仓库布局、过道要求、仓库办公区域、使用的货架类型、需求水平和模式。

第四节　仓库地址选择

选址会大大影响企业的成本,其中包括固定成本和可变成本。仓库的选址一方面要考虑仓库本身建设和运行的综合成本,另一方面更要考虑今后的运送速度。

一旦管理者决定在一个确定的地点建立仓库,许多成本就会沉淀下来成为固定成本,难以削减也难以改变。

投资者如果选择一个劳动力很昂贵,或者缺乏培训,或者职业道德很差的地区建企业,那么企业人力资源管理将成为一个令人头疼的问题,并最终导致投资的失败。一个自动化仓库如果建在了交通不便的地方,或者生产力极不发达的地方,仓库闲置现象也就不足为奇了。

一、仓库选址策略

在物流系统设计中,适当的仓库数目和地理位置是由客户、供应商与库存品要求所决定的,因而首先要进行需求识别。在进行需求识别时,可以运用美国区位理论家埃德加·M. 胡佛(Edgar M. Hoover)提出的市场定位、生产定位、中间定位3种定位策略。

（一）市场定位策略（market-positioned strategy）

市场定位策略是指将仓库选在离最终用户最近的地方。一个仓库地理上位于接近主要客户的地点，就会使供应商的供货距离增长，但向客户进行第二程运输的距离相对缩短，这样可以提高客户服务水平。

市场定位策略最常用于食品分销仓库的建设，这些仓库通常接近所要服务的各超级市场的中心，使多品种、小批量库存补充的经济性得以实现。此外在制造业的生产物流系统中，把零部件或常用工具存放在生产线旁也是一种应用形式，以保证"适时供应"。

影响这种仓库位置的因素主要包括运输成本、订货周期、产品敏感性、订货规模、当地运输的可获得性和提供的客户服务水平。

（二）生产定位策略（production-positioned strategy）

生产定位策略是指将仓库选在接近产地的地方，通常用来集运制造商的产成品。产成品从工厂被移送到这样的仓库，再从仓库将全部种类的物品运往客户。这些仓库的基本功能是支持制造商采用集运运输产成品。

对于产品种类多的企业，产成品运输的经济性来源于大规模整车和集装箱运输；同时，如果一个制造商能够利用这种仓库以单一订货单的运输费率为客户提供服务，还能产生差别竞争优势。

影响这种仓库位置的因素主要包括原材料的保存时间、产成品组合中的品种数、客户订购的产品种类和运输合并率。

（三）中间定位策略（intermediately positioned strategy）

中间定位策略是指把仓库选在最终用户和制造商之间的中点位置。中间定位仓库的客户服务水平通常高于制造定位的仓库，但低于市场定位的仓库。企业如果必须提供较高的服务水平和提供由几个供应商制造的产品，就需要采用这种策略，为客户提供库存补充和集运服务。

仓库选址所要考虑的因素在某些情况下是非常简单的，而在某些情况下却是异常复杂的，尤其是在关系国计民生的战略储备仓库的选址时，这种复杂性就更加突出，参阅案例5。

▶ **案例 5**

美国与中国的战略石油储备库选址

1973 年的石油危机使美国经济遭受惨重打击,美国政府下决心建立战略石油储备。1975 年 12 月 22 日,福特总统签署《1975 年能源政策和储备法》。战略石油储备制度建立后,美国的石油储备量迅速上升,20 世纪 80 年代前期增长最快,1980 年突破 1 亿桶,1981 年即迅速增加到 2.3 亿桶,1985 年接近 5 亿桶。此后增长速度明显放慢,1990 年达 5.86 亿桶,1994 年达到最高峰 5.92 亿桶。在最高纪录保持一年后即开始回落,2000 年降至 5.41 亿桶。"9·11"恐怖袭击之后,布什政府立即认识到作为美国经济命脉的石油供应一旦由于突发事件中断,可能会给美国带来灾难性的影响。因此,在 2001 年 11 月中旬,布什下令能源部迅速增加战略石油储备,为防止石油供应中断采取最大限度的长期保护措施,目标是 2005 年将战略石油储备增加到 7 亿桶,达到目前战略储备能力的极限。

美国的战略石油库分别建在得克萨斯和路易斯安那,如图 2-6。

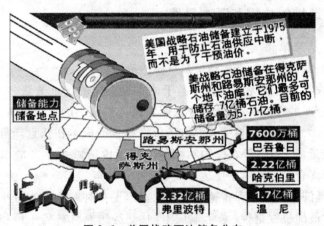

图 2-6　美国战略石油储备分布

得克萨斯州面积 692 402 平方公里,占美国总面积的 7.5%,是美国内陆面积最大的一个州,绝大部分地势平坦,地面由西北向东南倾斜。有许多大河由西北平行向东南流,注入墨西哥湾。得克萨斯原以农业为主,是美国最大的农业州。自 1901 年得州休斯敦地区发现石油后,众多石油公司蜂拥而至,"海湾""壳牌""德士古"等 25 个主要石油公司都将总部设在这里,成为全国最大的炼油中心。美国的石油化工产品大部分在这里生产。

与得克萨斯州紧密相连的路易斯安那州的石油产量仅次于得克萨斯，也是美国石化工业的佼佼者,生产全美 1/4 的石化产品,新奥尔良和巴吞鲁日是全美最大的港口之一。

建立石油战略储备,简单地说就是建大油库,这是一个耗资巨大的工程。"十一五"期间,我国按照国家储备与企业储备相结合、以国家储备为主的方针,统一规划,分批建设。

我国在发展与改革委员会设立了国家石油储备办公室,专门处理国家石油储备方面的事务,为战略石油储备基地选址,在一期规划的镇海、舟山、黄岛和大连四个储备基地中,镇海和舟山基地已开始注油。广东大亚湾和湛江两个基地选址暂时未获通过。这些作为备选地的城市都基本具备以下条件:首先,港口条件、地质条件等都符合要求;其次是邻近大型的石油炼化厂,在能源输送、市场连接、应急情况方面都比较理想。

(资料编自网络新闻)

二、选址的依据和基本思路

(一) 选址依据

成本最低通常成为仓库选址最重要的依据。

德国农学家杜能提出了一种基于成本最小化的选址方法,特别是在涉及农产品仓库的选址时,他认为应该使农民支付最小的运输成本,从而使他们的利润最大化。杜能模型假设市场价格和生产成本在任意产量上都是不变的(或接近的)。由于农民的利润等于市场价格减去生产成本和运输成本,因此最优仓库地址就是使运输成本最小化的点。

德国经济学家阿尔弗雷德·韦伯也提出了一种基于成本最小化的选址模型,仓库最优位置是使"总运输成本"——运送原材料到工厂和运送产品到市场的成本最优化的点。韦伯认为,如果原材料加工后重量减少,则仓库应该选择建在接近原材料供给的地方;反之,则应该选择建在接近最终用户的地方;如果加工后重量没有变化,则仓库接近原材料供应地还是接近产品市场的结果都是一样的。

胡佛模型考虑了成本和需求因素,强调在选址时使成本最小。胡佛还指出运费和距离是非线性关系,即运费随距离增加而上升,但速率是递减的。

美国选址理论家梅尔文·格林哈特扩展了前辈的工作,在选址中考虑了赢利性和环境、安全等特有因素,最优仓库位置应该是使利润最大化的点。

（二）选址的基本思路

（1）选择国家。随着生产全球化的趋势不断增强,在全球范围内选择建设仓库的地点已经成为许多跨国经营企业面对的问题,参阅案例6。在全球范围内选择建库地址时,需要考虑以下问题:

1）各国政府的政策,以及政策的稳定性;

2）各国的文化和经济问题;

3）各国在全球市场中的位置及重要程度;

4）劳动供给情况,包括劳动力的工作能力、工作态度和成本;

5）生产供应能力和通信技术水平;

6）税收、汇率等情况。

▶ **案例6**

跨国公司在亚洲的"远程仓储"战略

远程仓储已在越来越多的跨国公司中成为一种节约成本、方便营运的运作方式。如今到亚洲采购已成为一种趋势,越来越多的公司不再像以前那样把货物进口后储存在本国仓库中备用,而是充分利用当地的低成本和廉价劳动力,把货物存放在亚洲的仓库里,随后直接运到客户手中。

专家估计,通过在亚洲原产地附近存储货物,可以使美国进口商在仓储和货物搬运方面的成本节省20%～30%,同时把货物分拣、包装、拼箱等物流服务项目也放到亚洲,又可以节约一笔开支,一旦客户需要,就随时运送出去。这样做对跨国企业还有一个好处,即一旦供应商或销售方面出现变化,企业可以最快做出反应,及时调整库存,而不必像以往那样把货物再从美国送回亚洲。对那些从事季节性商品采购的进口商来说,这种"远程仓储"的方式尤为有利。比如,进口商可以让生产厂家在比较空闲的12月份生产出万圣节用的面具,然后存上大半年,到需要时运到美国。货主还可以一次性以优惠价订下大批量货物,存放在廉价的"远程仓库"里,从而有效地实现商流与物流的分离。

（2）选择地区。在一个国家里,不同地区、不同城市的生产力发展水平会存在较大差异,所以要根据以下因素进行选择:

1）企业目标;

2）地区吸引力,包括文化、税收、气候等因素;

3）劳动力供应及成本;

4）公用设施的供应及成本;

5）土地及建筑成本;

6）环境管理措施。环境管理等非量化因素有可能对仓库选址产生更为显著的影响,参阅案例7。

▶ 案例7

Target 商店发现选址时要考虑的不仅是正确的模型

在为服务于芝加哥的主要配送中心选址时,Target 商店考虑了 3 个州的 55 个场所。他们做了所有正确的事:考虑与市场的临近程度、运输成本、可利用的劳动力和每个地方提供的税收激励。并将目标锁定为 3 个场所,最后选择了威斯康星 Oconmowoc 镇的工业园。Target 没有料到自己会卷入一场政治家之间关于环境的争端之中。

在破土动工之前,Target 完成了所有必要的法律和环境程序。然而环境组织并不满意——地下水怎样排放? 来自卡车和员工的交通堵塞以及尾气造成的污染怎么办? 这些团体认为 Target 的项目仓促通过了州政府,公众知晓度很低。使事情进一步恶化的是相邻的一个镇抗议这次开发,因为他们以前和 Oconmowoc 在水和下水道问题上发生过冲突。

Target 能从中获得什么教训呢? 首先,如果早意识到这些问题的程度,Target 管理者可能会用更多的时间事先和地方团体达成协议;其次,要遍历政治活动中所有“正确的”步骤,仅仅与管制者和地方政府交涉是不够的;再次,像 Oconmowoc 这样拥有 70 000 人口的小镇,其居民对建在他们镇上的新设施的影响很敏感——增加更多的房屋、学校、公路和基础设施可能会改变小镇的氛围,当地居民不喜欢这样;当地商人可能更担心他们的长期雇员被新雇主挖走。

一旦设施建立起来,其生存和成功就要依赖于维持和巩固与市民的关系了。Target 采取了这样的政策——作为承诺的一部分,Target 每年向小镇捐赠 5% 的税前收入。这个故事有个好的结尾,Oconmowoc 配送中心建立起来且运作良好。

（案例改编自道格拉斯·兰伯特著:《物流管理》,电子工业出版社2003年版）

（3）选择具体位置。一个城市的东西南北均存在各个方面的差异,在选择建库地址时要注意的因素主要包括:

1）场所的大小和成本;

2）（高速）公路、铁路、水路和空运系统;

3）与外部协作方的距离;

4）环境影响因素,包括地形、地质、气象、污染源及污染程度等;

5）劳动力的态度。

三、仓库选址的步骤

（一）调查准备

（1）组织准备。由投资策划方组织相关的工程技术人员、系统设计人员和财务核算人员成立一个专门的工作小组。

（2）技术准备。根据拟新建仓库的任务量大小和拟采用的储存技术、作业设备对仓库需占用的土地面积进行估算。调查了解仓库所处地区的自然环境、协作条件、交通运输网络、地震、地质、水文、气象等资料。

（3）现场调查。现场调查的主要任务是具体考察拟建仓库地点的实际情况,为提出选址报告掌握第一手资料,并进行综合分析确定多个备选地址。

（二）提出选址报告

仓库选址报告应该包括以下内容:

（1）选址概述。这一部分要简明扼要地阐述选址工作组的组成,选址工作进行的过程,选址的依据和原则,简单介绍可供选择的几个地点,并推荐一个最优方案。

（2）选址要求及主要指标。说明为了适应仓库作业的特点,完成仓储生产任务,备选地点应满足的基本要求,简述各备选地址满足要求的程度。列出选址的主要指标,如仓库总占地面积、仓库存储能力、仓库职工总数、水电需用量等。

（3）库区位置说明及平面图。这部分说明库区的具体方位,四周距主要建筑物及大型设施的距离,附近的地形、地貌、地物等,并画出区域位置图。

（4）建设时占地及拆迁情况。这部分要说明仓库建设占地范围内的耕地情况、拆迁户数及人口数,估算征地和拆迁费用。

（5）当地地质、地震、气象和水文情况。这部分包括备选地的地质情况、地震烈度、气温、降水量、汇水面积、历史洪水水位等。

（6）交通及通信条件。这部分要说明备选地的铁路、公路、水运及通信的设施条件和可利用程度。

（7）地区协作条件。这部分要说明备选地供电、供水、供暖、排水等协作关系以及职工福利设施共享的可能程度。

（8）方案对比分析。对提出的几个备选地址,依照已经确定的原则和具体指标进行对比分析,分析每个仓库方案的利弊得失。

四、评估选址方案的方法

（一）确定单一仓库地址

（1）在现有用户中确立一个仓库。如果可以在现有用户中确立一个仓库,那么用总距离最短、总运输周转量最小、总运输费用最小来计算比较简单。

（2）确立一个新的仓库地址。当完全新建一个仓库时,可用因素比重法、重心法、盈亏平衡分析法、微分法和运输模型法进行评估选址。下面主要介绍因素比重法、盈亏平衡分析法和重心法。

1. 因素比重法

选址中要考虑的因素很多,但是总有一些因素比另一些因素相对重要,所以决策者要判断各种因素孰轻孰重,从而使评估更接近现实。这种方法有6个步骤:

第一步列出所有相关因素。仓库选址的相关因素主要有:公路、铁路、水路、航空等运输条件、环境污染、财政税收政策、劳动力成本、可利用资源及成本、社会费用、时间损耗等。

第二步赋以每个因素以权重,以反映它在决策中的相对重要性。在不同地区,相同因素的权重是不同的。例如,若天津和上海相比,劳动力成本的权重差别很小;若中国和日本相比,劳动力成本的权重差别就会很大。

第三步给每个因素的打分取值设定一个范围（1～10 或 1～100）。

第四步用第三步设定的取值范围就各个因素给每个备选地址打分。通常采用专家打分法。

第五步将每个因素的得分与其权重相乘,计算出每个备选地址的得分。

第六步考虑以上计算结果,总分最高者为最优。

2. 盈亏平衡分析法

盈亏平衡分析法也是一种选址决策常用的方法,用来对多个选址方案进行经济比较。通过定义固定成本、可变成本,并为每个备选地址计算并画出总成本曲线,再比较各备选地址的总成本,择优选取对应期望仓储规模或能力总成本最小的一个。盈亏平衡分析图表可以直观显示仓库规模和能力变动对总成本的影响。该方法有 3 个步骤。

第一步确定每个地址的年固定成本和单位可变成本。例如,要在 A、B、C 三个地点中选择一个设立仓库,各自的年固定成本和单位可变成本见表 2-3:

表 2-3 三个备选地点的年固定成本和单位可变成本

地址	年固定成本(元)	单位可变成本(元/单位)
A	200 000	1.00
B	180 000	1.75
C	170 000	3.00

第二步绘出成本变化曲线。画出上述三个备选地址的总成本线,即可看到每个地址适合的年吞吐量范围,如图 2-7 所示。

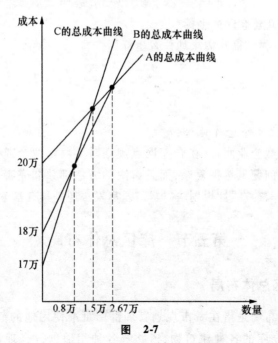

图 2-7

第三步选择对应期望吞吐量总成本最小的地址。如果上述仓库的设计吞吐能力为 12 000 单位,那么 B 是最优的选择。

3. 重心法

重心法是单设施选址中常用的模型,因为这种方法中选址因素只包含运输费率和该点的货物运输量,所以很简单。在数学上被归纳为静态连续选址模型。

设有一系列点分别代表供应商位置和需求地位置,各自有一定量物品需要以一定的运输费率运往待定仓库或从仓库运出,那么仓库应该处于什么位置? 计算方法如下:

$$minTC = \sum_i V_i R_i d_i$$

式中:TC——总运输成本

V_i——i 点的运输量

R_i——到 i 点的运输费率

d_i——从拟新建的仓库到 i 点的距离

$$d_i = \sqrt{(x - x_i)^2 + (y - y_i)^2}$$

式中:x,y——新建仓库的坐标

x_i,y_i——供应商和需求地位置坐标

$$x = \frac{\sum_i x_i V_i}{\sum_i V_i}, \quad y = \frac{\sum_i y_i V_i}{\sum_i V_i}$$

(二) 确立多个仓库地址

对于大多数企业而言,在仓库网点规划时要决定两个或多个仓库的选址问题。这个问题虽然很复杂,而且解决的方法都并非完善,但精确法、多重心法、混合—整数线性规划法、模拟法、启发法还是具有参考价值的。

第五节 库区总体布局

一、库区总体布局

库区总体布局是指在城市规划管理部门批准使用地的范围内,按照一定的原则,把仓库的各种建筑物、道路等各种用地进行合理协调的系统布置,使仓库的各项功能得到发挥。

（一）库区构成

仓库库区由储运生产区、辅助生产区和行政商务区构成。

储运生产区内主要进行装卸货、入库、拣选、流通加工、出库等作业,这些作业一般具有流程性的前后关系。辅助生产区和行政商务区内主要进行计划、协调、监督、信息传递、维修等活动,与各储运生产区有作业上的关联性。

（二）影响库区总体布局的主要因素

影响库区总体布局的因素主要有以下几个方面:

（1）周围环境。仓库周围的环境包括四邻及附近产生有害气体、固体微粒、震动等情况,以及交通运输条件和协作方的分布等。

（2）存货特点。存货特点指仓库建成后存放物品的性质、数量以及所要求的保管条件。

（3）仓库类型。仓库类型指仓库本身的性质特点,例如综合仓库与专业仓库就会有明显的不同。

（4）作业流程。作业流程指仓库作业的构成及相互关系。

（5）作业手段。自动化、机械化和人工作业在布局方面会有质的差别。

（三）总体布局的基本原则

在进行总体布局时应遵循以下基本原则:

（1）便于储存保管。仓库的基本功能是对库存进行储存保管。总体布局要为保管创造良好的环境,提供适宜的条件。

（2）利于作业优化。仓库作业优化指提高作业的连续性,实现一次性作业,减少装卸次数,缩短搬运距离,使仓库完成一定的任务所发生的装卸搬运量最少。同时还要注意各作业场所和科室之间的业务联系和信息传递。

（3）保证仓库安全。仓库安全是一个重要的问题,其中包括防火、防洪、防盗、防爆等。总体布局必须符合安全部门规定的要求。

（4）节省建设投资。仓库中的延伸性设施——供电、供水、排水、供暖、通信等设施对基建投资和运行费用的影响都很大,所以应该尽可能集中布置。

二、仓库面积的组成及计算

（一）实用面积

实用面积指仓库中货垛或货架占用的面积。实用面积的计算主要有3种方法。

（1）计重物品就地堆码。实用面积按仓容定额计算，公式为

$$S_实 = \frac{Q}{N_定}$$

式中：$S_定$——实用面积（平方米）

　　　Q——该种物品的最高储备量（吨）

　　　$N_定$——该种物品的仓容定额（吨/平方米）

仓容定额是某仓库中某种物品单位面积上的最高储存量，单位是吨/平方米。不同物品的仓容定额是不同的，同种物品在不同的储存条件下其仓容定额也不相同。仓容定额的大小受物品本身的外形、包装状态、仓库地坪的承载能力和装卸作业手段等因素的影响。

（2）计件物品就地堆码。实用面积按可堆层数计算，公式为

$$S_实 = 单件底面积 \times \frac{总件数}{可堆积层数}$$

（3）上架存放物品。上架存放物品要计算货架占用面积，公式为

$$S_实 = \frac{Q}{(l \cdot b \cdot h) \cdot k \cdot \gamma} \cdot (l \cdot b) = \frac{Q}{h \cdot k \cdot \gamma}$$

式中：$S_实$——货架占用面积（平方米）

　　　Q——上架存放物品的最高储备量（吨）

　　　l、b、h——货架的长、宽、高（米）

　　　k——货架的容积充满系数

　　　γ——上架存放物品的容重（吨/立方米）

（二）有效面积

有效面积是指仓储作业占用面积，包括实用面积、通道、检验作业场地面积之和。计算方法主要有以下几种：

（1）比较类推法。比较类推法是以已建成的同级、同类、同种仓库面积为基准，根据储量增减的比例关系，加以适当调整来推算新建库的有效面积。公式为

$$S = S_0 \cdot \frac{Q}{Q_0} \cdot k$$

式中：S——拟新建仓库的有效面积（平方米）

　　　S_0——参照仓库的有效面积（平方米）

　　　Q——拟新建仓库的最高储备量（吨）

　　　Q_0——参照仓库的最高储备量（吨）

　　　k——调整系数（当参照仓库的有效面积不足时，$k>1$；当参照仓库的

有效面积有余时，$k < 1$。）

（2）系数法。系数法是根据实用面积及仓库有效面积利用系数计算拟新建仓库的有效面积。公式为

$$S = \frac{S_{实}}{\alpha}$$

式中：S——拟新建仓库的有效面积（平方米）

$S_{实}$——实用面积（平方米）

α——仓库有效面积利用系数，即仓库实用面积占有效面积的比重

（3）直接计算法。直接计算法即先计算出货垛、货架、通道、收发作业区、垛距、墙距所占用的面积，然后将它们相加求出总面积。

（三）建筑面积

如果要求仓库的建筑面积，还要除以建筑系数，这与采用的建筑形式密切相关。

1. 仓库常用建筑结构

（1）单层仓库。单层仓库中有的需要配置起重设备，有的则不需要，所以这两种仓库在建筑结构等方面会有一些不同，见表2-4单层仓库特点。

表2-4 单层仓库特点

仓库类型	建筑结构	优点	缺点	适用范围
无起重机	1. 砖木结构 2. 钢筋混凝土结构 3. 钢木混合结构	1. 结构简单 2. 建造容易 3. 造价低 4. 使用方便	1. 占地多 2. 空间利用困难	适用于存放一般中小件物品和单元化货物
有起重机	1. 钢筋混凝土结构 2. 钢结构	1. 结构简单 2. 装卸作业机械化，效率较高 3. 使用方便	1. 占地多 2. 空间利用率低	适用于存放长大型货物和托盘集装货物

（2）多层仓库。多层仓库在城市中被大量采用，由于其中设施设备配置的不同，也有多种形式，见表2-5多层仓库特点。

表 2-5　多层仓库特点

仓库类型	建筑结构	优点	缺点	适用范围
有站台	钢筋混凝土	1. 节约用地 2. 库容量大 3. 库房干燥	1. 作业环节增多 2. 需要增加升降设备 3. 结构复杂，投资较大	底层和上层可以根据需要分别存放轻、重货物，以及保管条件、进出库特征不同的物品
有起重机	钢筋混凝土	1. 节约用地 2. 库容量大 3. 库房干燥 4. 大件货物作业方便	1. 作业环节增多 2. 需要增加升降设备 3. 结构复杂，投资较大 4. 跨距增大	库存物中有较大型货物时需要考虑这种形式
有地下室	钢筋混凝土	1. 节约用地 2. 库容量大 3. 地上库房干燥 4. 地下库房阴凉	1. 作业环节增多 2. 需要增加升降设备 3. 结构复杂，地下需要通风设备，投资较大	库存类型复杂，场地使用又受限制时可以考虑

（3）其他。仓库从建筑形式上看，还有露天货场、货棚、筒仓、高架仓库、地下油库等形式，分别适用于不同的场合，见表 2-6 其他形式仓库特点。

表 2-6　其他形式仓库特点

仓库类型	建筑结构	优点	缺点	适用范围
露天货场（堆场）	钢筋混凝土地面	1. 结构简单 2. 进出作业方便	保管条件较差	适用于大型货物和集装箱货物
货棚	钢筋混凝土地面，轻钢棚顶，四周不完整墙体可使用砖木或钢砖结构	1. 结构简单 2. 造价低 3. 通风条件好	保管条件较差	适用于较大型、包装严密、储存时间较短的货物
筒仓	1. 钢筋混凝土 2. 钢板结构	1. 容量大占地少 2. 机械化程度高 3. 密闭性好 4. 防火性好	只能用于特种且一种货物存放	适用于单一品种的大宗粉状、粒状物品和液态物品存放

（续表）

仓库类型	建筑结构	优点	缺点	适用范围
高架仓库	1. 钢结构 2. 钢筋混凝土	1. 空间利用率高 2. 机械化、自动化程度高	1. 建造复杂 2. 投资大 3. 协作条件要求高	适用于高价值、多品种、小批量物品的存放，以及对库存控制水平、配送能力要求高的物品
地下油库	罐基为矿垫层或混凝土	1. 经济安全可靠 2. 便于防火灭火 3. 减少油料挥发 4. 卸油可自流	维修不便	用于存放各类易燃液体

2. 仓库站台的主要参数

仓库站台的设计与仓库收发货密切相关,站台的相关参数主要取决于货运车辆与仓库的装卸作业方式,各种车辆适应的站台高度见表2-7,仓库站台主要参数见表2-8。

表2-7　各种车辆适应的站台高度

车型	站台高度（m）
集装箱卡车	1.40
冷藏车	1.32
作业拖车	0.91
载重车	1.17
长途挂车	1.22
普通卡车	1.17

表2-8　仓库站台主要参数

项目	汽车站台（m）	铁路站台（m）
一般站台宽度	2.0～2.5	3.5
小型叉车作业站台宽度	3.4～4	≥4.0
站台高度	高于地面0.9～1.2	高于轨顶1.1
站台上雨棚高度	高于地面4.5	高于轨顶5.0
站台边距铁路中心	——	1.75
站台端头斜坡道坡度	≤10%	≤10%

本章小结

对仓库进行正确的分类有利于我们对各种类型仓库的作用和建设规划重点的认识。仓库网点规划是许多企业都要面对的问题,对仓库网点规划实质的正确认识有利于我们掌握其中的客观规律,为企业和地区合理规划和配置仓库网点。正确选择仓库地址对企业未来的经营会产生长期影响,影响仓库选址的因素非常复杂,我们不仅要注意一些可以量化的因素,更要注意那些不能量化的潜在因素,学会运用一些简单的评价方法。仓库面积大小关系到仓库的规模,面积是建设规划的一个基本参数,应该掌握仓库面积的估算方法。

思考题

1. 调查并画出你所在城市或地区的仓库分布图。

2. 调查所在地区仓库的经营现状,试分析仓库网点建设中的有形成本和无形成本。

3. 利用因素分析法进行选址时,不同类型的仓库其因素会有何不同?

4. 使用盈亏平衡分析法的关键是什么?

5. 请选择几个加油站进行观察,然后分析加油站选址问题。

6. 分析你所在城市的生产力布局、交通运输状况和仓库的供求情况。

仓库生产设备和系统配置

主要内容

- ■ 货架系统
- ■ 装卸搬运设备
- ■ 计量检验设备
- ■ 自动分拣设备
- ■ 库用集装单元和集装器具

　　生产设备和系统的配置是仓库和配送中心建设规划的重要内容,关系到仓库的建设成本和运营费用,更关系到仓库的生产效率和效益。生产设备是指仓库和配送中心生产作业过程中所使用的设备,根据作业的内容,主要分为货架系统、装卸搬运设备、计量检验设备、分拣设备等,本章分别阐述了货架系统、装卸搬运设备、计量检验设备、分拣设备等的类型以及在配置时应注意的主要问题。通过本章应该掌握货架系统的主要类型和适用范围,了解各种装卸搬运设备的作业特征,掌握装卸搬运系统的配置原则和方法,了解计量检验设备的种类和特点,熟悉分拣设备的系统组成。

第一节　货架系统

一、货架的定义和作用

　　据国家标准《物流术语 Logistics termsGB/T18354-2001》中 5.17,货架(goods shelf)是指用支架、隔板或托架组成的立体储存货物的设施。

　　货架的基本功能是既要能够有效保护货物,又要能够提高仓库空间的利用率。

二、货架的选择依据

　　货架是专门用于存放成件物品的保管设备。在现代仓库管理中,为了改善仓库的功能,不仅要求货架数量多、功能全,而且要便于仓库作业的机械化和自动化。因此,仓库在选择和配置货架时,必须综合分析库存货物的性质、单元装载和库存量,以及库房结构、配套的装卸搬运设备等因素,如图 3-1 所示。

三、货架的类型

　　随着仓库机械化和自动化程度的不断提高,货架技术也在不断完善,在不断设计开发新型货架的同时,传统的层架、悬臂式货架、托盘货架等依然在继续发挥作用。

（一）层架

层架由立柱、横梁和层板构成,层间用于存放货物。

　　层架的结构简单,适用范围非常广泛,还可以根据需要制作成层格架、抽屉式或橱柜式等形式,以便于存放规格复杂多样的小件货物或较贵重、怕

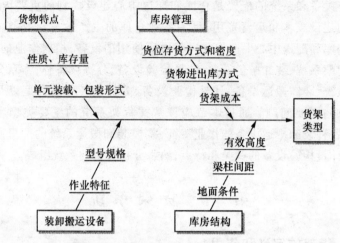

图 3-1　选择货架应综合分析的因素

尘土、怕潮湿的小件物品。

　　层架如果按存放货物的重量级分类,通常分为轻型、中型和重型。轻型层架主要适用于人工存取作业,其规格尺寸及承载能力都与人工搬运能力相适应,高度在 2.4 米以下,厚度在 0.5 米以下,如图 3-2 所示的理货员在层架前理货;中型和重型层架的尺寸较大,重型层架的高度可达 4.5 米,厚度达1.2 米,宽 3 米,如图 3-3 所示,该重型货架的每一货格可承载 5 吨。

图 3-2　理货员在层架前理货

图 3-3　重型层架

　　（二）悬臂式货架

　　悬臂式货架由 3 ~ 4 个塔形悬臂和纵梁相连而成。悬臂的尺寸根据所存放货物的外形确定。悬臂式货架在储存长形货物的仓库或配送中心中被广泛运用,如图3-4所示。

图3-4 悬臂式货架

配置悬臂式货架的配送中心通常采用侧面叉车作业,这样可以大大降低通道的占用面积,如图3-5所示。

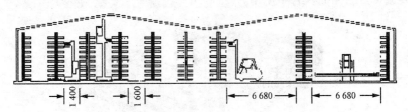

图3-5 侧面叉车与平衡重式叉车的作业比较

(三)托盘货架

托盘货架也是比较传统的货架,专门用于存放堆码在托盘上的货物,其基本形式与层架相似,如图3-6所示。

图3-6 托盘货架

此外,组合式托盘架的应用,使配送中心仓库空间的利用更加灵活,图3-7显示了组合式托盘架使用和空置的状态。

图 3-7　组合式托盘架使用和空置的状态

（四）移动式货架

移动式货架的货架底部装有滑轮,通过开启控制装置,滑轮可以沿轨道滑动,如图 3-8 所示。移动式货架平时可以密集相连排列,存取货物时通过手动或电动控制装置驱动货架沿轨道滑动,形成通道,从而大幅度减少通道面积,仓库面积利用率可达 80%,但由于成本较高,所以,主要在档案管理等重要或贵重物品的保管中使用。

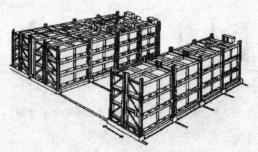

图 3-8　移动式货架

（五）重力式货架

重力式货架主要用于储存整批纸箱包装商品和托盘货物。储存纸箱包装商品的重力式货架比较简单,基本结构与普通层架类似,不同之处在于层板变为重力滚轮或滚筒输送装置,并与水平面成一定角度,高端作为入库端,低段作为出库端,商品上架和取出多采用人力。储存托盘货物的重力式货架一般为 2~4 层,每格货架内设置重力滚道两条,滚道由左右两组滚轮、导轨和缓冲装置组成。货物进库存放时,用叉车从货架后面将托盘送入货格,托盘依靠本身重力沿滚道向前滑行;也有的重力式货架采用电磁阀控制托盘定位。取货时,叉车从货架前面将货物取出,如图 3-9 所示。

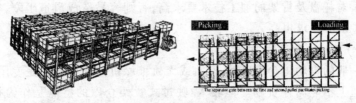

图 3-9 重力式货架

1. 重力式货架的优点

由于托盘货物或箱装货物可以利用自身重力自动向低端滑行,当前方货物被提取后,后面的货物会自动跟进,所以重力式货架的优点是:

（1）能保证货物先进先出；

（2）货架密集配置,减少通道的占用面积,使储存密度增大,从而有效节约仓库空间（见图 3-10）；

图 3-10 配送中心拣选作业区重力式货架布置

（3）货物进出库作业时,叉车或堆垛机的行程最短；

（4）货架的货位空缺得到有效控制；

（5）货架密集排列,有利于仓库的现场管理,有效防止丢失货物；

（6）减少装卸搬运设备的投入。

2. 重力式货架的缺点

重力式货架的缺点突出表现在两方面：

（1）投资成本高,一般重力式货架的成本约是普通托盘货架成本的 5 ~ 7 倍；

（2）对托盘及货架的加工技术要求高，否则容易造成滑道阻塞，货架的日常维护保养要求也高。

（六）驶入/驶过式货架

在一般的自动化仓库里面，有轨或无轨堆垛机的作业通道是专用的，在作业通道上不能储存货物。但驶入/驶过式货架仓库的特点是作为托盘单元货物的储存货位与叉车的作业通道是合一的、共同的，这样就大大提高了仓库的面积利用率。

这类货架采用钢结构，立柱上有水平突出的构件，叉车将托盘货物送入，由货架两边的构件托住托盘。驶入式货架只有一端可供叉车进出，而驶过式货架可供叉车从中通过，非常便于叉车作业，如图3-11所示。这种类型的货架通常都是密集布置，高度最大可达10米，库容利用率可达90%，特别适用于在大批量少品种的配送中心使用。

图3-11　驶入/驶过式货架

（七）旋转式货架

旋转式货架设有电力驱动装置（驱动部分可以设置于货架上部，也可设置于货架底部）。货架沿着由两个直线段和两个曲线段组成的环行轨道运行，由开关或用计算机操纵。存取货物时，把货物所在货格编号由控制盘或按钮输入，该货格则以最近的距离自动旋转至拣货点停止。由于通过货架旋转改变货物的位置来代替拣选人员在仓库内的移动，能够大幅度降低拣选作业的劳动强度，而且货架旋转选择了最短路径，所以，采用旋转式货架可以提高拣货效率。

旋转式货架的货格样式有很多，根据所存放货物的种类、形状和规格，可以是篮状、盆状或是盘状。货格可以用硬纸板、塑料板和金属制作，可以是敞开式货格，也可以是封闭式货格。旋转式货架适用于小件物品的储存保管，尤其适用于多品种的小件货物。

旋转式货架之间没有通道，操作人员位置固定，不仅使储存密度增大、节约仓库空间、节约投资,而且便于管理,还可以采用局部通风和照明来改善工作条件。

　　旋转式货架有多种形式,有整体旋转式——即当有进出库活动发生时,整个货架做整体旋转;分层旋转式——即各层分设驱动装置,形成各自独立的旋转体系,当有进出库活动发生时,只有指定货位所在层进行旋转。另外,按旋转角度还可以分为垂直旋转式和水平旋转式,如图 3-12 所示。垂直旋转式是指货架的旋转轨迹垂直于地面;水平旋转式是指货架的旋转轨迹平行于地面。

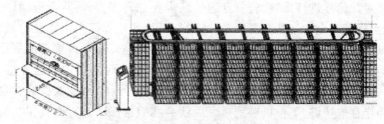

图 3-12　垂直旋转式和水平旋转式货架

（八）自动货柜

　　自动货柜是集声、光、电及计算机管理为一体的高度自动化的全封闭储存设备。它充分利用垂直空间,最大限度地优化存储管理。在一些场所中,自动货柜就是一个高效、便捷的小型立体仓库。

　　自动货柜的外形就像一个大柜子,主要由货柜框架、升降装置、输送小车、信息控制系统四部分组成。整体布局为前后布置,以充分利用现有存储面积。货柜按空间划分,可以分为前、中、后三部分,见图 3-13 所示,前部分为布置工作台和货架,中部为输送小车上下运动空间,后部为货架。

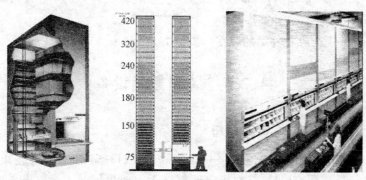

图 3-13　自动货柜结构和运用

自动货柜通过计算机、条形码识别器等智能工具进行管理,使用非常方便,只要按动按键,内存货物即到进出平台,可自动统计、自动查找,特别适用于体积小、价值高的物品的储存及管理,也适合用于多品种、小批量的物品管理,在国外比较多地用做制造业、机场的备件仓库。

自动货柜的工作过程如下:

首先将货盘放置在进出盘平台上,然后通过操作终端键盘输入货柜号,操作存取货盘按键,钩盘电机带动钩盘传动链的钩爪将货盘送入输送小车,在货盘被送入输送小车的过程中,货盘测高光电开关自动检测货盘的高度,下位机对此信号进行采集,若货盘超过最大允许高度,则将货盘退回进出盘平台;当货盘在允许高度范围内时,经过一系列的运算后定出货盘的最佳位置,然后控制升降电机驱动输送小车将货盘送到经运算后所确定的货位处,再由钩盘电机驱动钩爪将货盘送入货位,同时对货盘的货位和盘号进行记忆,以备查询和取盘。若想从货柜内取出货盘,可以输入要取出的货盘号,然后操作存取按键,下位机接到指令后就会在数据库中进行查询,找到要取货盘所在的货位,然后驱动升降电机使输送小车到达所取货盘的位置,再由钩爪将货盘从货位中取出并放置在输送小车上,送到进出盘平台出口处。

三、货架数量的确定

仓库及配送中心使用货架的数量可以利用公式计算,公式如下:

$$N = \frac{Q}{(l \cdot b \cdot h) \cdot k \cdot \gamma}$$

式中:N——货架数量(个)

Q——上架存放物品的最高储备量(吨)

l、b、h——货架的长、宽、高(米)

k——货架的容积充满系数

γ——上架存放物品的容重(吨/立方米)

第二节　装卸搬运设备

一、装卸搬运设备的作用

在国家标准《物流术语 Logistics terms GB/T18354-2001》中,装卸(loading and unloading)是指物品在指定地点以人力或机械装入运输设备或从运输设备卸下的活动;搬运(handling / carrying)是指在同一场所内将物品进行水平移动为主的物流作业。

仓库的装卸搬运活动通常是指物品在仓库内部移动,以及在仓库与运输车辆之间的转移,是仓库内部不可缺少的物流环节,可以把这些活动分解为堆码取拆作业、挪动移位作业和分拣集货作业。装卸搬运活动是否合理不仅影响运输和仓库系统的运作效率,而且影响企业整个系统的运作效率,因此,在仓库建设规划时,选择高效、柔性的装卸搬运设备,对仓库进行装卸搬运组织,加快进出库速度,提高作业效率是十分必要的。

二、现代化仓库的装卸搬运设备

(一)巷道堆垛机

巷道堆垛机如图 3-14 所示,沿货架巷道内的轨道运行,采用货叉伸缩机构,使货叉可以伸缩,这样就可以使巷道宽度变窄,提高仓库的利用率。

图 3-14 巷道堆垛机结构图

巷道堆垛机一般采用半自动和自动控制装置,运行速度和生产效率都较高,因其只能在货架巷道内作业,因此要配备出入库装置。

巷道堆垛机主要由起升、运行、货叉伸缩机构、载货台、电气装置及安全保护装置等组成。

主要技术参数有:

(1)速度参数。主要包括巷道堆垛机的水平运行速度、起升速度和货叉伸缩速度。巷道堆垛机各项运行速度的高低,直接影响着货物出入库的速度,即影响着仓库的作业效率。

(2)尺寸参数。尺寸参数包括堆垛机的外形尺寸(长、宽、高)、起升高度、下降深度和最低货位极限深度。最低货位极限深度是指货叉表面最低一层货格的低位到地轨安装水平面的垂直距离。

（3）货叉下挠度。堆垛机的货叉下挠度是指在额定起重量下，货叉上升到最大高度时，货叉最前端弯下的距离，这一参数反映货叉抵抗变形的能力，它与货叉的材料、结构形式以及加工货叉的热处理工艺有关。

（二）叉车

叉车又名铲车、装卸车，是一种能把水平运输和垂直升降有效结合起来的装卸机械，有装卸、起重及运输等方面的综合功能。具有工作效率高、操作使用方便、机动灵活等优点，其标准化和通用性也很高，被广泛应用于对成件、成箱货物进行装卸、堆垛以及短途搬运、牵引和吊装工作。

叉车种类很多，结构特点和功能也各不一样。因此在使用时，应根据物料的重量、状态、外形尺寸及叉车的操作空间、动力、驱动方式进行合理选择，同时使用叉车时应考虑选择适当的托盘。

1. 仓库中常用的叉车

（1）平衡重式叉车。平衡重式叉车的货叉位于叉车的前部，如图3-15所示。为了平衡货物重量产生的倾翻力矩，在叉车的后部装有平衡重，以保持叉车的稳定。平衡重式叉车是目前应用最广泛的叉车，占叉车总量的80%左右。

图3-15　平衡重式叉车

（2）前移式叉车。前移式叉车的叉架可以前伸至相邻货架，增加了叉车的取货范围，当某一通道作业繁忙时，可以从相邻通道取货，如图3-16所示。

（3）侧面式叉车。侧面式叉车的门架和货叉在车体的一侧，其作业的主要特点有两个：一是在出入库作业的过程中，车体进入通道，货叉面向货架或货垛，这样，在进行装卸作业时不必先转弯然后作业，这个特点使侧面式叉车适合于窄通道作业；二是有利于装搬条型尺寸货物，因为长尺寸货物与车体平行，不受通道宽度的限制，是较长货物如木材、管材、钢板或类似形状物体的理想搬运工具。由于搬运时货物位于车身一侧，仓库通道宽度可减少到最低（仅略大于车体宽度），如图3-17所示。

图 3-16 前移式叉车

图 3-17 侧面式叉车

（4）窄通道叉车。窄通道叉车，如图 3-18 所示，具有高度的作业灵活性，可以极大地提高仓库空间的利用率。

图 3-18 窄通道叉车

仓库使用的叉车类型将极大地影响仓库所需的面积。窄通道叉车可以节省空间，如表 3-1 所示。

表 3-1   窄通道叉车节省的空间对比

叉车类型	侧面式叉车	窄通道叉车	前移式叉车	平衡重式叉车
节省的相对(%)空间	45	70	33	—

（5）高位拣选式叉车。高位拣选式叉车的主要作用是高货位拣货。适用于多品种、小批量入出库的高层货架配送中心，如图 3-19 所示。

图 3-19   高位拣选式叉车

2. 叉车的选用

叉车的选用要根据作业量、作业高度、叉车的技术性能参数以及空间利用率和成本等因素来进行。叉车的主要性能参数包括：额定起重量、载荷中心距、叉车全高、最大起升高度、自由起升高度和最小转弯半径等。

最简单、最便宜的平衡重式叉车大约需要 3～4 米宽的通道，一台国产的平衡重式叉车大约 8 万元左右，约是顶级进口同类叉车价格的 1/5，窄通道叉车可以节省大约 70% 的空间，价格是平衡重式叉车的 2 倍甚至更多。决策者必须权衡可用系统的成本，然后确定选择哪一种，参阅案例 1。

▶ **案例 1**

性能价格比是选择叉车的依据

某仓库需采购 4 台叉车，他们对车型和厂家进行了综合性比较，以便实现最合理的资金投入。表 3-2 列示了三种叉车的性能价格比。

表 3-2 三种叉车的性能价格比较

	国产电瓶叉车	日本力之优电瓶叉车	国产内燃叉车
型 号	CPD20B	FBA20P	CPCD20-W
设备采购单价	9.5 万元	19.5 万元	11 万元
充电机	1.2 万元	标准配置,采购价含	
备用电瓶	0.8 万元		
电瓶寿命	2 年	6 ~ 10 年	
开动率	40% ~ 60%	90% ~ 100%	
单台总价(按 10 年计算)	约 35 万元	19.5 万元	
4 台总价	140 万元	78 万元	44 万元
备件单价	相对便宜	相对昂贵	相对便宜
维修难度	拆卸/分析/诊断	自动诊断	拆卸/分析/诊断
维修工时	多	少	多
人力资源投入	多	极少	多
备件储备量	多	少	多
电瓶保养	复杂	简单	多
噪音	大	极小	很大
操作灵便性	一般	好	差
外观	一般	好	一般
性能价格比	不好	最佳	一般

通过表 3-2 分析可知:各种设备所涉及的成本不仅是首次的采购成本,更大的是运行成本和效率成本。如果选用进口叉车,单从有形的价格分析,总费用就减少了 62 万元人民币。用户真正需要的是工作效率高、运行成本低、可靠性高、开动率高和故障率低的设备。如果仅仅考虑设备采购单价、设备国产化、维修备件单价,而盲目追求国产只会造成高成本、低效益。因此,选择故障率低、可靠性高、开动率高、操作方便、维修少而简便的进口叉车,其性能价格比最好。

(三) 搬运车

仓库内可以选用的搬运车种类繁多,有手推车、手动托盘搬运车、电动托盘搬运车、无人搬运车等。

手推车是一种以人力为主、在路面上水平输送物料的搬运车。其特点是轻巧灵活、易操作、回转半径小。它广泛应用于工厂、车间、仓库、站台、货场等处,是短距离输送轻型物料的一种方便而经济的输送工具。

　　手动托盘搬运车用来搬运装载于托盘(托架)上的集装单元货物,当货叉插入托盘(托架)后,上下摇动手柄,使液压千斤顶提升货叉,托盘(托架)随之离地。当物品搬运到目的地后,踩动踏板,货叉落下,放下托盘(托架),它操作灵活、轻便,适合于短距离的水平搬运,如图 3-20 所示。

图 3-20　手动托盘搬运车及运用

　　电动托盘搬运车使用电瓶驱动货叉动作及车辆运行,承载及搬运能力都比手动托盘搬运车大,如图 3-21 所示。

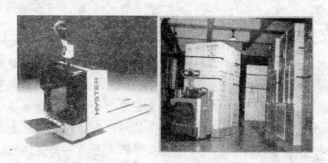

图 3-21　电动搬运车及运用

　　无人搬运车就是无人驾驶自动搬运车,它可以自动导向、自动认址、自动程序动作。具有灵活性强、自动化程度高、可节省大量劳动力等优点。目前无人搬运车有 AGV(automated guided vehicles)、LGV(laser guided vehicles)和 AHV(autonomous handling vehicle)三种。

1. AGV 和 LGV 系统的技术组成

AGV 和 LGV 系统具有 4 个子系统,即自动导向系统、动力系统、控制和通信系统,以及安全系统。

(1)自动导向系统。AGV 和 LGV 系统的自动导向方法目前有以下几种,如表 3-3 所示。

表 3-3　AGV 和 LGV 系统的导向方法

导向方法	注释
链条导向	沿预定路线敷设地下链条,由链条拉动小车运行,小车与链条以锁扣方式连接,取挂自如,是最早的 AGV 导向方式,制动技术简单、可靠。目前这种方式依然被发达国家的一些仓库采用。如图 3-22 所示
电磁感应导向	沿预定的运行路线埋设地下电缆。电缆在地下深 30 ~ 40 毫米,上面覆盖环氧树脂层,导线通以低频正弦波信号,使导线产生交变电磁场,在小车上的一对探头可以感应出与小车运行偏差成比例的误差信号,经放大处理后可驱动导向电机,由此带动小车的转向机构使 AGV 沿预定的路线行驶
惯性导向	使用车载计算机驾驶小车按程序预定的路径行驶,利用声呐探测障碍物,使用陀螺仪检查方向
红外线导向	小车发射红外线光源,然后从仓库屋顶的放射器中反射回来,再由像雷达那样的探测器把信号中转给计算机,经计算机和测量仪确定行走的位置
激光导向	激光扫描墙壁上安装的反光器,通过已知距离和小车前轮行走距离的测量,可以精确运行和定位,如图 3-23 所示
光学导向	光敏器(摄像机)读出并跟踪墙壁或地面上涂刷或粘贴的无色荧光粒子,然后驱动 AGV 行走
示教型导向	当程控小车沿着要求的路径行走一次后,即记住新的行走路线,并通知主控计算机,主控计算机再把关于这条新路径的信息传递给其他 AGV
磁性导向	在地面上铺设一条金属磁带,小车上则装备磁性传感器检测磁带的磁场,通过磁场偏差测定器驱动转向电机来调整小车行走方向
直流感应电机	这是一种特殊形式的、有固定路线的自动搬运车
反射式导向	在地面上连续铺设一条发光材料制作的带子,或者用发光材料涂抹在规定的运行路线上。小车底部装备反射光传感器,通过偏差测定器驱动转向电机不断调整小车运行方向

图 3-22　瑞士某物流企业仓库中的 AGV

图 3-23　海尔物流中心的 LGV

（2）动力系统。小车由电机驱动,以工业上常用的铅酸蓄电池为动力源。小车通常都有自动电源报告装置,通过与主控计算机的通信连接,在电源用完之前,由主控计算机下令到维修区充电或更换电池。

（3）控制和通信系统。AGV 和 LGV 控制由控制台完成,控制台主要包括通信管理设备和自动搬运车运行状态数据采集系统。控制台计算机在实时调度在线自动搬运车的同时,将显示系统工作状态,包括在线自动搬运车的数量、位置、状态。

控制台和自动搬运车间采用定点光导通信和无线局域网通信两种方式。

当自动搬运车需要和系统中其他装置接口时,还需配置货物自动装卸与定位机构,定位精度通常要求在 ±3 毫米,定位精度也由主控计算机控制。

（4）安全系统。为确保自动搬运车在运行过程中自身的安全和现场作业人员及各类设备的安全,在自动搬运车的前面设有红外光非接触式防碰传感器和接触式防碰传感器——保险杠。非接触式防碰传感器在预定范围内检测障碍物,并控制自动搬运车减速直至停车。在最大工作速度 70 米/分钟的情况下,直线段检测设定在 4 米以外,搬运车刹车距离不大于 2.5 米。如果红外传感器没有检测到障碍物,则由保险杠检测,保险杠受到一定压力后报警并控制搬运车停止运行。在自动搬运车的四角设有急停开关,任何时间按下开关,自动搬运车都会立即停止。自动搬运车安装醒目的信号灯和声音报警装置,以提醒周围的操作人员,一旦发生故障,自动搬运车自动用声光报警。参阅案例2。

▶ 案例2

海尔国际物流中心

海尔国际物流中心2001年4月正式运行,占地17 760平方米,高20米,由原材料自动化仓库和成品件自动化仓库组成。海尔物流中心主要设备组成如表3-4所示。

表3-4　海尔物流中心主要设备组成

	原材料库	制成品库
高层货架	12(排)×74(列)×11(层)	16(排)×74(列)×8(层)
货位数量	9 768个	9 472个
单元货物	1 200 mm×1 000 mm×1 560 mm	2 100 mm×1 200 mm×2 000 mm
巷道堆垛起重机	6台;载重量1 000 kg;高度20 m	4台;载重量1 200 kg;高度20 m
入出库输送机系统	1套	
LGV自动搬运系统	1套	
自动化控制系统	1套	
计算机监控和管理系统	1套	
大屏幕摄像监控系统	1套	
语言对讲调度系统	1套	
无线条码识别系统	1套	

2. AHV的工作原理

智能搬运车采用自律分散控制原理。其外形类似于AGV及LGV,不同的是装有两只通用机械手,在工作时依靠起视觉作用的工业摄像机对物体的位置和大小进行判断,如同人一样用机械手自由地搬运重达200～300公斤的物体。

AHV的导向采用光纤陀螺仪,有陀螺仪判定行走方向以及行走距离,由IC卡记录搬运路线指示图。在行走中,两者不断相互比较,使AHV按既定路线运行。当路线变更时,只要更换IC卡中记入的路线指示图即可。由于在地面不铺设任何磁性导线或光反射带,因此路线变更非常方便。在导向系统中具有人工智能的特点,可以自动回避障碍物,并根据当时情况选择适当的迂回路线。

AHV采用无线通信,在中央控制室可以通过显示屏幕观察工作情况,并可以用声音直接下达指令,比敲键盘输入命令的方式方便很多。

AHV之间也采用无线通信,可以进行"会话",自行决定作业方式。例如系统内A处要将某物搬运至B处,则A处发出信号:"A处需要将某物在何时运至B处,请执行。"系统内各台AHV收到信号后立即对自身去执行此项任务的"优越性"进行评分。评分的依据是A处和自身位置的距离远近、现在是否正在作业、作业后去A处的可能性、去A处路线的通畅性等。最早评出分数的AHV立即发出信号,其他AHV接收后与自身的分数比较,如果分数较低则退出竞争,分数较高则报出自己的分数,最后由分数最高的AHV去执行此项任务。如果有两台以上AHV的分数相同,可以采用随机方式如人们的猜拳那样决定执行者。

AHV还具有协同作业的功能,搬运物过长、过重时,可以有两台以上的AHV协同作业进行搬运。这样可以大大减少AHV的规格型号,数台同一规格的AHV合作,其作业能力可提高很多。

(四)输送机

连续输送机的特点是在工作时连续不断地沿同一方向输送散料或重量不大的单件物品,装卸过程无需停车,因此生产率很高。其优点是生产率高、设备简单、操作简便。缺点是一定类型的连续输送机只适合输送一定种类的物品(散料或重量不大的成件物品),不适合搬运很热的物料或形状不规则的单元物料;只能沿着一定沿线定向输送,因而在使用上有一定的局限性。

根据构造的特点,连续输送机可分为两大类:

一类是带有挠性牵引件的连续输送机,如皮带输送机、链板输送机、悬挂输送机以及斗式提升机。

另一类是没有挠性牵引件的输送机,如螺旋输送机、振动输送机、辊道输送机以及气力输送机等。

在选择连续输送机时,应根据物料的物理特性进行选择。仓库中可以运用的输送机主要是辊道输送机、皮带输送机、链条输送机和悬挂式输送机。

(1)辊道输送机。辊道输送机由一系列排列规则的水平辊子组成。包装件、托盘等成件物料在辊道上输送,辊道可以有动力,也可以无动力。用人工推送时设备可有一定的倾斜度,依靠重力输送(注意防止碰撞)。若输送距离较长则可分成几段。

与其他输送机相比,辊式输送机除了结构简单、运转可靠、布置灵活、输送平稳、使用方便、经济、节能之外,最突出的优点是它与生产过程和装卸搬运系统能很好地衔接起来,而且功能多样化,易于组成流水线作业,可并排组成大宽度的输送机,承载能力很强,常用于输送包装货物、托盘集装货物等大型成件物品。因此,辊式输送机在配送中心、港口、货场得到了广泛应用,如图 3-24 所示。

图 3-24　辊道输送机在运行

(2)皮带输送机。皮带输送机是以封闭无端的输送带作为牵引构件和承载构件的连续输送货物的机械输送带,种类很多,有橡胶带、帆布带、塑料带和钢芯带四大类,其中以橡胶输送带应用最广。采用橡胶带的输送机一般称为胶带输送机(或皮带输送机)。

皮带输送机主要用来搬运成件或散装物料,或供总装用的部件,也可进行挑选、分类、检验、包装贴标签等作业。

根据工作需要,带式输送机可做成工作位置不变的固定带式输送机或可以运行的移动带式输送机,图 3-25 为移动式带式输送机和配送中心的固定带式输送机,也可做成输送方向能改变的可逆带式输送机或做成机架伸缩以改变距离的可伸缩式带式输送机。

(3)链板输送机。链板输送机适用于运送单元物体,特别适用于矩形条板箱或纸板箱。在水平、倾斜或复合平面的装置中均有多种形式和广泛的应用范围。当装置较大时需设小型挡板,以防后滑,如图 3-26 所示。

(4)悬挂式输送机。悬挂式输送机从建筑物的顶部安装悬挂轨道,再装上连续的链条,链条上悬挂的吊勾下垂,用吊勾吊上货物,在空间进行立体搬运,也称作高架式输送机,如图 3-27 所示。悬挂式输送机能在三维空间中

图 3-25 移动式带式输送机和配送中心的固定带式输送机

图 3-26 链板输送机及其结构

使用,可运送各种类型的物料。其运送范围很宽,能适应各种尺寸的物件,并具有不同的输送能力。还可以采用各种附件,如钩盘、斗、桶等,其使用范围几乎不受限制。另外,链条的全部长度均可利用。

图 3-27 悬挂式输送机

悬挂式输送机的优点是可自由地利用建筑空间;货物分类容易;长度不受限制,链绳处理容易;能够一边运送货物,一边进行检查和分类作业等。

(5) 推块(滑块)式输送机。推块式输送机由链板式输送机和具有独特形状的滑块组成,滑块在链板间左右滑动进行货物分类,是一种专门用于分类、分拣作业的输送设备,不仅可以进行单侧或双侧分流作业,而且不论货物姿态如何均可进行平稳分流,还可以与其他输送设备一起根据配送中心场所和作业的需要进行布置,如图 3-28 所示。

图 3-28 推块式输送机

(五) 光电拣选车

由于信息技术的进步和快速拣选的需要,传统的以手推车为主的拣货车已无法满足现在的系统要求,而光电拣选车装备了影像盘和控制盘,影像盘指示存储货架及应拣取货品的数量,让操作人员根据指示进行拣选。

1. 系统组成

光电拣选车由拣选车本体、终端机、光电通信装置、拣货作业控制单元、货架控制器子系统构成。

(1) 拣选车本体。是提供其他各单元系统模块安装固定的载具。

(2) 终端机。显示并收集所有拣选资料,并通过周边界面控制电子标签的动作与光电发收器进行资料传输。

(3) 光电通信装置。安装在拣选车下方,与货架的光电收发器一样并与之配合。

(4) 拣货作业控制单元。拣货作业控制单元包括电子标签和拣货开始控制器。电子标签通常由 4 位数字组成,配置在每一容器前方;拣货开始控制器是开始拣货作业的启动装置,并显示拣选总数。

(5) 货架控制器子系统。包括货架控制器、货位显示器、光电发收器等单元。货架控制器安装在货架下方,提供拣选车货位识别询问的自动回应功能。货位显示器有一红色或绿色信号灯,配置在每个货位的下方正前方,信号灯亮起时表示该货位有货待拣。光电发收器是光电信号的转换界面,作为与各拣选车子系统的资料传输通道。

2. 拣选车的操作程序

客户所下的订单由主电脑输入,电脑将资料经由 IC 卡传输到拣选车的终端机,利用拣选车下方的光电通信装置,发送到货架底部的光电发收器,使得配置于每个货位下方的货位显示信号灯亮起,当该货位拣选作业完毕后信号灯熄灭。

（六）起重机

起重机是起重机械的统称。

1. 起重机的类型

按照起重机械所具有的机构、动作繁简的程度以及工作性质和用途,可把起重机械归纳为三大类:

（1）简单起重机械。一般只作升降运动或沿一个直线方向移动,只需要具备一个运动机构,而且大多数是手动的,如绞车、葫芦等。

（2）通用起重机械。除需要一个使物品升降的起升机构外,还有使物品作水平方向直线运动或旋转运动的机构。该类机械主要用电力驱动,也有用其他动力驱动的。属于这类起重机械的有:通用桥式起重机、门式起重机、固定旋转式起重机和行动旋转式起重机(如汽车起重机)等。

（3）特种起重机械。也是具备两个以上机构的多动作起重机械,专用于某些专业性的工作,构造比较复杂。如冶金专用起重机、建筑专用起重机和港口专用起重机等。

2. 起重机的选择原则

由于各类型起重机结构特点、起重量、起升高度、速度和工作级别等的不同,适用范围也各异。在物料搬运中,配备起重机的选择原则,主要根据以下参数进行起重机的类型、型号选择:

（1）所需起重物品的重量、形态、外形尺寸等;

（2）工作场地的条件（长、宽、高,室内或室外等）;

（3）工作级别（工作频繁程度、负荷情况）的要求;

（4）每小时的生产率要求。

根据上述要求,首先选择起重机的类型,然后再决定选用这一类型起重机中的哪个型号。

三、装卸搬运设备选择的依据和方法

（一）装卸搬运设备选择的依据

选择恰当的设备或设备系统是件复杂的工作,通常可以从以下方面入手:

（1）明确是否确实需要进行这个搬运步骤。

（2）要有长远发展的眼光。随意地布置一台运输机械或增添一排货架可能会解决目前问题，但也许会导致将来有更大的麻烦，因此制订设备选择计划时要考虑长远发展的需要。

（3）牢记系统化的观念。为装卸搬运所选用的设备不仅仅局限于仓库作业的某一环节，它要在整个系统的总目标下发挥作用，即使是一辆单独的叉车或一台单独的输送机，也是整个装卸搬运系统中的一个组成部分。

（4）遵循简化原则，选用合适的规格型号。为完成某种轻量级工作而购买价格昂贵的重量级设备，或选用使用寿命不长的设备都是极不恰当的，在可能的条件下应尽可能利用重力输送的长处。应尽可能采用标准设备，而不采用价格昂贵的非标准设备。同时在增加投资前一定要确信现有设备先得到了充分利用。

（5）要进行多方案的比较。不要只依靠一家设备商去选择完成某项搬运工作的设备与搬运方法，要想到可能会有更好、更低廉的设备与搬运方法。

（二）装卸搬运设备的选择方法

（1）根据距离与物流量指示图，确定设备的类别，见图3-29。

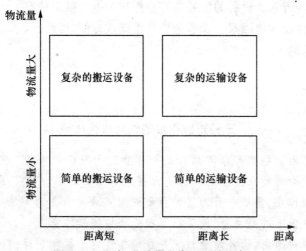

图3-29　距离、物流量和搬运运输设备

根据设备费用数据，我们一般把装卸搬运设备分成四类——简单的搬运设备、简单的运输设备、复杂的搬运设备、复杂的运输设备。简单的搬运设备如二轮手推车，复杂的搬运设备如狭通道带夹具的叉车、AGV自动制导车、LGV激光制导车、AHV智能搬运车；简单的运输设备如机动货车，复杂的运输设备如电子控制的无人驾驶车辆。

通过距离、物流量和搬运运输设备的关系图,我们可以知道:

简单的搬运设备适合于距离短、物流量小的搬运需要;复杂的搬运设备适合于距离短、物流量大的搬运需要。

简单的运输设备适合于距离长、物流量小的运输需要;复杂的运输设备适合于距离长、物流量大的运输需要。

(2)根据设备的技术指标、物料特点以及运行成本、使用方便等因素,选择设备系列型号,甚至品牌。

在设备选型时要注意:

1)设备的技术性能。能否胜任工作及设备的灵活性要求等。

2)设备的可靠性。在规定的时间内能够工作而不出现故障,或出现一般性故障但能立即修复且安全可靠。

3)工作环境的配合相适应性。工作场合是露天还是室内,是否有振动、是否有化学污染及其他特定环境要求等。

4)经济因素。包括投资水平、投资回收期及性能价格比等。

5)可操作性和实用性。操作是否易于掌握,培训的复杂程度等。

6)能耗因素。设备的能耗应符合燃烧与电力供应情况。

7)备件及维修因素。设备条件和维修应方便、可行。

参阅案例3。

▶ 案例3

三种过渡平台的性能价格比较

某仓库的货物装卸口即站台是仓库物流大系统的一个"瓶颈"部位,此处的物流能否通畅直接影响到物流大系统的正常运转。为了保证集装箱平板车的掏箱作业,需要在后卸货站台处配置4台站台过渡平台,以调节站台和集装箱平板车的高度差,使叉车平稳安全地掏箱卸货。

该仓库对国内、国外站台过渡平台设备进行了解和分析:

德国 Hafa Stekvn 3500 型液压式站台过渡平台,液压控制,随动性好,与集装箱平板车搭接平滑可靠,台体可以镶嵌在厂房内,具有良好的工作环境,自动化程度高,操作简便,但维护保养的难度大于机械式。设备使用性能很好,但设备价格稍高。

法国 Auto Mmu 30.2410 型机械式站台过渡平台为全机械控制,靠重力压缩弹簧和机械锁定完成与集装箱平板车的搭接,搭接的平滑性差。台体置于厂房外,集装箱平板车定位困难,工作环境差,安全性差。但机构少、维护保养方便。

国产机械式站台过渡平台属仿制产品,试用后证明其可靠性差,故障多,开动率低。

三种站台过渡平台的性能价格比见表3-5。

表3-5 三种站台过渡平台的性能价格比较

	法国机械式	德国液压式	国产机械式
设备交货状态	需重新改造,加附加装置	即可投入使用	仍需不断调试
工作条件	在室外,环境差	在室内,良好	室外艰苦
设备单价	9.5 万元	0	
雨棚单机价	3 万元	0	
安全台单机价	0.15 万元	0	
人力资源单机价	0.875 万元	0	
单台设备总投入	13.52 万元	13 万元	
4 台设备总价	54.08 万元	52.0 万元	

由表3-5可知,以系统观念来分析,配置4台站台过渡平台,选择液压式站台过渡平台,总投入会减少2.1万元人民币,并且设备整体性好,工作安全可靠。而选择机械式,尽管设备首次采购价格低于液压式,但这点利益已被设备改造费用、人力投入费用所抵消。而且机械式的使用效果差、安全可靠性差、设备的整体性被破坏、厂房外观受损害。如果把使用工况、厂房环境、安全条件、设备功能和设备价格综合起来考虑,把站台过渡平台看成从货源到零部件仓库这个系统中的环节来考虑,无疑选择液压式平台才是合理的。

四、装卸搬运设备数量的确定

装卸搬运设备的配置数量主要根据仓库作业量确定,并使仓库有较高的设备配置系数。配置系数可按下式计算:

$$K = \frac{Q_c}{Q_t}$$

式中:K——仓储设备配置系数,一般取 $K = 0.5 \sim 0.8$

Q_c——仓储机械设备能力,即设备能完成的物流量

Q_t——仓储过程总物流量

通常情况下,当 $K > 0.7$ 时,表明机械化作业程度高;$K = 0.5 \sim 0.7$ 时,表

明机械化作业程度中等;$K < 0.5$ 时,表明机械化作业程度低。

在为仓库等配置机械设备时,可以根据仓库等的要求预先规定一个值(即要求达到的机械化作业程度),计算设备所需完成的物流量,从而进行设备的配置计算。

机械设备数量配置,可用下列公式计算:

$$Z = \sum_{i=1}^{m} Z_i$$

式中:Z——仓库内机械设备总台数

　　　m——机械设备类型数

　　　Z_i——第 i 类机械设备台数

$$Z_i = \frac{Q_{ci}}{(Q_c \beta \eta \delta \tau)_i}$$

式中:Q_{ci}——第 i 类机械计划完成的物流量

　　　Q_c——设备的额定起(载)重量

　　　β——起重系数,即平均一次吊装或搬运的重量与 Q_c 的比值

　　　η——单位工作小时平均吊装或搬运次数,由运行距离、运行速度及所需辅助时间确定

　　　δ——时间利用系数,即设备年平均工作小时与 τ 的比值

　　　τ——年日历工作小时,一班制工作取 7 小时乘以工作日数

机械设备能力的评价参数 $\beta \eta \delta$ 值应根据作业场所的性质、物品种类以及机械设备类型进行实测确定。

总物流量 Q_t 可由下式计算:

$$Q_t = \sum_{i=1}^{n} H_i \alpha_i$$

式中:n——作业场所的数目

　　　H_i——第 i 个场所的年吞吐量

　　　α_i——第 i 个场所的倒搬系数,根据物品的重复搬运次数确定,无二次搬运时 $\alpha_i = 1$

机械设备计划完成的总物流量,可由总物流量 Q_t 乘以设备配置系数 K 求得

$$Q_c = K Q_t$$

计算某类机械设备数量时,Q_{ci} 可由 Q_c 分配决定。

第三节 计量检验设备

对进出库的货物进行计量是保证进出库货物数量准确的一个重要条件,在现代仓储企业中,可以利用电子收货系统对到库的计件货物进行计量检验,利用电子秤对计重货物进行计量检验。

一、电子收货系统

仓库电子收货系统——当货物到达仓库时,管理员持扫描器扫描托盘或包装箱上的条码,系统自动取消接收单证,从而使货物信息进入仓库管理系统(WMS),与订单进行电子核对。该系统实现了货物快速登记,缩短了收货时间,由于信息无需人工输入,因而提高了效率和准确率。

二、电子秤

电子秤是一种现代化的衡器,具有操作简单、称量速度快的特点,可以数字显示并自动记录称重结果。

(一)电子秤的构成和称重原理

(1)电子秤的构成。电子秤一般由承重和传力机构、称重传感器、测量显示仪以及电源等组成。承重和传力机构是将物体的重量传递给称重传感器的机械系统,包括承重台面、秤桥结构吊挂连接单元等。称重传感器称为一次变换元件,它可将作用在上面的重量按一定的函数关系转化为电量(电压、电流、频率等)输出。测量显示仪称为二次显示仪表,用于测量称重传感器输出的电信号值,并以数码形式直接显示出来,还可通过打印装置进行打印。电源是向称重传感器测量桥路馈电的、稳定性较高的稳压电源。

(2)电子秤的称重原理。电子秤的称重原理如图3-30所示。

电子秤的核心部件是称重传感器,也就是说电子秤的性能在很大程度上取决于称重传感器。电阻应变式传感器是一种较常采用的转换元件,其原理是:当金属丝受拉或受压发生弹性变形时,其电阻值发生相应的变化,电阻值的变化导致电压、电流发生变化,把这种变化用仪表显示,就能实现对物体的称量。

(二)称重传感器的特性参数

称重传感器是电子秤的核心部件,它的性能指标在很大程度上决定了电子秤的精度和稳定性,因此有必要了解称重传感器的特性参数。

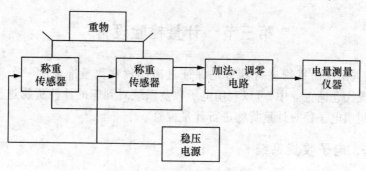

图 3-30　电子秤工作原理图

（1）额定载荷。额定载荷是指称重传感器称量的上限值,或称为称重传感器允许的最大称量。

（2）输出灵敏度。输出灵敏度亦称为传感器系数,是指传感器在额定载荷下供桥电压为 1 伏时的输出电压。

（3）非线性误差。传感器承受载荷的重量与其相应输出之间并非成直线关系,由此造成的误差称为传感器的非线性误差。如图 3-31 所示,将无负荷输出与额定载荷输出之间连一条理想直线 A,将逐渐加负荷的输出连成 B 线。

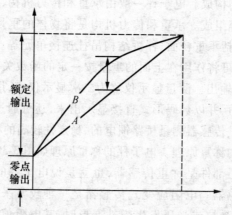

图 3-31　传感器非线性输出特性曲线

（4）滞后。滞后是指在相同的工作条件下,传感器由零负荷逐渐加载到额定负荷,然后再逐级卸载到零时,输出特性曲线 B、C 并不重合,见图 3-32。

（5）不重复性。不重复性指在同一环境下,对传感器反复施加某载荷时,每次输出电压值不尽相同。不重复性的计算是取传感器的三次加载输

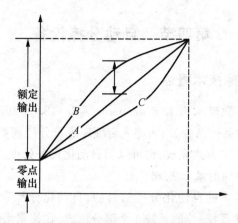

图 3-32 传感器滞后输出特性曲线

出特性曲线在同一载荷下的最大偏移量与额定输出电压的比值,见图 3-33。

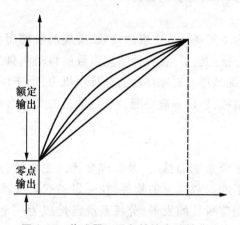

图 3-33 传感器不重复性输出特性曲线

（6）蠕变。蠕变是指传感器在恒定的温度环境中,加以某一恒定的载荷时,其输出电压随时间发生变化。蠕变的计算方法一般是在额定载荷作用下,在恒温的环境中,以及在规定的时间内(一般为半小时),输出电压变化最大差值与额定载荷输出电压值的比值。

（7）工作温度范围。工作温度范围是保证传感器正常工作的温度上下限。

（8）最大过载能力。最大过载能力是指当传感器的载荷超过额定载荷而达到某一值时,传感器已不能正常工作,但卸载后传感器仍能在额定载荷范围内恢复正常工作。

第四节　自动分拣设备

一、自动分拣技术概述

在国家标准《物流术语 Logistics terms GB/T18354-2001》4.27 中,分拣(sorting)是指将物品按品种、出入库先后顺序进行分门别类堆放的作业。这项工作可以通过人工方式完成,也可以用自动化设备处理进行。

（一）自动分拣的基本原理

为了达到最基本的自动化分拣的目的,自动化分拣系统通常由供件系统、分拣系统、下件系统、控制系统 4 个部分组成,在控制系统的协调下,实现物件从供件系统进入分拣主机进行分拣后,由下件系统完成物件的物理位置的分类,从而达到物件分拣的目的。

1. 供件系统

供件系统是为了实现分拣主机的高效、准确的处理而存在的,它的目的是为了保证等待分拣的物品,在各种物理参数的自动测量过程中,通过信息的识别和处理,准确地送入高速移动的分拣主机中,由于供件系统的处理能力往往低于分拣主机,所以一般要配备一定数量的高速自动供件系统,以保证分拣的需要。

2. 分拣系统

分拣系统是整个系统的核心,是实现分拣的主要执行系统。它的目的就是使具有各种不同附载信息的物件,在一定的逻辑关系基础上实现物件的分配与组合。随着科技的发展,分拣系统已经成为一个集声、光、电以及新技术、新工艺的高精度智能处理设备。

3. 下件系统

下件系统是分拣处理的末端设备,它的目的是为分拣处理后的物件提供暂时的存放位置,并实现一定的管理功能。下件系统的变化由于环境的不同常常有较大差别。同时为了达到一定的管理功能,下件系统通过电子元件可以对物品的数量、体积、重量等参数进行检测和显示,并传递给控制系统进行相关处理。

4. 控制系统

控制系统是整个分拣处理系统的大脑,它的作用不仅是将系统中各个功能模块有机地结合起来协调工作,而且更重要的是控制系统中的通信与上层管理系统进行数据交换，以使分拣系统成为整个物流系统不可分割的一部分。

（二）自动分拣系统的主要组成

自动分拣系统种类繁多，但一般由收货输送机、喂料输送机、分拣指令设定装置、合流装置、分拣输送机、分拣卸货道口、计算机控制器等部分组成。

1. 收货输送机

货物在收货输送机上经查验后，送入分拣系统。为了提高自动分拣机的分拣量，往往采用多条输送带组成的收货输送机系统，以供大批车辆同时卸货，输送机多为胶带式和辊式输送机。有些配送中心仓库使用了伸缩式输送机，能伸入卡车车厢内部搬运，大大减轻了人力搬运作业的强度。

2. 合流输送机

大规模的分拣系统因分拣数量较大，往往由 2 ~ 3 条传送带输入被分拣物品，它们在分别经过各自的分拣信号设定装置后，必须经过合流装置。合流机构是由辊式输送机组成，能让到达汇合处的货物依次通过，这是由计算机"合流程序控制器"控制的。

3. 喂料输送机

货物在进入自动分拣机之前，要先经过喂料机构，其作用有两个：一是依靠光电管的作用，使前后两货物之间保持一定的间距，均衡地进入分拣传送带；二是使货物逐渐加速到分拣机主输送机的速度。见图 3-34。

图 3-34 运行中的喂料输送机

其中第一阶段输送机是间歇运转的，它的作用是保证货物进入分拣机时的最小间距。分拣机的传送速度采用直流电动机无级调速，由速度传感器将输送机的实际带速反馈到控制器，进行随机调整，以保证货物在第三段传送机上的速度与分拣机完全一致,这是自动分拣机成败的关键。

自动分拣机上移动的货物向哪个道口分拣,通常依据在待分拣货物上贴有到达目的地的标签,并在进入分拣机前,先由信号设定装置把分拣信息输入计算机中央控制器。在自动分拣系统中,将分拣信息转变为分拣指令的设定有几种方式:

(1) 人工键盘输入:劳动强度大,易出错;

(2) 声音控制输入:劳动强度小,易出现故障,效果不理想;

(3) 条形码扫描和 RFID 识别输入:费用较高,输入速度快,差错极少;

(4) 计算机程序控制:最先进,可以使配货过程完全自动化。

4. 分拣传送装置及分拣机构

它是自动分拣机的主体,包括两个部分:货物传送装置和分拣机构。前者的作用是把被分拣货物送到设定的分拣道口;后者的作用是把被分拣货物推入分拣道口。上述传送装置均设有带速反锁器,以保持带速恒定。

5. 分拣卸货道口

它是用来接纳由分拣机构送来的被拣货物的装置,具体形式多种多样,主要取决于分拣方式和场地空间。一般采用斜滑道,其上部接口设置动力道辊,把被拣商品"拉入"斜滑道或扫推进斜滑道,图 3-35 列举了两种道口形式。

图 3-35　分拣卸货道口的两种形式

6. 计算机控制器

它是向分拣机的各个执行机构传递分拣信息,并控制整个分拣系统的指挥中心。自动分拣的实施主要靠它把分拣信号传送到相应的分拣道口,并指示启动分拣装置,把被分拣商品推入道口,分拣机控制方式通常采用脉冲信号跟踪法。

进入分拣运输机的货物经过跟踪定时检测器,计算出到达分拣道口的距离及相应的脉冲数。当被拣货物在输送机上移动时,安装在该输送机上的脉冲信号发生器产生脉冲信号并计数,当数到与控制箱算出的脉冲数相同时,立即输出启动信号,使分拣机构动作,货物被迫改变方向,滑入相应的分拣道口。

(三) 自动分拣系统的特点

1. 能连续、大批量地分拣货物

自动分拣系统不受气候、时间、人的体力等限制,可以连续运行,因此自动分拣系统的分拣能力比人力分拣系统具有无可比拟的优势。

2. 分拣误差率极低

自动分拣系统的分拣误差率大小主要取决于所输入分拣信息的准确性,而这又取决于分拣信息的输入机制。如果采用人工键盘或语音识别方式输入,则误差率在1%以上;如果采用条形码扫描输入,除非条形码印刷本身有差错,否则不会出错。目前,自动分拣系统主要采用条形码技术来识别货物。

3. 分拣作业基本实现无人化

建立自动分拣系统的目的之一是为了减少人员的使用,减轻员工的劳动强度,提高工作效率,因此自动分拣系统能最大限度地减少人员的使用,基本做到无人化。

二、自动分拣系统的分类信号输入方式和系统控制方式

自动分拣系统要将货品分类前,首先需要把分类的信号输入自动分拣系统的控制器内,才能将货品依照指示进行分类,因此作业效率高低取决于信号输入方式和控制方式。

(一) 分类信号输入方式

分类信号输入方式通常有以下几种:

(1) 条码识别方式。使用条码与条码扫描器输入的方式是自动分拣系统中处理速度最快、最正确,而且可以达到无人化的一种方法。条码的印制方式有两种:一是原印条码,若使用货品上面的原印条码,则效率更高;另一种是使用店内码(配送中心专用),这需要配送中心必须自己印制条码标签及贴标签。这项工作需耗费较大量的人力,并有可能形成瓶颈。

条码识别系统非常适合配送中心作业,条码具有耐污性、印刷简单及无方向性等优点,而且在搭配相关应用软件后,可以在货品自动分类的同时打印送货单、计算运费、自动取消订单等。

条码中的 2/5 码、NW-7 码、Code 39 CAN 码(EAN 码)、ITF4 等,都可以

用于商品、店别、货位或滑道等的编码。

条码的读取率常会受到扫描器、条码的大小、数位数、标签印刷的质量、输送机速度、货品的大小及条码位置的影响。扫描器的种类有笔型、枪型及固定型等几种,扫描距离从20厘米到2米不等。

(2) 人工键盘输入方式。键盘输入方式是自动分拣系统中较便宜的方式,只要由人工键入资料,就可以将货品分类至指定的滑道,但是必须事先在货品箱上写上分类的编号或是地名、店名等。若写数字编号在货品箱上,则键入人员比较轻松;若是写地名或店名,则必须把它们转换成数字,这项操作要求键入人员要非常熟练。这种分类信号输入方式原则上是2~3位数,最快每小时可分类达2 400个左右,尽管操作速度较慢,但系统的柔性化较好,见图3-36人工键盘输入作业。

图3-36 人工键盘输入作业

(3) 重量检测方式。重量检测方式一般应用在鱼、虾及水果的选别上,其原理是把重量设定为分类的依据,例如以10克为1级或100克为1级,甚至1 000克为1级。当货品通过计量衡器之后,则依重量自动送至指定分类的容器或滑道。

(4) 声音输入。用声音方式输入分类信号比键盘输入方式要快、劳动强度小,对操作者的熟练程度要求也低一些,但必须事先将地名或店名的声音录制起来,分类时操作者读出地名或店名输入信号,再由电脑判别,因而比较容易出现差错和故障。

(5) 形状识别方式。形状识别方式最常使用在信件的分类上,事先将符号及数字形状、大小等输入控制机构内,当要分类的货品符号(数字)被摄像机摄下时,与原来的记录比较之后,再将货品分类。形状识别系统由摄像机及控制机构等组成。

此外,还可以采用色码识别方式和高度检测方式进行分类信号的输入。

(二)系统控制方式

从有货物进入分拣机的信号输入开始,到自动分拣机排出货物为止,中间信号传输控制过程是自动分拣机的控制神经中枢,依输入的信号控制指示推出机构动作从而完成分类。其控制方式主要有 3 种。

(1)计数方式。货物进入分拣机的信号输入开始,输送带的计数开关即对移动的货物进行计数,当要分类的货物与分歧点的光电开关同时检测出时,中央控制系统指示分类推出机构动作,将要分类的货物推出指定滑道。

(2)着磁方式。着磁方式主要是应用在钢带自动分拣机及盘式自动分拣机上,将要分类的货物信号着磁于钢带上,当货物与钢皮带同步运送到要分类的指定分歧点时,在钢带上着磁的信号就会被检出,指示排出机构将货物推出。

(3)脉冲跟踪。在自动分拣机的马达上安装一个有等间隔圆孔的盘,在一侧安装光源,另一侧安装光电开关。当货物投入时,这个光源会被遮断当作脉冲信号传送到电脑,则此脉冲数与自动分拣机的搬运距离会同步控制分类。例如,要把货物分到第 15 号滑道,从投入点到自动分拣机本体移动时开始计算脉冲,假设到第 15 号滑道的脉冲数为 30 脉冲,则脉冲计算到第 20 脉冲时,则自动分拣机的推出机构将货物推出。

第五节　库用集装单元和集装器具

一、集装单元的概念

集装单元就是一个便于储运的单元。根据《GB/T15233-94 包装单元货物尺寸 Packaging Unit load size》,单元货物(unit load)是指通过一种或多种手段将一组货物或包装件固定在一起,使其形成一个整体单元,以利于装卸、运输、堆码和储存,外形如图 3-37 所示。

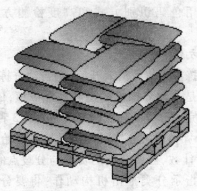

图 3-37 单元货物外形

该标准还规定了货物流通过程中包装单元货物的最大底平面尺寸,如表 3-6 所示。

表 3-6 单元货物外形尺寸

序号	尺寸(a×b)	允许偏差
1	1 200 × 1 000	0 ~ -40
2	1 200 × 800	0 ~ -40
3	1 140 × 1 140	0 ~ -40

将货物整合成集装单元,从发货地到收货地尽可能以集装单元进行输送的方式是一种有效的输送和运输手段。集装单元的形式主要有集装箱、集装袋和托盘等方式。

二、库用集装单元的类型

(一) 托盘

1. 托盘的概念

根据《GB/T4122.1-1996》,托盘(pallet)是用于集装、堆放、搬运和运输的放置作为单元负荷的货物和制品的水平平台装置。

托盘是一种重要的集装器具,托盘的发展与叉车同步,叉车与托盘的共同使用所形成的有效装卸系统大大促进了装卸活动的发展。

2. 托盘的特点

托盘和集装箱在许多方面可以优缺点互补,因而往往在难以利用集装箱的地方利用托盘,托盘难以完成的工作则可由集装箱来完成。托盘主要有以下几个特点:

（1）自重小。用于装卸、运输托盘本身所消耗的劳动较小，无效运输及装卸相比较集装箱较小；

（2）返空容易，返空时占用的运力很少。由于托盘造价不高，又很容易互相代用，可互以对方托盘抵补，所以无需像集装箱那样必有固定归属者，返空比集装箱容易；

（3）装盘容易。不需像集装箱那样深入到箱体内部，装盘后可采用捆扎、紧包等技术处理，使用时简便；

（4）装载量有限。托盘装载量虽然比集装箱小，但也能集中一定数量，比一般包装的组合量大得多；

（5）保护性差。托盘保护性比集装箱差，露天存放困难，需要有配送中心等配套设施。

托盘包装在国际贸易中已经使用了很多年，被认为是经济效益较高的运输包装方法之一。它不仅可以简化包装，降低成本，使包装可靠，减少损失，而且易机械化，节省人力，实现高层码垛，充分利用空间。

3. 托盘的类型

托盘多以钢、木或塑料制成，根据其结构特征可分为平托盘、柱式托盘、箱式托盘、轮式托盘和特种专用托盘等。

（1）平托盘。平托盘结构简单，使用方便，是托盘中使用量最大的一种，也是托盘中的通用型托盘。按台面和叉车叉入方式，可以将平托盘分成如图 3-38 所示的各种形式的托盘。平托盘按制造材料的不同，有木制、塑制、钢制、竹制、塑木复合等。

（2）箱式托盘。箱式托盘的基本结构是沿托盘四个边由板式、栅式、网式等各种平面组成箱体，有些箱体有顶板，有些箱体上没有顶板。箱板有固定式、折叠式和可卸式三种，如图 3-39 所示。箱式托盘不仅防护能力强，可有效防止塌垛、货损，而且装运范围较大，多用于散件或散装物料的集装。

（3）轮式托盘。轮式托盘的基本结构是在柱式、箱式托盘下部装有小型轮子。这种托盘不但具有一般柱式、箱式托盘的优点，而且可利用轮子做短距离移动。

（4）特种专用托盘。例如航空货运或行李托运时使用的航空托盘、能支撑和固定立放平板玻璃的玻璃集装托盘，如图 3-40 所示的专门装运标准油桶的异型平托盘；如图 3-41 所示的专门用于装放长尺寸材料的托盘、轮胎专用托盘等。

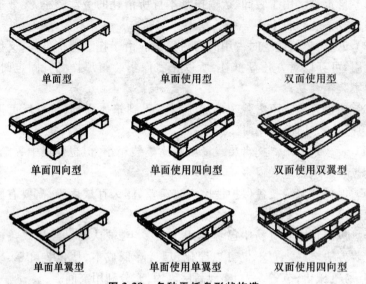

单面型　　　　　　单面使用型　　　　　　双面使用型

单面四向型　　　　单面使用四向型　　　　双面使用双翼型

单面单翼型　　　　单面使用单翼型　　　　双面使用四向型

图 3-38　各种平托盘形状构造

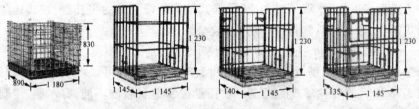

图 3-39　箱式托盘

图 3-40　桶型物专用托盘

图 3-41　平板玻璃集装托盘

（二）集装袋

柔性集装袋又称柔性集装箱，是集装单元器具的一种，配以起重机或叉车就可以实现集装单元化运输。集装袋以各种高强度纺织材料做成，它的特点是结构简单、自重轻、可以折叠、密闭隔绝性强、回空所占空间小、价格低廉、形式多样等。集装袋主要用于装运粉、粒状物品。

三、集装器具数量的确定

配送中心所需配置的托盘等的数量主要根据配送中心的预测物流量、集装箱器具使用周期、效率等因素来确定，可依据的计算公式如下：

$$N = \frac{D(T)(1 + X)}{C}$$

式中：N——集装器具数量（个）

D——单位时间进出货物的数量（件/小时）

T——集装器具的使用周期（包括移动、等待、卸空、返回、填补等）（小时）

X——集装器具的效率（件/个）

C——集装器具的标准容量（件/个）

本章小结

仓库经理和主管们常常被要求少花钱多办事。在大多数时间内，他们需要在管理仓库人员、利用空间以及维护设施方面煞费苦心，在实现客户满意度和工作便捷度上寻找平衡点。日常工作中由于每天需要处理大量的货单，最头疼的问题莫过于一旦出现账实不符时的核实工作，既费时耗力又令人沮丧。仓库生产设备和系统的科学合理配置可以为这些工作打下良好的基础。这里需要学习货架系统、装卸搬运设备、计量检验设备、分拣设备等的类型和选择方法。结合第二章学习案例 4。

▶ 案例 4

某卷烟厂烟叶原料配方自动化立体仓库设计

一、确定原料配方立体库设计的目标

原料配方立体库设计的目标：

（1）简化工艺流程，使原料从进库到出库，实施最少的工艺过程；

（2）有效合理地利用设备、空间、能源和人力资源；

（3）最大限度地减少人工物料搬运，增大物料的活性指数，争取做到在整个物流过程中搬运的物料和承载体不落地；

（4）力求投资最低，即达到设定的目标，又只投入最低的资金；

（5）为用户提供方便、简捷、舒适、安全和卫生的工作条件。

二、确定原料配方立体库规划设计的原则

为保证达到设计的目标，在设计过程中应遵循几个原则：

（1）设计中要减少或消除不必要的作业，这是缩短仓储区出、入库循环周期，减少设备，增大仓库使用面积，降低成本的有效手段；

（2）根据人流、物流、信息流流动的观点作为设计的出发点，贯穿整个设计的始终，合理确定流动方向；

（3）运用系统分析的方法求得系统的整体优化；

（4）整个设计是从宏观到微观，又从微观至宏观的反复迭代、并行设计的过程，最后使整个方案得以修正完善。

三、烟叶原料配方立体库设计思路

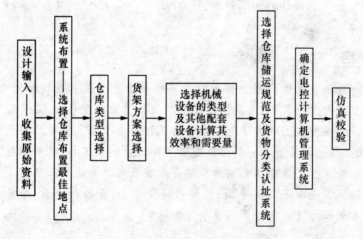

（一）设计输入——收集研究原始资料

首先要从用户方面收集资料，才能依据资料进行进一步的工作，倘若资料不全、模糊或精度不高，则往往造成设计上的困难和设计出的总体目标与实际要求差距较大。

通常烟叶原料配方库所需收集的原始资料有：工厂的年生产能力；工厂的有效工作日、工作时、工作班次；需求的库容量；库房情况；要求平均每天

出库、入库的占用时间。

储存烟叶原料的参数：品牌数量、原始外形尺寸、原始包装装载方式、原始包装捆扎方式等。

（二）系统布置设计——选择仓库布置最佳地点

系统布置设计分为大系统设计与小系统设计两个方面：大系统设计——总体考虑全厂的布局，仓库的大小与位置以及周边区域的相互联系等多方面因素；小系统设计——主要考虑整个仓库库房内的区域分配布置，计算库房面积、高度和容积的利用系数，库房贮存区占地面积及其他各部分（如货物卸货、验收、条码处理、配发及其他进出货配套区等），占地面积的比例及各分区安排，满足货物的仓内流向与仓外流向的统一性和技术经济性。

（三）仓库的类型选择

仓库的类型较多，主要有室内仓库、露天仓库、堆垛储存式仓库、货架立体多层仓库、舱罐式仓库等。

（四）货架方案设计

立体仓库布置方案的选择主要取决于货架的类型、结构、起重运输机类型与各配套区的相互布局。

货架在立体仓库中起着决定性作用，它是仓库的主体，它的类型、结构、尺寸的变化，都将使整个仓库从各种设备到土建，从设计布局到通风、空调、防虫、消防设置等产生变化，所以，要做好立体仓库的规划设计，必须首先进行好货架的方案设计。

（五）选择机械设备的类型及其他配套设备，计算其效率和需求量

机械设备和其他配套设备的选择，主要应考虑货架的类型、装载形式、经济性和可靠性。

（六）选择仓库储运规范及货物分类认址系统

仓库的储运规范：通常仓库的储运规范主要是以"先进先出"为原则，但作为烟叶原料配方库来说，主要是以批量储存，批量配方出货为原则，库存存储时间在 5～10 天左右，从而原料配方仓库大多是以"批量先进先出"为原则进行入库储料，出库提料。

货物分类认址系统：在立体仓库中，具有数量众多的货位、设备，进出货物都必须能按要求在规定的货格存放或提取所需求的货物，这个工作是由货物分类认址系统完成的，现在货物分类认址系统大多由计算机、光电控制设备完成。对于烟叶原料配方库，由于烟叶的牌号、规格种类较多，所以对计算机等控制元件要求高，同时对货格定位控制系统要求较高。货物存储一般分两类进行,一是随机存储,二是分片分区存储,对储存种类较少的烟叶原料配方库,一般多采用随机存取,这样便于提高仓库的有效利用率。

（七）确定电控、计算机管理系统

总体工艺、设备方案确定后,要进一步确定电控、计算机管理系统,确定电控、计算机管理系统主要依据工艺方案配置、经济性、可靠性、实用性、单一库房局部还是全厂全局性。

烟叶原料库与烟厂生产计划供应、生产资金周转调配直接有关,它关系着整个烟厂的全局,所以建议原料库管理系统应与全厂主机管理系统连接,进而能进行全厂统一性管理。

（八）仿真校验

方案设计的可行及成败,系统问题的查找,需经过计算机仿真才能以模拟真实的形态反映出来,大多数自动化立体仓库系统设计完成后,都需通过计算机仿真系统对其进行仿真校验,才能确保方案的可行性。

（九）其他方面

烟叶原料储存库与其他各类立体库一样,还必须配备消防系统,以确保仓库的安全性。在进行这方面的规划设计时,须与有关方面的设计人员进行协商讨论,共同设计。

思考题

1. 货架系统的选择依据是什么?
2. 讨论货架利用与通道作业效率的关系。
3. 如何选择装卸搬运设备以及确定装卸搬运设备的数量?
4. 怎样选择衡器?
5. 分拣系统由哪些设备构成?

仓库与配送中心入出库过程管理

主要内容

- 仓库与配送中心入出库过程概述
- 入库过程管理
- 出库过程管理

有专家说:20 世纪 60 年代企业靠成本取胜,80 年代靠质量取胜,90 年代则靠速度取胜,这里的速度指企业对订单的反应速度。有资料表明:在许多行业中,与订单准备、订单传输、订单录入、订单履行相关的各项活动占据了整个订货周期(Order Cycle Time)的 50% ~ 70%。因此,如果企业希望通过短暂而稳定的订货周期来实现高水平的客户服务,关键就是要认真管理订单处理过程中的各项活动,其中仓库与配送中心入出库过程的管理处于非常重要的地位。本章从介绍企业订单处理过程入手,阐述了仓库与配送中心入库过程和出库过程的流程关键作业以及管理要点。

第一节　仓库与配送中心入出库过程概述

一、企业订单处理过程

订单处理过程是指包含在客户订货周期中的诸多活动。具体包括订单准备、订单传输、订单录入、订单履行、订单状况报告等要素,如图 4-1 所示。

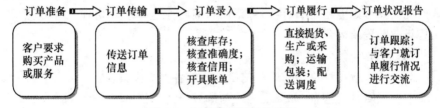

图 4-1　订单处理过程的要素

(一)订单准备

订单准备是指搜集所需产品或服务的必要信息和正式提出购买要求的各项活动。包括以下内容:确定供应商、由客户或销售人员填制订单、确定库存的可得性、与销售人员打电话通报订单信息或在计算机菜单中进行选择等等。

这一活动从电子技术中获益匪浅,例如超市收银台的商品条码扫描系统。该项技术以电子化方式搜集所需商品的信息(尺寸、数量、品名),并提交给计算机做进一步处理,加快了订单的准备速度。

买方还可以在网络上与卖方讨论特定产品的规格,确定可得性和价格,并进行选择。目前由于 ERP 系统的使用,一些工业企业的采购订单常常是根据库存消耗情况由计算机直接生成。然后,利用电子数据交换技术(EDI),与供应商实现无纸贸易,从而降低订单准备成本,减少补货次数。

库存的可得性对订货周期影响巨大,它往往会迫使物流和信息流偏离现有的轨道,因为正常情况下,货物大多数都是通过仓库与配送中心发送给客户的。如果仓库与配送中心中没有现货,就需要将订单传输给工厂,用工厂的库存来履行订单。如果工厂也没有库存,就必须填制生产订单,进行生产,然后由工厂直接将货物送到客户的需用地。

（二）订单传输

订单传输是订单处理过程中的第二道工序,涉及订货请求从发出地点到订单录入地点的传输过程。

订单传输可以通过两种基本方式完成:人工方式和电子方式。订单传输时间因所选用的传输方式不同而大不相同。人工方式包括邮寄订单,或由销售人员亲自将订单送到录入地点。作为传输方式之一,销售人员搜集、拣选订单后经邮寄传送所花费的时间可能最长,但是成本相对低廉。随着免费服务电话、传真机以及互联网的广泛应用,利用电子方式传输订单的做法相当普及。这种高可靠性、高准确度的传输方式几乎可以瞬间完成订单信息的输送,已经基本取代了人工传输方法。但是,企业在选择订单传输方式时除需要考虑传输速度、传输可靠性和准确性这些绩效指标以外,还应该考虑设备购置及运营的成本。

（三）订单录入

订单录入指在订单实际履行前所进行的各项工作,包括:

（1）核对订货信息(如商品名称与编号、数量、价格等)的准确性;

（2）检查所需商品是否可得;

（3）如有必要,准备补交订单或取消订单的文件;

（4）审核客户信用;

（5）必要时,转录订单信息;

（6）开具账单。

进行这些工作很有必要,因为订货请求所包含的信息往往与要求的格式不符,无法做进一步处理,要么表述不够准确,要么在交给订单履行部门执行之前还需作一些额外的准备工作。

订单录入可以由人工完成,也可以进行全自动处理。条形码、光学扫描仪以及计算机的使用极大地提高了该项活动的效率。其中,条码和扫描技术对于准确、快速、低成本地录入订单信息尤为重要。与利用计算机键盘录入数据相比,条码扫描技术有显著的优越性(见表4-1),已经在零售、制造和服务行业广泛运用。

表 4-1　数据录入技术的比较

比较特征	数据输入方式	
	键盘输入	条形识别
速度	6 秒	0.3~2 秒
替换的错误率	每录入 300 字符有 1 个错误	每录入 1.5 万~1 亿字符有 1 个错误
编码成本	高	低
信息读取成本	低	低
优势	人工录入	出错率低 成本低 速度快 能够远距离读取信息
劣势	人工录入 成本高 出错率高 速度慢	要求操作人员受过一定的教育 产生设备成本 需要处理条码图像遗失或破损的问题

注:速度的比较是以编码信息量为 12 个字符的字段为基础进行的。

从物流管理的角度来看,在订单录入阶段需要注意订单规模的问题,对订单规模进行限制,甚至可以拒绝接受低于最小订货量的订单。这样做可以确保企业不会产生高昂的运输成本,由供货企业支付运费的情况下更是如此。通过整合订单可以使运输调度更加有效;使仓库与配送中心的拣货与装运模式更加优化。

（四）订单履行

订单履行是由与实物有关的活动组成的,包括:

（1）通过提取存货、生产或采购来获取所订购的货物;

（2）对货物进行运输包装;

（3）安排送货;

（4）准备运输单证。

设定订单履行中的先后次序及相关程序会影响个别订单的总订货周期。但企业往往没有就订单履行初始阶段订单录入和处理的方法做出正式规定。有的企业可能会因为订单处理人员忙得不可开交而先处理不太复杂的订单,致使公司重要客户的订单在履行时拖延过久。订单处理的先后次序可能会影响到所有订单的处理速度,也可能影响到较重要订单的处理速度。

有的企业在接到订单后并不立即履行订单发运货物,而是压后一段时间,以集中货物的运量,降低单位运输成本,这种决策确实需要制定更为周详的订单处理程序。这样做增加了问题的复杂性,因为这些程序必须与送货计划妥善协调,才能全面提高订单处理、交货作业的效率。参阅案例1。

（五）订单状况的报告

订单处理过程的最后环节是通过不断向客户报告订单处理过程中或货物交付过程中的任何延迟,确保优质的客户服务。具体而言,该项活动包括:

（1）在整个订单周转过程中跟踪订单;

（2）与客户交换订单处理进度、订单货物交付时间等方面的信息。

订单状况报告是一种监控活动,不会影响到处理订单的一般时间。

▶ 案例1

南方公司的订单处理过程

南方公司（The Southland Corporation）因拥有 7 800 家 7—11 店和 Quick Mark store 而闻名于世。

由于零售店内绝大部分空间都要用于售货,所以货架上的商品必须频繁得到补给。如果货架上某种商品缺货,店里也没有储备存货来补充货架,那么订单处理系统就必须做到方便、快捷、准确,以保证店里的货源不断。

每家分店都有一份针对该店印就的库存清单或订货指南（Order Guide）,其上列明授权各分店销售的商品（Authorized Items）。店铺经理或工作人员用一个手持电子订单录入器读出订货指南或货架上的条形码,接着键入每种商品所需的数量。该信息随后通过电话线传到南方公司的配送中心,在那里进入订单录入、订单履行系统。

配送中心的订单录入和订单履行系统把全天收到的订货及调整信息按商品、仓库汇总起来。在全部订单都收讫后,系统按商品、各仓库供货区的订货量生成一张拣货清单（Picking List）。

同时,系统还监控各货架上的货量,一旦某货架上的库存量低于预先设定的临界点,系统就会生成一张大宗货物拣货单（Bulk Picking Label）,示意仓库的工作人员从托盘货物存储区提取一整箱货物,送到单品拣货区（Unit Picking Location）。在这份大宗货物拣货单上,还标明应附在商品上的零售价格,并指明贴过价签后的商品应摆放在哪个拣货区。在单品拣货区,商品是从货架的后部补充进来的,从货架的前部被放入塑料拣货箱或纸板物品箱里。（在流动区,除了不贴价签,搬运的是整个托盘而不是箱子外,基本按照同样的方法补货。）

当大宗货物或托盘货物存储区的库存不足时,系统会根据经济订货批量（EOQ）向采购人员提出理想的订货量。采购人员审查订货量并视情况对订货规模做出调整后,系统即开始准备针对供应商的采购订单。

系统还可以根据各分店订购货物的体积,每天利用可变的运输调度法安排卡车装货,调整送货路线。通过对各卡车车厢的合理配货,系统可以保证最大限度地利用载货空间,并使每条线路的行车里程最短。然后,系统按与装货次序相反的顺序打印交付收据（Delivery Receipt）,方便各分店和货车司机清点货物。

南方公司通过这个订单处理系统获益匪浅,订单平均履行率在99%以上,仓库库存每22天周转一次。

（案例选自〔美〕Ronald H. Ballou,王晓东、胡瑞娟等译,《企业物流管理——供应链的规划、组织和控制》,机械工业出版社2002年版）

二、现代仓库与配送中心的作业过程和特点

（一）现代仓库与配送中心作业过程

仓库与配送中心作业过程是以入库、保管、出库为中心的一系列作业阶段和作业环节的总称,各阶段内容见图4-2。

作业过程实际上包含了实物流过程和信息流过程两个方面。

（1）实物流。实物流是指库存物实体空间移动过程。在仓库与配送中心里它是从库外流向库内,并经合理停留后再流向库外的过程,见图4-3。

从作业内容和作业顺序来看,主要包括接运、验收、入库、保管、保养、出库、发运等环节。实物流是仓库与配送中心作业的最基本运动过程。仓库与配送中心各部门、各作业阶段与环节的工作,都要保证和促进库存物的合理流动。在保证库存物质量完好和数量准确的前提下,加速运转,尽一切可能消除库存物的无意义的停滞,缩短作业时间,提高劳动生产效率,降低仓库与配送中心生产成本,以取得更好的经济效益。

（2）信息流。信息流是指仓库与配送中心库存物信息的流动。实物流组织是借助于一定的信息来实现的。这些信息包括与实物流有关的物资单据、凭证、台账、报表、技术资料等,它们在仓库与配送中心各作业阶段、环节的填制、核对、传递、保存时形成信息流。信息是实物流的前提,控制着物流

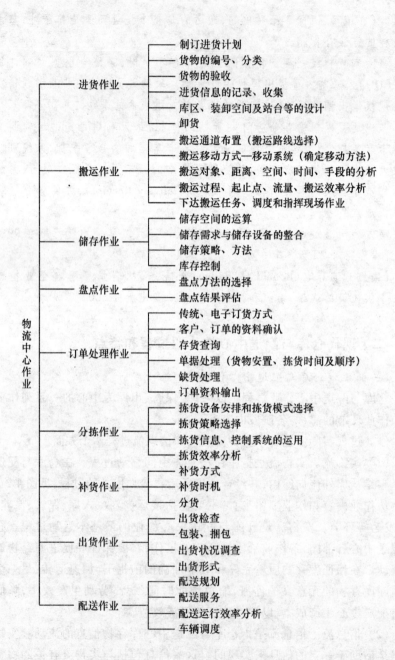

图 4-2 现代仓库作业内容

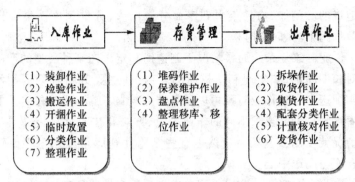

图 4-3　仓库与配送中心实物流过程

的数量、方向、速度和目标,见图 4-4。

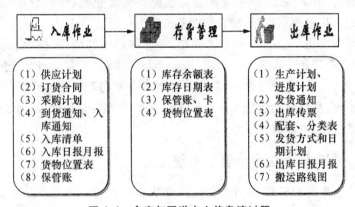

图 4-4　仓库与配送中心信息流过程

（二）仓库与配送中心作业过程的特点

仓库与配送中心的技术作业过程与制造生产的生产过程相比较,特点主要表现在以下四个方面:

（1）作业过程不连续。仓库与配送中心的作业过程,从入库到出库不是连续进行的,而是间断进行的。这是因为各个作业环节不是密切衔接的,各个作业环节之间存在着间歇。如整车接运的货物卸车后往往不能马上验收（交货单未到,单证不齐不能验收）,而需要一段待验时间;货物入库后,不是立即就出库,而要有一段在库保管时间;货物分拣包装完毕,需要有一段待运时间等等。这与制造生产过程中的流水线作业显然是不同的。

（2）作业量不均衡。仓库与配送中心每天发生的作业量有很大的差别,各月之间的作业量也有很大的不同,这种日、月作业量的不均衡主要是由于仓库与配送中心入库作业和出库作业在时间上的不均衡（不确定）和批量大小不等造成的。例如,物品集中到库而分散出库,分批到库而集中出库,各作业环节忙闲不均、时紧时松。

(3) 作业对象复杂。通常情况下制造商固定生产某种类型的产品,劳动对象相对长期固定,如生产制造机床的厂商,其主要劳动对象是各种钢材。而仓库与配送中心的作业对象可以是各式各样的物品,可以有成千上万种。不同的库存物品可能要求不同的作业手段、方法和技术,因而仓库与配送中心作业情况就会比较复杂。当然也有些专用性仓库与配送中心比较单一,如碘盐仓库与配送中心。

(4) 作业范围广泛。仓库与配送中心的各个作业环节,大部分是在仓库与配送中心范围内进行的,但也有一部分作业是在仓库与配送中心以外的范围内进行的,如接运、配送等作业可能要在生产企业、中转仓库、车站、港口或者用户指定地点进行,所以作业范围相当广泛。

仓库与配送中心作业的上述特点,对仓储设施的规划、配置、运用与管理,对仓库与配送中心人员的定编、劳动组织与考核,对作业计划、作业方式与方法等,均会产生重要影响,并给合理组织仓库与配送中心作业带来很多困难与不便,高级仓储管理人员应该掌握这些矛盾及其规律,充分发挥各职能环节的作用,提高时空效益。

三、仓库与配送中心管理系统

现代仓库与配送中心如果要配合存货企业或部门实现"快速反应"和"有效的客户服务"目标,就必须具备一个有效的仓库管理系统——WMS。仓库管理系统 WMS 具有对企业物流系统运作管理中仓储环节物品进货、出货、库存控制等管理功能,并可依托互联网进行客户订单和查询管理。这一系统对于仓库与配送中心作业的计划、实施和评价至关重要。

(一) 仓库管理系统的基本功能

仓库管理系统的基本功能是要完成库存物品的自动存储与检索(automated storage and retrieval systems, ASRS),如图 4-5 所示。

(二) 仓库管理系统的运用

由于仓库的类型很多,各仓库的服务对象以及服务的内容会有很大不同,因此,各仓库 WMS 的主要功能会有所侧重,以下是两个企业的 WMS 运用案例:

1. 某商贸公司仓库管理系统的主要功能

(1) 该公司主要业务流程见图 4-6。

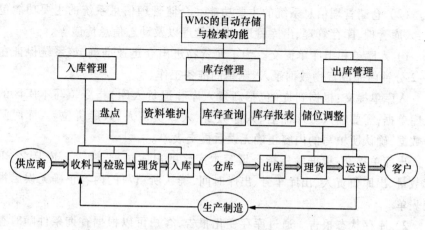

图 4-5　WMS 的主要功能

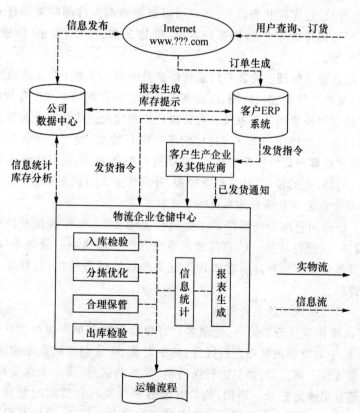

图 4-6　某公司主要业务流程图

（2）仓储管理信息系统的主要功能。仓储管理信息系统的主要功能包括：入库管理、库存管理、出库管理、退货管理以及动态信息传递等。

1）入库单和出库单提交。为了使货物进出仓迅速准确，该系统保证在1~2分钟内完成货物数据录入、制单的准备工作。

入库单提交：根据到货（包括新货入库和退货入库）指令填写本库区的入库单据，需要输入入库品名、入库数量、入库负责人、入库货位、入库时间等数据，确认所填写的内容正确无误后提交表单。

出库单提交：根据发货指令填写本库区的出库单据，输入出库品名、出库数量、出库负责人、出库车号、出库时间，确认所填写的内容正确无误后提交表单。

2）库存状态报告。通过库存变化报告，客户可以根据查询条件随时查询自己货物的库存变化过程，可选择的条件包括客户名称、货物名称以及退换货情况等；通过库存状态报告，客户可以根据查询条件随时查询自己货物当前库存，可选择的条件包括客户名称、货物名称、品种、规格、保质期、批号、合同号等。

3）退货信息处理。将客户的退货信息及时输入系统（作入库处理），并将此信息及时上传到客户终端，以备客户及时掌握市场动态和库存状况。

4）盘点和补货确认。系统具有智能化的货物先进先出功能和统计查询功能，可以随时生成每一库区或排位的库存结存数量，便于仓库保管员进行盘点。通过对客户订单资料的统计，自动进行补货确认，这其中还包括了补货数量、补货时点的预定，补货作业排程，补货作业人员调派等。

2. 某物流公司仓库管理系统的主要功能

（1）该公司仓库管理系统的主要流程见图4-7。仓库管理系统中加入"车辆编排"后便可从单一的仓储管理系统升级为配送中心管理系统，如果车辆编排部分能够与外部运输管理系统实现运输任务挂接，就能够实现全程物流管理。

（2）各功能模块的主要功能。

1）入库作业管理。第一，记录客户订单然后以订单作为收货依据。第二，在系统中对货物的状态进行区分，其中退货、坏货与冻结商品被冻结，不参与正常流转。第三，对物品进行保质期、批号的区分，每一个保质期、批号的物品都有单独的记录。第四，收货时能够根据现有存货状况和货物的类别品种自动推荐货位，允许同一货位存放不同产品。第五，自动替换新旧产品，将历史记录与新产品关联。第六，收货前在系统中使用预收货功能查询

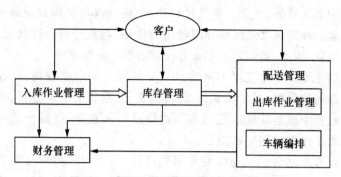

图 4-7　该公司仓库管理系统的主要流程

收货能力。第七,自动产生入库操作记录台账,并同时记录相应费用。第八,可根据客户需要提供自动产生订货单的功能,即根据客户某种产品的出库量、安全库存量、供应商供货能力以及订货周期产生推荐订货单,经客户确认生效并根据与客户和供应商确定的方式发送给供应商与客户。

2) 存货管理。第一,可以根据存货长宽高的数据实现存货体积的自动计算,产生库存物品明细表。第二,显示库存可用保质期、货位、坏货损坏等状况,并提供报告。第三,具有库存货位调整功能。第四,能够提供在一个特定时间段内不同货主或全部仓储情况的仓储容积汇总。第五,存货信息经授权可以被外部客户访问。

3) 出库作业管理。第一,系统可根据不同货主以及不同送货地点产生发货单。第二,根据出库条件自动产生检货单。第三,遵循按保质期优先原则、先进先出原则、生产日期原则等多种条件。第四,可与"运输管理模块"接口进行车辆编排后确定出库单与装车单。

4) 财务管理。第一,自动统计产生每一货主的费用并允许授权人员进行手工调整。第二,自动累加每日每个货主的入库、出库、退货、仓租等费用。第三,根据设定的时间段,按各项明细汇总费用。第四,费用数据经授权可以被外部用户访问。

第二节　入库过程管理

入库作业阶段由接运、验收和入库交接三个环节构成。

一、接运

物品到达仓库与配送中心的形式除了一小部分由供货单位直接运到仓

库与配送中心交货外,大部分要经过铁路、公路、航运、空运和短途运输等运输工具转运。凡经过交通运输部门转运的物品,均需经过仓库接运后,才能进行入库验收,因此,接运是入库业务流程的第一道作业环节。

接运的主要任务是及时而准确地从交通运输部门提取物品,在接运由承运人转运的物品时,必须认真检查,分清责任,取得必要的证件,避免将一些在运输过程中或运输前就已经损坏的物品带入仓库,造成验收中责任难分和在保管工作中的困难或损失。

接运可在车站、码头、仓库或专用线进行,因而可以简单分为到货和提货两种方式。到货形式下,仓库与配送中心不需组织库外运输。提货形式下,仓库与配送中心要组织库外运输,除要选择运输路线、确定派车方案外,更要注意物品在回库途中的安全。

(一) 车站、码头提货的注意事项

(1) 提货人员对所提取的物品应了解其品名、型号、特性和一般保管知识、装卸搬运注意事项等。在提货前应做好接运的准备工作,例如装卸运输工具、存放场地等。提货人员在到货前,应主动了解到货时间和交货情况,根据到货多少,组织装卸人员、机具和车辆,按时前往提货。

(2) 提货时应根据运单以及有关资料详细核对品名、规格、数量,并要注意外观,查看包装、封印是否完好,有无玷污、受潮、水渍、油渍等异状。若有疑点或不符,应当场要求运输部门检查,并做相应记录。

(3) 在短途运输中,要做到不混不乱,避免碰坏损失。危险品应按照危险品搬运规定办理。

(4) 物品到库后,提货员应与保管员密切配合,尽量做到提货、运输、验收、入库、堆码成一条龙作业,从而缩短入库验收时间,并办理内部交接手续。

(二) 专用线到货接车的注意事项

(1) 接到专用线到货通知后,应立即确定卸货货位,力求缩短场内搬运距离;组织好卸车所需要的机械、人员以及有关资料,做好卸车准备。

(2) 车皮到达后,引导对位,进行检查。看车皮封闭情况是否良好(即车门、车窗、铅封、苫布等有无异状);根据运单和有关资料核对到货品名、规格、标志和清点件数;检查包装是否有损坏或有无散包;检查是否有进水、受潮或其他损坏现象。在检查中发现异常情况,应请铁路部门派员复查,做出记录,记录内容应与实际情况相符,以便交涉。

(3) 卸车时要注意为验收和入库保管提供便利条件,分清车号、品名、规格,不混不乱;保证包装完好,不碰坏,不压伤,更不得自行打开包装。应根据物品的性质合理堆放,以免混淆。卸车后在物品上应标明车号和卸车日期。

(4) 编制卸车记录,记明卸车货位规格、数量,连同有关证件和资料,尽快向保管员交代清楚,办好内部交接手续。

(三) 仓库与配送中心自行接货的注意事项

(1) 仓库与配送中心接受货主委托直接到供货单位提货时,应将这种接货与检验工作结合起来同时进行。

(2) 仓库与配送中心应根据提货通知,了解所提物品的性能、规格、数量,准备好提货所需的机械、工具、人员,配备保管员在供方当场检验质量、清点数量,并做好验收记录,接货与验收合并一次完成。

(四) 库内接货的注意事项

存货单位或供货单位将物品直接运送到仓库与配送中心储存时,应由保管员或验收人员直接与送货人员办理交接手续,当面验收并做好记录。若有差错,应填写记录,由送货人员签字证明,据此向有关部门提出索赔。

二、验收

(一) 验收的定义和意义

1. 验收的定义

验收是指仓库与配送中心在物品正式入库前,按照一定的程序和手续,对到库物品进行数量和外观质量的检查,以验证它是否符合订货合同规定的一项工作。

由于到货的来源复杂、渠道繁多、产地和厂家不同,又都经过不同运输方式和运输环节的装卸搬运等原因,有可能使到货在数量、质量上发生变化,这就决定了对到货进行验收的必要性。因此,进入仓库与配送中心储存的物品必须经过检查验收,只有验收合格的物品,方可入库保管。

验收的主要任务是查明到货的数量和质量状态,为入库和保管打基础,防止仓库与配送中心和货主遭受不必要的经济损失,同时对供货单位的产品质量和承运部门的服务质量进行监督。

2. 验收的作用

通过验收不仅可以防止企业遭受经济损失,而且可以起到监督供货单位和承运人的作用,同时可指导保管和使用。

(1) 入库验收为物品保管和使用提供可靠依据。物品到库的形式虽然各有不同(直达、中转),但都要经过运输。特别对于长途运输,经过多次装卸的物品来说,容易发生包装损坏,散失、破损、受潮等情况,这种情况必将影响物品的保管和使用。所以,必须在物品入库时,将物品的实际状态调查清楚,并予以记录。这样一能确保不合格物品不能进入流通领域(占用费用)和生产领域(影响生产);二能在保管中有的放矢地采取措施,为用户提供完好的物品。

(2)验收记录是货主退货、换货和索赔的依据。物品验收过程中,若发现物品数量不足,或发现规格不符,或质量不合格时,仓库与配送中心检验人员做出详细的验收记录,据此由有关方面向供货单位提出退货、换货或向承运责任方提出索赔等要求。倘若物品入库时未进行严格的验收,或没有做出严格的验收记录,而在保管过程中,甚至在发货时才发现问题,就会使责任不分,丧失索赔权,带来不必要的经济损失。

(3)验收是避免物品积压,减少经济损失的重要手段。保管不合格品,是一种无效劳动。对于不合格物品,如果不经过检查验收,就按合格物品入库,必然造成物品积压;对于计重物品,如果不进行检斤计数,就按有关单据的供货数量付款,当实际数量不足时,就会造成经济损失。

(4)验收有利于维护国家利益。加入 WTO 之后,我国经济与世界经济的联系更加紧密,进口物品的数量和品种不断增加,进口物品的产地等情况更为复杂,必须依据进口物品验收工作的程序与制度,严格认真地做好验收工作。否则,数量与质量方面的问题就不能得到及时发现,若超过索赔期,即使发现问题,也难以交涉,这就会给国家经济造成重大损失。

(二) 验收工作的基本要求

物品验收工作是一项技术要求高、组织严密的工作,关系整个仓储业务能否顺利进行,所以,必须做到准确、及时、严格、经济。

(1)准确。对于入库物品的数量、规格、型号、配套情况及质量状态等的验收要求做到准确无误,如实反映物品当时的实际状态,不能掺入主观偏见或臆断,这在处理进口物品时尤为重要,严格按规程办事,划清国内外责任,需要提出索赔时,验收技术报告理由要充足。

(2)及时。到库物品必须在规定期限内及时完成验收工作,提出验收结果。一批物品必须全部验收完毕登记账、卡后,才能发放,只有及时验收,才能保证及时供应;同时,货款的托收承付和索赔是有一定期限的,如果验收时发现到货数量不符或材质不符,要进行拒付或向对方提出索赔时,均应在规定期限内(一般为 90 天)提出,否则银行不予办理拒付货款手续,供方也不予负责。

（3）严格。仓库与配送中心有关各方都要严肃认真地对待物品验收工作。验收工作的好坏直接关系国家和企业利益，也关系以后各项仓储业务的顺利开展，因此，仓库与配送中心领导应高度重视验收工作，直接参与人员更要以高度负责的精神来对待这项工作。

（4）经济。在验收的多数情况下，不但需要检验设备和验收人员，而且需要装卸搬运机具和设备以及相应工种工人的配合。这就要求各工种密切协作，合理组织调配人员与设备，以节省作业费用。此外，验收工作中，尽可能保护原包装，减少或避免破坏性试验，也是提高作业经济性的有效手段。

（三）验收作业程序

验收作业的程序为：验收准备、核对资料凭证、实物检验。

1. 验收准备

为保证验收工作及时而准确地完成，提高验收效率，减少劳动消耗，仓库与配送中心验收工作必须有计划、有准备地进行。仓库与配送中心接到到货通知后，应根据物品的性质和批量提前做好验收前的准备工作，大致包括以下内容：

（1）人员准备。安排好负责质量验收的技术人员或用料单位的专业技术人员，以及配合数量验收的装卸搬运人员。

（2）资料准备。收集并熟悉待验物品的有关文件，例如技术标准、订货合同等。

（3）器具准备。准备好验收用的检验工具，例如衡器、量具等，并校验准确。

（4）货位准备。针对到库物品的性质、特点和数量，确定物品的存放地点和保管方法，其中要为可能出现的不合格物品预留存放地点。

（5）设备准备。大批量物品的数量验收，必须要有装卸搬运机械的配合，应做好设备的申请调用。

此外，对于有些特殊物品的验收，例如毒害品、腐蚀品、放射品等，还要准备相应的防护用品，计算和准备堆码苫垫材料，进口物品或存货单位指定需要质量检验的，应通知有关检验部门会同验收。

2. 核对资料凭证

入库物品必须具备下列凭证：

（1）入库通知单和订货合同副本，这是仓库与配送中心接受物品的凭证。

（2）供货单位提供的材质证明书、装箱单、磅码单、发货明细表等。

（3）物品承运单位提供的运单，若物品在入库前发现残损情况，还要有承运部门提供的货运记录或普通记录，作为向责任方交涉的依据。

核对凭证，也就是将上述凭证加以整理全面核对。入库通知单、订货合同要与供货单位提供的所有凭证逐一核对，相符后，才可进行下一步实物检验。

3. 实物检验

所谓实物检验，就是根据入库单和有关技术资料对实物进行数量和质量检验。在一般情况下，或者合同没有约定检验事项时，仓库与配送中心仅对物品的品种、规格、数量、外包装状况，以及无需开箱、拆捆而可以直观可见可辨的外观质量情况进行检验，对于内容的检验则根据合同约定、作业特性确定。但是在进行分拣配装作业的仓库与配送中心里，就需要检验所有物品的品质和状态。

（1）数量检验。数量检验是保证物品数量准确不可缺少的重要步骤。按物品性质和包装情况，数量检验主要有计件、检斤、检尺求积等形式。在进行数量验收时，必须注意同供货方采用相同的计量方法。采取何种方式计数都要在验收记录中做出记载，出库时也按同样的计量方法，避免出现误差。

按件数供货或以件数为计量单位的物品，做数量验收时要清点件数。一般情况下，计件物品应全部逐一点清，固定包装物的小件物品，如果包装完好，打开包装则不利于以后进行保管。所以，通常情况下国内物品只检查外包装，不拆包检查，而进口物品则按合同或惯例办理。

按重量供货或以重量为计量单位的物品，做数量验收时有的采用检斤称量的方法，有的则采用理论换算的方法。按理论换算重量的物品，先要通过检尺，例如金属材料中的板材、型材等，然后，按规定的换算方法换算成重量验收。对于进口物品，原则上应全部检斤，但如果订货合同规定按理论换算重量交货，则按合同规定办理。

按体积供货或以体积为计量单位的物品，做数量验收时要先检尺，后求积。例如木材、竹材、砂石等。在做数量验收之前，还应根据物品来源、包装好坏或有关部门规定，确定对到库物品是采取抽验还是采取全验方式。在一般情况下数量检验应全验，即按件数全部进行点数，按重量供货的全部检斤，按理论重量供货的全部检尺，后换算为重量，以实际检验结果的数量为实收数。

某些电子设备的验收需要在收货方的技术人员指导下，带上防静电手套,在防尘、防静电的环境中根据装箱单逐一登记序列号,点查件数。

(2)质量检验。仓库与配送中心对到库物品进行的质量检验是根据仓储合同约定来施行的。合同中没有约定的,则按照物品的特性和惯例确定。由于新产品的不断出现,不同物品具有不同的质量标准,仓库与配送中心应认真研究各种检验方法,必要时要求客户、货主提供检验方法和标准,或者要求收货人共同参与检验。

仓库与配送中心常用的检验方法主要有:

1)视觉检验。在充足的光线下,利用视力观察物品的状态、颜色、结构等表面状况,检查有无变形、破损、脱落、变色、结块等损害情况,以判定质量。同时检验物品标签、标志是否齐备、完整、清晰等。标签、标志与物品内容是否一致。

2)听觉、触觉、嗅觉、味觉检验。通过摇动、搬运操作、轻度敲击物品的声音,或利用手感鉴定物品的细度、光滑度、黏度、柔软程度等来判定有无结块、干涸、融化、受潮,或通过物品所特有的气味、滋味判定是否新鲜,有无变质。

3)测试仪器检验。利用各种专用测试仪器进行物品性质测定。如含水量、密度、黏度、成分、光谱等测试。

4)运行检验。对物品进行运行操作,如电器、车辆等,检查操作功能是否正常。

仓库与配送中心主要是对物品的外包装进行检验,检验包装有无被撬、开缝、污染、破损、水渍等不良情况。包装的含水量(表4-2)是影响物品保管质量的重要指标,一些包装物含水量高表明物品已经受损害,需要进一步检验。

表4-2　几种包装物安全含水量

包装材料	含水量	说明
木箱(外包装)	18% ~20%	内装易霉、易锈物品
	18% ~23%	内装一般物品
纸箱	12% ~14%	五层瓦楞纸的外包装及纸板衬垫
	10% ~12%	三层瓦楞纸的外包装及纸板衬垫
胶合板箱	15% ~16%	
布包	9% ~10%	

（四）检验的程度

检验程度是指对入库物品实施数量和质量检验的数量,分为全验和抽验。原则上应采用全验的方式,对于大批量、同包装、同规格,较难损坏的物品,质量较高、可信赖的可以采用抽验的方式检验。但是在抽查中发现不符合要求的货品较多时,应扩大抽查范围,甚至全验。

(1) 数量检验的范围。以重量交货的物品,在验收时一律按净重计数验收。不带包装和不定尺交货的,一律全部过磅计重;带包装交货的,毛重检斤率为100%,回皮率为5% ~ 10%,清点件数为100%;有标量或按标准定量包装交货的,按标量抽验,抽验率为5% ~ 10%;按理论换算计重交货的,定尺物品检尺率为10% ~ 20%,非定尺物品检尺率为100%,且要注意单位的换算;贵重金属材料,不论是否有包装,均100%过净重。以件数交货的物品,在验收时一律全部点清件数,带有附件的和成套的机电设备,不仅要清点主件和主机,还要清点附件和部件、零件和工具;定量小包装的物品,若包装完好,可抽验5% ~ 15%,在抽验范围内无差错,则全批合格;若有差错则应全部拆箱点查。不按件也不按重量交货的物品,应按合同规定的计量方法验收。数量验收中采取检斤称量方式时,每种物品都有一个合理的允许磅差。

(2) 质量检验的范围。带包装的金属材料,抽验5% ~ 10%;无包装的金属材料全部目测查验;入库量10台以内的机电设备,验收率为100%;100台以内,验收不少于10%;运输、起重设备100%查验;仪器仪表外观质量缺陷查验率为100%;易于发霉、变质、受潮、变色、污染、虫蛀、机械性损伤的物品,抽验率为5% ~ 10%;外包装质量缺陷检验率为100%;对于供货稳定,信誉、质量较好的厂家产品,特大批量物品可以采用抽查的方式检验质量。

（五）入库检验时间

物品的数量、外观质量应在入库时进行检验;物品的内在质量,应在合同约定的时间之内进行检验,或者按照仓储惯例在入库10天之内,国外到货30天之内进行。

（六）验收中发现问题的处理

在物品验收过程中,如果发现物品数量或质量存在问题,应该严格按照有关制度进行处理。验收过程中发现的数量和质量问题可能发生在各个流通环节,如可能是由于供货方、交通运输部门或收货方本身的工作造成的。按照有关规章制度对问题进行处理,有利于分清各方的责任,并促使有关责任部门吸取教训,改进今后的工作。所以对验收过程中发现的问题进行处理时应该注意以下几个方面:

(1) 在物品入库凭证未到齐之前不得正式验收。如果入库凭证不齐或不符,仓库与配送中心有权拒收或暂时存放,待凭证到齐后再验收入库。

(2) 发现物品数量或质量不符合规定,要会同有关人员当场做出详细记录,交接双方应在记录上签字。如果是交货方的问题,仓库与配送中心应该拒绝接收。如果是运输部门的问题就应该提出索赔。

(3)在数量验收中,计件物品应及时验收,发现问题要按规定的手续,在规定的期限内向有关部门提出索赔要求。超过索赔期限,责任部门对形成的损失将不予负责。

三、入库交接

入库物品经过点数、查验之后,可以安排卸货、入库堆码,表示仓库与配送中心接受物品。在卸货、搬运、堆垛作业完毕,与送货人办理交接手续,并建立仓库与配送中心台账。

(一)交接手续

交接手续是指仓库与配送中心对收到的物品向送货人进行的确认,表示已接受物品。办理完交接手续,意味着划分清运输、送货部门和仓库与配送中心的责任。完整的交接手续包括:

(1)接受物品。仓库与配送中心通过理货、查验物品,将不良物品的剔出、退回或者编制残损单证等明确责任,确定收到物品的确切数量、物品表面状态良好。

(2)接受文件。接受送货人送交的物品资料、运输的货运记录、普通记录等,以及随货的在运输单证上注明的相应文件,如图纸、准运证等。

(3)签署单证。仓库与配送中心与送货人或承运人共同在送货人交来的送货单、交接清单(见表4-3)上签署,并留存相应单证。提供相应的入库、查验、理货、残损单证、事故报告,送货人或承运人要共同签署。

表 4-3　到接货交接单

收货人	发站	发货人	品名	标记	单位	件数	重量	车号	运单号	货位	合同号
备注											

送货人　　　　　　　　　　　　接收人　　　　　　　经办人

(二)登账

物品入库,仓库与配送中心应建立详细反映物品仓储的明细账,登记物品入库、出库、结存的详细情况,用以记录库存物品动态和入出库过程。

登账的主要内容有:物品名称、规格、数量、件数、累计数或结存数、存货人或提货人、批次、金额,注明货位号或运输工具、接(发)货经办人。

(三)立卡

物品入库或上架后,将物品名称、规格、数量或出入状态等内容填在料卡上,称为立卡。料卡又称为货卡、货牌,插放在货架上物品下方的货架支架上或摆放在货垛正面明显位置。

(四)建档

仓库与配送中心应对所接受仓储的物品建立存货档案,以便物品管理和保持客户联系,也为将来可能发生的争议保留凭据。同时有助于总结和积累保管经验,研究仓储管理规律。

存货档案应一货一档设置,将该物品入库、保管、交付的相应单证、报表、记录、作业安排、资料等的原件或者附件、复制件存档。存货档案的内容主要包括:

(1)物品的各种技术资料、合格证、装箱单、质量标准、送货单、发货清单等;

(2)物品运输单据、普通记录、货运记录、残损记录、装载图等;

(3)入库通知单、验收记录、磅码单、技术检验报告;

(4)保管期间的检查、保养作业、通风除湿、翻仓、事故等直接操作记录;存货期间的温度、湿度、特殊天气的记录等;

(5)出库凭证、交接签单、送出货单、检查报告等;

(6)其他有关该物品仓储保管的特别文件和报告记录。

第三节　出库过程管理

出库过程管理是指仓库或配送中心按照货主的调拨出库凭证或发货凭证(提货单、调拨单)所注明的货物名称、型号、规格、数量、收货单位、接货方式等条件,进行的核对凭证、备料、复核、点交、发放等一系列作业和业务管理活动。

出库业务是保管工作的结束,既涉及仓库与配送中心同货主或收货企业以及承运部门的经济联系,也涉及仓库与配送中心各有关业务部门的作业活动。为了能以合理的物流成本保证出库物品按质、按量、按时、安全地发给用户,满足其生产经营的需要,仓库与配送中心应主动向货主联系,由货主提供出库计划,这是仓库与配送中心出库作业的依据,特别是供应异地的和大批量出库的物品更应提前发出通知,以便及时办理流量和流向的运输计划,完成出库任务。

仓库与配送中心必须建立严格的商品出库和发运程序,严格遵循"先进先出,推陈出新"的原则,尽量一次完成,防止差错。需托运物品的包装还要符合运输部门的要求。

一、物品出库的依据

WMS 的出库功能模块必须由货主的出库通知或请求驱动,见图 4-8。不论在任何情况下,仓库与配送中心都不得擅自动用、变相动用或者外借货主的库存。

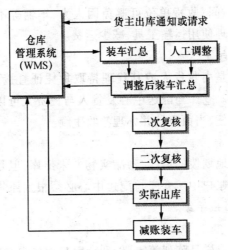

图 4-8　WMS 的出库功能模块

货主的出库通知或出库请求的格式不尽相同,不论采用何种形式,都必须是符合财务制度要求的有法律效力的凭证,要坚决杜绝凭信誉或无正式手续的发货。

二、物品出库的要求

物品出库要求做到"三不、三核、五检查"。"三不",即未接单据不翻账,未经审单不备库,未经复核不出库;"三核",即在发货时,要核实凭证、核对账卡、核对实物;"五检查",即对单据和实物要进行品名检查、规格检查、包装检查、件数检查、重量检查。商品出库要求严格执行各项规章制度,提高服务质量,使用户满意,积极与货主联系,为用户提货创造各种方便条件,杜绝差错事故。

三、物品出库方式

出库方式是指仓库与配送中心用什么样的方式将货物交付用户。选用哪种方式出库,要根据具体条件,由供需双方事先商定。

(一)送货

仓库与配送中心根据货主单位的出库通知或出库请求,通过发货作业把应发物品交由运输部门送达收货单位或使用仓库与配送中心自有车辆把物品运送到收货地点的发货形式就是通常所称的送货制。

仓库与配送中心实行送货具有多方面好处:仓库与配送中心可预先安排作业,缩短发货时间;收货单位可避免因人力、车辆等不便而发生取货困难;在运输上,可合理使用运输工具,减少运费。

(二)收货人自提

这种发货形式是由收货人或其代理持取货凭证直接到库取货,仓库与配送中心凭单发货。仓库与配送中心发货人与提货人可以在仓库与配送中心现场划清交接责任,当面交接并办理签收手续。

(三)过户

过户是一种就地划拨的形式,物品实物并未出库,但是所有权已从原货主转移到新货主的账户中。仓库与配送中心必须根据原货主开出的正式过户凭证,才予办理过户手续。

(四)取样

货主由于商检或样品陈列等需要,到仓库与配送中心提取货样(通常要开箱拆包、分割抽取样本)。仓库与配送中心必须根据正式取样凭证发出样品,并做好账务记载。

(五)转仓

转仓是指货主为了业务方便或改变储存条件,将某批库存自甲库转移到乙库。仓库与配送中心也必须根据货主单位开出的正式转仓单,办理转仓手续。

四、出库业务程序及要求

不同仓库与配送中心在出库的操作程序上会有所不同,操作人员的分工也各不相同,但就整个发货作业的过程而言,一般都按照出库流程图(见图4-9)进行。

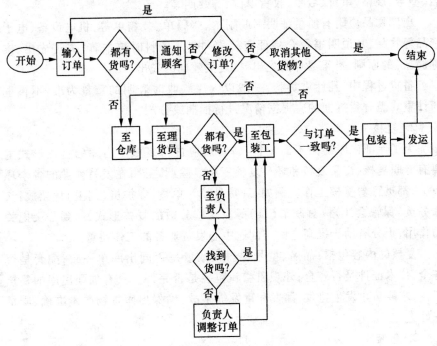

图4-9 出库流程图

（一）出库前的准备工作

出库前的准备工作可分为两个方面：一方面是计划工作，即根据货主提出的出库计划或出库请求，预先做好物品出库的各项安排，包括货位、机械设备、工具和工作人员。提高人、财、物的利用率；另一方面要做好出库物品的包装和标志标记。发往异地的货物，需经过长途运输，包装必须符合运输部门的规定，如捆扎包装、容器包装等，成套机械、器材发往异地，事先必须做好货物的清理、装箱和编号工作。在包装上挂签（贴签）、书写编号和发运标记（去向），以免错发和混发。

（二）出库程序

出库程序包括核单备料—复核—包装—点交—登账—清理等过程。出库必须遵循"先进先出，推陈储新"的原则，使仓储活动的管理实现良性循环。

不论是哪一种出库方式，都应按以下程序做好管理工作：

1. 核单备料。

如属自提物品，首先要审核提货凭证的合法性和真实性；其次核对品名、型号、规格、单价、数量、收货单位、有效期等。

出库物品应附有质量证明书或副本、磅码单、装箱单等,机电设备、电子产品等物品,其说明书及合格证应随货同付。备料时应本着"先进先出、推陈储新"的原则,易霉易坏的先出,接近失效期的先出。

备货过程中,凡计重货物,一般以入库验收时表明的重量为准,不再重新计重。需分货拆捆的应根据情况进行拆捆或分割。

2. 复核

为了保证出库物品不出差错,备货后应进行复核。出库的复核形式主要有专职复核、交叉复核和环环复核三种。除此之外,在发货作业的各个环节上,都贯穿着复核工作。例如,理货员核对单货,守护员(门卫)凭票放行,账务员(保管会计)核对账单(票)等。这些分散的复核形式,起到分头把关的作用,十分有助于提高仓库与配送中心发货业务的工作质量。

复核的内容包括:品名、型号、规格、数量是否同出库单一致;配套是否齐全;技术证件是否齐全;外观质量和包装是否完好。只有加强出库的复核工作,才能防止发生错发、漏发和重发等事故,确保出库货物数量准确、质量完好。

3. 包装

出库物品的包装必须完整、牢固,标记必须正确清楚,如有破损、潮湿、捆扎松散等不能保障运输安全的,应加固整理,破包破箱不得出库。各类包装容器上若有水渍、油迹、污损,也均不能出库。

出库物品如需托运,包装必须符合运输部门的要求,选用适宜的包装材料,其重量和尺寸,便于装卸和搬运,以保证货物在途的安全。

包装是仓库与配送中心生产过程的一个组成部分。包装时,严禁互相影响或性能互相抵融的物品混合包装。包装后,要写明收货单位、到站、发货号、本批总件数、发货单位等。

4. 点交

出库物品经过复核和包装后,需要托运和送货的,应由仓库与配送中心保管机构移交调运机构;属于用户自提的,则由保管机构按出库凭证向提货人当面交清。

5. 登账

点交后,保管员应在出库单上填写实发数、发货日期等内容,并签名。然后将出库单连同有关证件资料及时交货主,以使货主办理货款结算。

6. 现场和档案的清理

经过出库的一系列工作程序之后,实物、账目和库存档案等都发生了变化。应对下列几项工作进行彻底清理,使保管工作重新趋于账、物、资金相符的状态。

(1) 按出库单,核对结存数。

(2) 如果该批货物全部出库,应查实损耗数量,在规定损耗范围内的进行核销,超过损耗范围的查明原因,进行处理。

(3) 一批货物全部出库后,可根据该批货物入出库的情况、采用的保管方法和损耗数量,总结保管经验。

(4) 清理现场,收集苫垫材料,妥善保管,以待再用。

(5) 代运货物发出后,收货单位提出数量不符时,属于重量短少而包装完好且件数不缺的,应由仓库与配送中心保管机构负责处理;属于件数短少的,应由运输机构负责处理;若发出的货物品种、规格、型号不符,由保管机构负责处理;若发出货物损坏,应根据承运人出具的证明,分别由保管及运输机构处理。

在整个出库业务程序过程中,复核和点交是两个最为关键的环节。复核是防止差错的重要和必不可少的措施,而点交则是划清仓库与配送中心和提货方两者责任的必要手段。

(6) 由于提货单位任务变更或其他原因要求退货时,可经有关方同意,办理退货。退回的货物必须符合原发的数量和质量,要严格验收,重新办理入库手续。当然,未移交的货物则不必检验。

五、出库中发生问题的处理

出库过程中出现的问题是多方面的,应分别对待处理。

(一) 出库凭证(提货单)上的问题

(1) 凡出库凭证超过提货期限,用户前来提货,必须先办理手续,按规定缴足逾期仓储保管费,然后方可发货。任何非正式凭证都不能作为发货凭证。提货时,用户发现规格开错,保管员不得自行调换规格发货。

(2) 凡发现出库凭证有疑点,以及出库凭证有假冒、复制、涂改等情况时,应及时与仓库与配送中心保卫部门以及出具出库单的单位或部门联系,妥善处理。

(3) 商品进库未验收,或者期货还未进库的出库凭证,一般暂缓发货,并通知货主,待货到并验收后再发货,提货期顺延。

(4) 如客户因各种原因将出库凭证遗失,客户应及时和仓库与配送中心发货员和账务人员联系挂失;如果挂失时货已被提走,保管人员不承担责任,但要协助货主单位找回商品;如果货还没有被提走,经保管人员和账务人员查实后,做好挂失登记,将原凭证作废,缓期发货。

（二）提货数与实存数不符

若出现提货数量与商品实存数不符的情况,一般是实存数小于提货数。造成这种问题的原因主要有:

（1）商品入库时,由于验收问题,增大了实收商品的签收数量,从而造成账面数大于实存数。

（2）仓库与配送中心保管人员和发货人员在以前的发货过程中,因错发、串发等差错而形成实际商品库存量小于账面数。

（3）货主单位没有及时核减开出的提货数,造成库存账面数大于实际储存数,从而开出的提货单提货数量过大。

（4）仓储过程中造成了货物的毁损。

当遇到提货数量大于实际商品库存数量时,无论是何种原因造成的,都需要和仓库与配送中心主管部门以及货主单位及时取得联系后再作处理。

（三）串发货和错发货

所谓串发和错发货,主要是指发货人员由于对物品种类规格不熟悉,或者由于工作中的疏漏,把规格、数量错误的物品发出库的情况。

如果物品尚未离库,应立即组织人力重新发货。如果物品已经离开仓库与配送中心,保管人员应及时向主管部门和货主通报串发和错发货的品名、规格、数量、提货单位等情况,会同货主单位和运输单位共同协商解决。一般在无直接经济损失的情况下由货主单位重新按实际发货数冲单（票）解决。如果形成直接经济损失,应按赔偿损失单据冲转调整保管账。参阅案例2。

▶ **案例2**

错发一次损失"千金"

2006年某物流公司仓库由于理货员备货时未进行复核,将货主计划近期只在B地区销售的品种发送至异地,从而打乱了货主的整个营销策略,使货主的预期目标利润不能实现。根据合同中的有关条款,该物流公司将赔付高达10万元的罚款,后经与货主多次协商,对方做出了较大让步,只要求赔付2万元。这次事件促使该物流公司仓储部在出库复核环节加强了管理力度。

（四）包装破漏

包装破漏是指在发货过程中，因物品外包装破损引起的渗漏等问题。这类问题主要是在储存过程中因堆垛挤压、发货装卸操作不慎等情况引起的，发货时应经过整理或更换包装方可出库，否则造成的损失应由仓储部门承担。

（五）漏记和错记账

漏记账是指在出库作业中，由于没有及时核销明细账而造成账面数量大于或少于实存数的现象。

错记账是指在商品出库后核销明细账时没有按实际发货出库的商品名称、数量等进行登记，从而造成账实不相符的情况。

无论是漏记账还是错记账，一经发现，除及时向有关领导如实汇报情况外，同时还应根据原出库凭证查明原因调整保管账，使之与实际库存保持一致。如果由于漏记和错记账给货主单位、运输单位和仓储部门造成了损失，应予赔偿，同时应追究相关人员的责任。

本章小结

本章的学习目的在于给予学习者一个基本的仓库与配送中心入库和出库作业框架原形。由于每个仓库与配送中心都具有特定的功能和服务对象，因此在实际工作中，每个仓库与配送中心作业流程中的管理重点会有所不同，但是基本流程是相同的，所以掌握入库和出库流程和管理的要点非常重要。

复习思考题

1. 寻找一个企业，了解它在进行订单处理时是如何和仓库与配送中心进行协调的？

2. 为什么说仓库与配送中心作业过程管理对企业订单处理速度和质量至关重要？

3. 调查一个仓库或配送中心，写一份关于某批物品入库的流程报告。

4. 进口物品的商检机构有哪些？在进口物品的检验中，仓库与配送中心的主要任务是什么？

5. 调查一个仓库或配送中心，写一份关于某批物品出库的流程报告。

仓储系统储存空间规划管理

主要内容

- ■ 储存空间规划概述
- ■ 储存空间布局
- ■ 物品堆码
- ■ 垫垛和苫盖

任何一个仓库或配送中心随时都要处理空间利用和库存物品处置成本之间的平衡问题,它不仅直接影响仓库与配送中心进出库作业的流畅性,还将直接对进出库作业和保管作业的成本产生作用,并最终影响仓库与配送中心的服务过程和质量。本章首先阐述仓储系统的构成,空间规划的依据、原则等基本内容,然后介绍常用的规划布局、空间利用、堆码衬垫等方法。

第一节 储存空间规划概述

储存空间规划在仓库或配送中心日常业务中表现为定置定位作业。每一笔存货在理化性质、来源、去向、批号、保质期等各方面都有独自的特性,需要按照存货自身的理化性质与储存要求,根据分库、分区、分类的原则,为存货进行正确的定置定位。定置定位作业对仓库与配送中心所有的关键绩效指标(Key Performance Indicators,KPI)——劳动生产率、装运的准确性、库存的准确性、订单完成时间、仓库空间利用率、空间价值率等都有至关重要的影响。

储存空间规划的基本步骤如图 5-1 所示。

一、分区分类规划

分区分类规划是指按照库存物品的性质(理化性质或使用方向)划分出类别,根据各类物品储存量的计划任务,结合各种库房、货场、起重运输设备的具体条件,确定出各库房和货场的分类储存方案,使"物得其所,库尽其用",它是进行货位管理的前提条件。

(一)分区分类规划的方法

(1)按库存物品理化性质不同进行规划。这种方式就是按照库存物品的理化性质进行分类管理,例如化工品区、金属材料区、纺织品区、冷藏品区、危险品区等。在这样的分区分类方法下,理化性质相同的物品集中存放,便于仓库对库存物品采取相应的养护措施,同时还便于对同种库存物品进行清查盘点。从空间利用情况看,同种物品集中存放时可以进行集中堆码,便于提高仓库货位的利用率。

(2)按库存物品的使用方向或按货主不同进行规划。在仓库中经常出现同样的物品却分属于不同客户的情况,如果此时依然按照物品的性质进行货位规划,串货的可能性就非常大。所以,在这样的情况下,就需要根据物品的所有权关系进行分区分类管理,以便于仓库发货或货主提货。但是

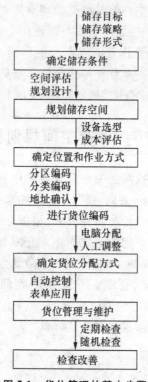

储存目标
储存策略
储存形式

确定储存条件

空间评估
规划设计

规划储存空间

设备选型
成本评估

确定位置和作业方式

分区编码
分类编码
地址确认

进行货位编码

电脑分配
人工调整

确定货位分配方式

自动控制
表单应用

货位管理与维护

定期检查
随机检查

检查改善

图 5-1 货位管理的基本步骤

这种方式的缺点也显而易见,即非常容易造成货位的交叉占用,以及物品间相互产生影响。

（3）混合货位规划。由于按库存物品理化性质不同进行规划和按库存物品的使用方向或按货主不同进行规划都有明显的优势和缺点,因此,通常情况下,通用物品多按理化性质分类保管,专用物品则按使用方向分类保管,这就是所谓的混合货位规划。

（二）分区分类规划的原则

分区分类规划的基本原则是:存放在同一货区的物品必须具有互容性;保管条件不同的不应混存;作业手段不同的也不应混存;灭火措施不同的决不能混存。

（1）存放在同一货区的物品必须具有互容性。也就是说性质互有影响和相互抵触的物品不能同库保存。

（2）保管条件不同的不应混存。当物品保管要求的温湿度等条件不同时,也不宜把它们存放在一起,因为在一个保管空间同时满足两个或多个保管条件是不可能的,更是不经济的。

（3）作业手段不同的不应混存。这是指当存放在同一场所中的物品体积和重量悬殊时,将严重影响该货区所配置设备的利用率,同时还增加了作业组合的复杂性和作业难度,使作业风险增加。

（4）灭火措施不同的决不能混存。灭火方法不同的物品存放在一起,不仅使安全隐患大大增加,也增加了火灾控制和补救的难度和危险性。

二、货位的存货方式

货位存货方式主要为固定型和流动型两种。

（一）固定型

固定型是一种利用信息系统事先将货架进行分类、编号,并贴付货架代码,各货架内装置的物品事先加以确定的货位存货方式。

在固定型管理方式下,各货架内装载的物品长期是一致的,这样从事物品备货作业较为容易,同时信息管理系统的建立也较为方便,这是因为只要第一次将货架编号以及物品代码输入计算机,就能很容易地掌握物品出入库动态,从而省去了不断进行库存统计的繁琐业务,与此同时,在库存发出以后,利用信息系统能很方便地掌握账目以及实际的剩余在库量,及时补充库存。

在采用这种货位存货方式时必须注意每一货位的容量都应该大于在该货位存放的物品的最大在库量,否则会出现货位不足、物品不能及时入库的情况。

（二）流动型

流动型指所有物品按顺序摆放在空的货架中,不事先确定各类物品专用的货架。

流动型管理方式由于各货架内装载的物品是不断变化的,在物品变更登录时出差错的可能性较高。

固定型场所管理方式尽管具有准确性和便利性等优点,但是,它也有某些局限性,也就是说,固定型管理和流动型管理各有一定的适用范围。

一般来讲,固定型管理适用于非季节性物品,重点客户的物品,以及库存物品种类比较多且性质差异较大的情况;而季节性物品或物流量变化剧烈的物品,由于周转较快,出入库频繁,则流动型管理更为适用。

三、货位编码与分配

（一）货位编码

如果没有这些可辨识区分的符号代码，记忆系统便无法运作。由于存货特性不同，所适合的货位编码方式也不同，必须按照保管存货的存储量、流动率、保管空间布置以及所使用的保管设备做出选择。不同的编码方法，对于管理的难易也有影响。货位编码的方法一般有下列四种：

（1）区段方式。区段方式是指把保管区域分割为几个区段，再对每个区段编码。这种编码方式是以区段为单位，每个号码所代表的储区较大，因此适用于单元化装载的存货，以及大量或保管周期短的存货。ABC分类中的A、B类存货很适合这种编码方式。存货所占区段的大小根据物流量大小而定，以进出货频率来决定其配置顺序，如图5-2所示。

A1	A2	A3
通道		
B1	B2	B3

图5-2 储区的区段式编码

（2）存货类别方式。存货类别方式是指把一些相关存货经过集合后，区分成几个存货大类，再对每类存货进行编码。这种编码方式适用于按存货类别保管或品牌差距大的存货，如服饰类、五金类、食品类等。

（3）地址式。地址式是指利用保管区域中的现成参考单位，例如建筑物第几栋、区段、排、行、层、格等，按相关顺序进行编码。这是目前仓库使用较多的编码方式。如图5-3所示的位置，表示存货在第12区第5排第6号货位。

（4）坐标式。坐标式是指利用 x、y、z 空间坐标来对货位进行编码。这种方式直接对每个货位定位，其货位分割细，在管理上比较复杂，适用于周转率很小、存放时间较长的存货。

由于储存存货特性不同，采用的货位编码方式也不同，所以在实践中，应根据存货储存量、流动率、储存空间布置和储存设备等来选择合适的货位编码方式。

（二）货位分配

货位分配的方式目前有人工分配、计算机辅助分配和计算机全自动分

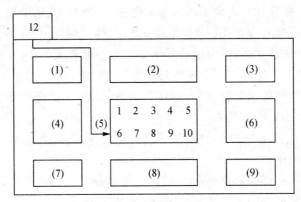

图 5-3　地址式编码

配三种方式。

（1）人工分配。人工分配货位凭借的是管理者的知识和经验，其效率会因人而异。人工分配货位方法的优点是计算机等设备投入费用少，但是其缺点是分配效率低、出错率高、需要大量人力。

人工分配货位的管理要点是：要求分配者必须熟记各种货位分配原则，并能灵活应用这些原则。仓管人员必须严格按分配者的指示（书面形式），把存货存放在指定货位上，并将存货的上架情况记录在货位表单上，并及时更新货位信息。仓管人员每完成一个货位指派内容，必须把这个货位内容记录在表单中。此外，存货因补货或拣货从货位中移出后，也应登记消除，从而保证账物相符。

（2）计算机辅助分配。这种货位的分配方法是利用图形监控系统，收集货位信息，并显示货位的使用情况，提供给货位分配者实时查询，为货位分配提供参考，最终还是由人工下达货位分配指示。

（3）计算机自动分配。这是利用图形监控储位管理系统和各种现代化信息技术（条形码扫描仪、无线通信设备、网络技术、计算机系统等），收集货位有关信息，通过计算机分析后直接完成货位分配工作，整个作业过程不需要人工分配作业。计算机辅助分配方式和计算机自动分配方法因为不受人为因素影响，出错率低、效率高，但设备投资和维护费用高。

四、定置定位管理优化

尽管有前面的分区分类原则、货位的存货方式以及货位的编码方法，但在仓库与配送中心中依然不断出现储存空间规划不合理、存货定置定位不恰当的现象。造成这些现象的原因是多方面的,例如,无法获取存货相关数据,无法获取仓库管理系统的资源,无法使存货的定置定位保持现状等。关于定置定位管理的优化,可以借鉴爱德华·弗雷兹在大约 14 家企业实践的基础上总结出的一个几乎适合所有行业的定位优化程序,其主要步骤为:

第一步,对比各项仓储活动 KPI(关键绩效指标)指标的期望值与实际值,分析差异,确定关键约束。

第二步,依据每种存货的数量、流向、进出库频率、作业成本等物流参数,开发定位数据库。

第三步,依据定位数据库计算定位数据指标。定位数据指标主要有定位区间、出库频率、SKU(存储单元)规格、需求偏差等。

第四步,依据定位数据库和订单历史记录表编制仓储活动图表分析档案,确定作业成本。

第五步,依据仓储活动图表分析,将存货归类,编制定置定位决策树。

第六步,依据定置定位决策树和作业成本将不同类别的存货归入不同的货位或活动区域。

第二节　储存空间布局

一、储存空间的构成与评价

(一) 储存空间的构成

储存空间包括物理空间、潜在可利用空间、作业空间和无用空间,如图 5-4 所示,即:

储存空间 = 物理空间 + 潜在可利用空间 + 作业空间 + 无用空间

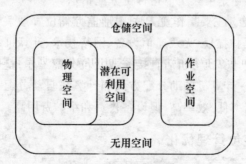

图 5-4　储存空间的构成

其中:物理空间指存货实际占有的空间。

潜在可利用空间指储存空间中没有充分利用的空间,一般仓库至少有10%～30%的潜在可利用空间可加以利用。

作业空间指为了作业活动顺利进行所必备的空间,如作业通道、存货之间的安全间隙等。

(二)储存空间布局的评价要素和评价方法

1. 评价要素

储存空间规划的成功与否,需要从空间效率、作业时间、货品流量、作业感觉、仓储成本等五个方面进行评价。图5-5说明了各要素与仓储空间设计的关系。

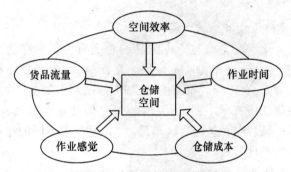

图5-5 仓储空间的评价要素

各项要素具体包括的内容如下所述:

(1)仓储成本。主要指固定保管费用、设备保管费用、其他搬运设备费用等。

(2)空间效率。主要指存货特性尺寸、设备通道、梁柱等的安排布置。

(3)作业时间。主要指入出库时间等。

(4)货品流量。主要指进货量、保管量、拣货量、补货量、出货量等。

(5)作业感觉。主要指作业方法、作业环境等。

2. 评价方法

可以利用下面几个指标衡量储存空间的布局规划是否科学合理:

(1)仓储成本指标。以1立方米货品的保管费用来估算,该费用包括固定保管费用与设备保管费用,单位为元/每立方米。

(2)空间效率指标。空间效率的评估可由实际的保管容积率来判别。计算公式为:

$$空间效率 = \frac{实际保管可利用容积}{仓库空间容积} \times 100\%$$

(3)作业时间指标。作业时间主要用备货、拣货时间加上在保管时因货位空间的调整而移动存货的时间来表示。

(4)货品流量指标。流量的评估基准以月为单位,即以每月的入库量、出库量、库存量三项数值来运算,其值在 0 ~ 1 之间,越接近 1 说明库存的周转率越高。计算公式为:

$$仓库流量 = \frac{入库量 + 出库量}{入库量 + 出库量 + 存货量}$$

(5)作业感觉指标。该指标仓库可以自行定义级数,如:宽的、窄的、大的、小的、舒服的、不舒服的、整齐的、杂乱的、明亮的、暗的等,再采用问卷方式调查作业人员对作业空间的感觉,由此可以得到这些感性指标。

二、影响储存空间布局的因素

(一)仓库的专业化程度

仓库的专业化程度主要与库存物品的种类有关。库存物品种类多,仓库的专业化程度越低,仓库货区布局的难度就越大;库存物品种类少,仓库的专业化程度越高,仓库货区布局的难度却较小。因为储存物品的种类多,各种物品的理化性质有所不同,所要求的储存保管保养方法及装卸搬运方法也将有所不同,因此,在进行货区布局时,必须考虑不同的作业要求,这使仓库空间布置的难度增大。

(二)仓库的规模和功能

仓库的规模越大、功能越多,则需要的设施设备通常就越多,于是设施设备之间的配套衔接成为空间布置中的重要问题,增加了仓库空间布置的难度。如果仓库规模小、功能少,那么在进行空间布置时也就简单许多。

(三)仓库作业、存货和设备因素

仓库作业因素主要包括作业方法及作业环境;货品因素主要包括货品特性、货品存储量、出入库量等;设备因素主要包括储存设备及出入库设备等。必须在空间、人力、设备等因素之间进行权衡比较。宽敞的空间并不总是有利的。因为空间过大,在保管或存取货品过程中会使机械设备与作业人员行走距离随之增加。但是空间狭小拥挤,也会影响工作,降低作业效率。

三、储存空间布局形式

空间布局的目的一方面是为了提高仓库平面和空间利用率,另一方面是为了提高存货保管质量,方便进出库作业,从而降低仓储处置成本。

（一）储存空间布局的基本思路

（1）根据物品特性分区分类储存,将特性相近的物品集中存放;

（2）将单位体积大、单位质量大的物品存放在货架底层,并且靠近出库区和通道;

（3）将周转率高的物品存放在进出库时装卸搬运最便捷的位置;

（4）将同一供应商或者同一客户的物品集中存放,以便于进行分拣配货作业。

当仓库作业过程中出现某种物品物流量大、搬运距离又远的情况时,说明仓库的货位布局有错误。

（二）储存空间布局的形式

1. 平面布局

平面布局是指对货区内的货垛、通道、垛间(架间)距、收发货区等进行合理的规划,并正确处理它们的相对位置。平面布局主要依据库存各类物品的作业成本,按成本高低分为 A、B、C 类,A 类物品作业量大应占据作业最有利的货位,B 类次之,C 类再次之。

平面布局的形式可以概括为垂直式和倾斜式。

（1）垂直式布局。它是指货垛或货架的排列与仓库的侧墙互相垂直或平行,具体包括横列式布局、纵列式布局和纵横式布局。

横列式布局,是指货垛或货架的长度方向与仓库的侧墙互相垂直。这种布局的主要优点是:主通道长且宽、副通道短,整齐美观,便于存取查点,如果用于库房布局,还有利于通风和采光。见图 5-6。

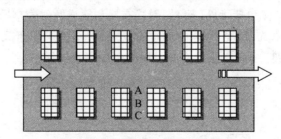

图 5-6　仓库横列式布局

纵列式布局,是指货垛或货架的长度方向与仓库侧墙平行。这种布局的优点主要是可以根据库存物品的不同在库时间和进出频繁程度安排货位,在库时间短、进出频繁的物品放置在主通道两侧,在库时间长、进出不频繁的物品放置在里侧。见图 5-7。

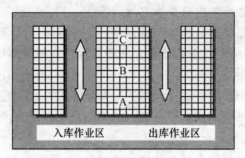

图 5-7 仓库纵列式布局

纵横式布局,是指在同一保管场所内,横列式布局和纵列式布局兼而有之,综合利用两种布局的优点。见图 5-8。

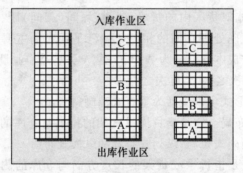

图 5-8 纵横式布局

(2) 倾斜式布局。它是指货垛或货架与仓库侧墙或主通道成 60°、45° 或 30°夹角。具体包括货垛(架)倾斜式布局和通道倾斜式布局。

货垛倾斜式布局,是横列式布局的变形,它是为了便于叉车作业,缩小叉车的回转角度,提高作业效率而采用的布局方式。见图 5-9。

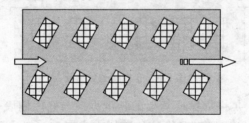

图 5-9 货跺倾斜式布局

通道倾斜式布局,是指通道斜穿保管区,把仓库划分为具有不同作业特点,如大量储存和少量储存的保管区等,进行综合利用。这种布局形式下,库内形式复杂,货位和进出库路径较多。见图5-10。

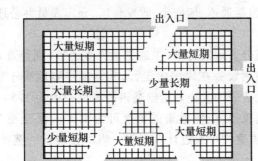

图5-10 通道倾斜式布局

2. 空间布局

空间布局也称为竖向布局,其目的在于充分有效地利用库房空间。

空间布局的形式主要有:就地堆码、上货架存放、架上平台(如图5-11所示)空中悬挂等。

图5-11 架上平台

其中使用货架存放物品有很多优点,能弥补就地堆垛的一些缺点,概括起来有以下几个方面:

(1) 便于充分利用仓库空间,提高库容利用率,扩大储存能力;

(2) 物品在货架里互不挤压,有利于保证物品本身和其包装完整无损;

(3) 货架各层中的物品,可随时自由存取,便于做到先进先出;

(4) 物品存入货架,可防潮、防尘,某些专用货架还能起到防损伤、防盗、防破坏的作用。

(三) 库房非保管场所的布置

仓库库房内墙线所包围的面积(如有立柱应减去立柱所占的面积)称为可使用面积或有效面积。库内货架和货垛所占的面积为保管面积或实用面积,其他则为非保管面积。应尽量扩大保管面积,缩小非保管面积。

非保管面积,包括通道、墙间距、收发货区、仓库人员办公地点等。

1. 通道

库房内的通道分为运输通道(主通道)、作业通道(副通道)和检查通道。运输通道供装卸搬运设备在库房内走行,其宽度主要取决于装卸搬运设备的外形尺寸和单元装载的大小。运输通道的宽度一般为 1.5~3 m。如果库房内安装有桥式起重机,运输通道的宽度可为 1.5 m,甚至更窄些。如果使用叉车作业,其通道宽度可通过计算求得。当单元装载的宽度不太大时,可利用下式计算:

$$A = R_1 + D + L + C$$

式中:A——通路宽度

R_1——外侧转向半径

D——货物靠近叉车门架一侧表面至叉车驱动轴中心线的间距

L——货物长度

C——转向轮滑行的操作余量

可以参看图 5-12。图中 W 为货物宽度,B 为叉车总宽度的一半加内侧转向半径。上式适用于 $W < 2B$ 的场合。

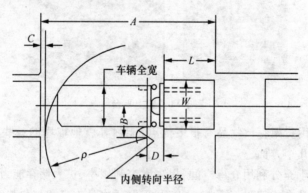

图 5-12 叉车装卸一般货物时通道宽度

作业通道是供作业人员存取搬运物品的走行通道。其宽度取决于作业方式和货物的大小。当通道内只有一人作业时,其宽度可按下式计算:

$$a = b + l + 2c$$

式中:a——作业通道的宽度

b——作业人员身体的厚度

　　l——货物的最大长度

　　c——作业人员活动余量

　　如果使用手动叉车进入作业通道作业，则通道宽度应视手动叉车的宽度和作业特点而定。一般情况下，作业通道的宽度为 1 米左右。

　　检查通道，是供仓库管理人员检查库存物品的数量及质量走行的通道。其宽度只要能使检查人员自由通过即可，一般为 0.5 米左右。

　　2. 墙间距

　　为了减少库存物品受到库外温湿度的影响，货垛、货架都应与墙体保持一定的距离，不允许货垛、货架直接靠墙堆码和摆放。

　　墙间距的作用一方面是使货垛、货架与库墙保持一定的距离，避免物品受潮，同时也可作为检查通道或作业通道。墙间距一般宽度为 0.5 米左右，兼作作业通道时，其宽度需增加一倍。墙间距兼作作业通道是比较有利的，它可以使库内通道形成网络，作业方便。

　　3. 收发货区

　　收发货区是供收货、发货时临时存放物品用的作业场地，可划分为收货区和发货区，也可以划定一个收货发货共用的收发货区。

　　收发货区的位置应靠近库门和运输通道。可设在库房两端或适中的位置，并要考虑到收货发货互不干扰。对靠近专用线的仓库，收货区应设在专用线的一侧，发货区设在靠近公路的一侧。如果专用线进入库房，收货区应设在专用线的两侧。

　　收发货区面积的大小，应根据下列情况而定：

　　（1）一次收发批量的大小。收发货区应能够容纳一个最大批量订单的物品。如有专用线进入库内的仓库，其收货区应能存放 1~2 个车皮的物品。

　　（2）物品规格品种的多少。为了避免收发货时发生混淆，不同规格品种的物品应分开摆放，所以规格品种越多占用面积越大。

　　（3）供货方和用户的数量。对于供货商的进货和不同用户的发货，都应单独存放，避免收发错误。因此，供货方和用户的数量越多，所占用的收发货区面积越大。

　　（4）收发作业效率的高低。收发作业效率高能加速货位周转，可节省收发货区的面积。

　　（5）仓库的设备情况。包括保管、装卸、验收等设备的情况。在收发货区如果大量采用货架，可节省占地面积；库内如有桥式起重机可节省装卸机械作业所占的面积；若采用自动计量或自动识别与分拣系统，则可以边卸车边码垛或边下垛边装车,能大大节省收发货区的面积。

(6)收发货的均衡性。当收发货在时间上比较均衡时,收发货区的面积能得到充分利用。

(7)发货方式。采取送货制时,送货前需要根据各个用户的订单进行备货、包装等活动,通常需要有足够的备货场地。而采取提货制时,发货区面积可大大减少。

4. 仓库人员办公地点

仓库管理人员需要一定的办公地点,可设在库内也可设在库外。总的来看,仓库管理人员的办公室设在库内特别是单独隔成房间是不合理的,既不经济又不安全,所以办公地点最好设在库外,使仓库能存放更多物品。

第三节　物品堆码

堆码是指根据物品的包装、外形、性质、特点、重量和数量,结合季节和气候情况,以及储存时间的长短,将物品按一定的规律码成各种形状的货垛。堆码的主要目的是便于对物品进行维护、查点等管理和提高仓容利用率。

一、堆码的基本原则和基本要求

(一)基本原则

1. 分类存放

分类存放是仓库储存规划的基本要求,是保证物品质量的重要手段,因此也是堆码需要遵循的基本原则。主要包括:

(1)不同类别的物品分类存放,甚至需要分区分库存放;

(2)不同规格、不同批次的物品也要分位、分堆存放;

(3)残损物品要与原货分开;

(4)对于需要分拣的物品,在分拣之后,应分位存放,以免又混放。

分存还包括不同流向物品、不同经营方式的物品分类分存。

2. 选择适当的搬运活性

为了减少作业时间、次数,提高仓库物流速度,应根据物品作业的要求,合理选择物品的搬运活性。对搬运活性高的入库存放物品,也应注意摆放整齐,以免堵塞通道,浪费仓容。参阅案例1。

▶ **案例 1**

节省仓库成本从箱子开始

随着竞争日趋加剧,各个公司都千方百计提高效率、节省成本,不放过任何一个细小的环节。仓库业卷入到这股"节流"的大潮中,仓库经理们尽力使每个环节、每台设备的生产率都得到最大限度提高,包括小小的包装箱。

一些仓库经理在箱子下部安装了脚轮,以减少叉车的使用;一些仓库用的是带轴环的塑料箱,便于储存和运输,而且能够重复使用;还有一些仓库则利用绝缘箱来存放和运输那些易导电的设备。

虽然技术进步使包装箱生产厂商能够生产出更廉价、更优质的产品,但包装箱的原料依然没有太大的改进,不过使用者可以在包装箱上利用特殊技术,使包装箱更适合自己。例如,使用者可以使用带有彩色条码的包装箱,从而能够将货物分类存放。而且箱子内的衬片,如插片、隔板也都根据客户的需求进行个性化处理。

最近几年来,可回收包装箱的使用程度越来越高。10 年前,在美国汽车加工行业中,只有 5% 的企业使用这种包装箱,如今这一比例上升到 85%。一家名为 Teradyne 的公司就非常热衷于使用可回收包装箱。这些箱子运到公司位于全美各地的分支机构后,又返回公司的仓库。过去 Teradyne 公司用的都是纸板箱,现在改用可回收的塑料箱,每年损耗不足 2%。一家包装箱生产公司的经理称,随着可回收箱子的利用日益增多,这些箱子多在一种封闭系统中运行。过去卡车把装在纸板箱里的货物卸到仓库后,通常都空车返回,现在卡车卸货后,箱子会随卡车返回再装货。

大多数可回收的包装箱是塑料的,比纸板箱贵 4～6 倍,但耐用程度高于纸板箱 20～30 倍。因此,许多公司愿意出高一点的价格购买塑料箱,这样就不必每运一次货物就丢弃一次纸箱,从而节约了大量成本。如这些塑料箱用旧了,经过简单的修理翻新,大部分还能再度发挥作用。许多仓库希望不论是运送还是搬动货物,都能够实现标准化。在这种情况下,包装箱的材料越耐用就越经济。

(案例编自新浪财经)

3. 面向通道、不围不堵
面向通道包括两方面意思,一是货垛以及存放的物品的正面,尽可能面向通道,以便察看。物品的正面是指标注主标志的一面。二是所有物品的货垛、货位都有一面与通道相连,处在通道旁,以便对物品进行直接作业。只有在所有货位都与通道相通时,才能保证不围不堵。在第一章英迈仓库的案例中我们曾经看到该公司做过这样一个测试,即"英迈中国"库中所有的货品在摆放时,货品标签一律向外,没有一个倒置,这是在进货时就按操作规范统一摆放的,目的是为了出货和清点库存时查询方便。运作部曾计算过,如果货品标签向内,即使一个熟练库房管理员要将其全部恢复标签向外,需要 8 分钟,这 8 分钟的人工成本就是 0.123 元人民币。

(二)基本要求

(1)合理。合理是指要求不同物品的性质、品种、规格、等级、批次和不同客户的物品,应分开堆放。货垛形式适应物品的性质,有利于物品的保管,能充分利用仓容和空间;货垛间距符合作业要求以及防火安全要求;大不压小,重不压轻,缓不压急,不会围堵物品,特别是后进物品不堵先进物品,确保"先进先出"。

(2)牢固。牢固是指堆放稳定结实,货垛稳定牢固,不偏不斜,必要时采用衬垫物料固定,不压坏底层物品或外包装,不超过库场地坪承载能力。货垛较高时,上部适当向内收小。易滚动的物品,使用木楔或三角木固定,必要时使用绳索、绳网对货垛进行绑扎固定。

(3)定量。定量是指每一货垛的物品数量保持一致,采用固定的长度和宽度,且为整数,如 50 袋成行,每层货量相同或成固定比例递减,能做到过目知数。每垛的数字标记清楚,货垛牌或料卡填写完整,摆放在明显位置。

(4)整齐。整齐是指货垛堆放整齐,垛形、垛高、垛距标准化和统一化,货垛上每件物品都摆放整齐,垛边横竖成列,垛不压线;物品外包装的标记和标志一律朝垛外。

(5)节约。节约则是指尽可能堆高,避免少量物品占用一个货位,以节约仓容,提高仓库利用率;妥善组织安排,做到一次作业到位,避免重复搬倒,节约劳动消耗;合理使用苫垫材料,避免浪费。

(6)方便。方便是指选用的垛形、尺度和堆垛方法应方便堆垛、搬运装卸作业,提高作业效率;垛形方便理数、查验物品,方便通风、苫盖等保管作业。

二、堆垛设计的内容

为了达到上述基本要求,必须根据保管场所的实际情况、物品本身的特点、装卸搬运条件和技术作业过程的要求,对物品堆垛进行总体设计。设计的内容应包括垛基、垛型、货垛参数、堆码方式、货垛苫盖、货垛加固等。

（一）垛基

垛基是货垛的基础,其主要作用是:承受整个货垛的重量,将物品的垂直压力传递给地坪;将物品与地面隔离,起防水、防潮和通风的作用;垛基空间为搬运作业提供方便条件。因此,对垛基提出以下要求:

（1）将整垛物品的重量均匀地传递给地坪。垛基本身要有足够的抗压强度和刚度。为了防止地坪被压陷,应扩大垛基同地坪的接触面积,衬垫物要有足够的密度。

（2）保证良好地防潮和通风。垛基应为敞开式,有利于空气流通。可适当增加垛基的高度,特别是露天货场的垛基,其高度应在 300 ~ 500 mm。必要时可增设防潮层。露天货场的垛基为了利于排水还应保持一定的坡度。

（3）保证垛基上存放的物品不发生变形。露天场地应平整夯实、下垫物应放平摆正,所有下垫物要同时受力,而且受力均匀。大型设备的重心部位应增加下垫物。

垛基分为固定式和移动式两种。移动式又可分为整体式和组合式。组合式垛基机动灵活,可根据需要进行拼装。

在进行堆码作业时必须参照物品的仓容定额、地坪承载能力、允许堆积层数等因素进行。仓容定额是某种物品单位面积上的最高储存量,单位是吨/平方米。不同物品的仓容定额是不同的,同种物品在不同的储存条件下其仓容定额也不相同。仓容定额的大小受物品本身的外形、包装状态、仓库地坪的承载能力和装卸作业手段等因素的影响。

（二）垛形

垛形是指货垛的外部轮廓形状。按垛底的平面形状可以分为矩形、正方形、三角形、圆形、环行等。按货垛的立面形状可以分为矩形、正方形、三角形、梯形、半圆形,另外还可以组成矩形-三角形、矩形-梯形、矩形-半圆形等复合形状,如图 5-13 所示。

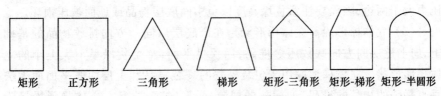

矩形　　正方形　　三角形　　梯形　　矩形-三角形　矩形-梯形　矩形-半圆形

图 5-13　货垛立面示意图

各种不同立面的货垛都有各自的特点。矩形垛、正方形垛易于堆码,便于盘点计数,库容整齐,但随着堆码高度的增加货垛稳定性会下降。梯形垛、三角形垛和半圆形垛的稳定性好,便于苫盖,但是又不便于盘点计数,也不利于仓库空间的利用。矩形-三角形等复合型货垛恰好可以整合它们的优缺点,尤其是在露天存放的情况下更需加以考虑。

垛形的确定应根据物品的特性,保管的需要,能实现作业方便、迅速和充分利用仓容。仓库常见的垛形如下:

(1)平台垛。平台垛是先在底层以同一个方向平铺摆放一层物品,然后垂直继续向上堆积,每层物品的件数、方向相同,垛顶呈平面,垛形呈长方体。当然在实际堆垛时并不是采用层层加码的方式,往往从一端开始,逐步后移。平台垛适用于包装规格单一的大批量物品,包装规则并能够垂直叠放的方形箱装物品、大袋物品、规则的软袋成组物品、托盘成组物品。平台垛多用在仓库内和无需遮盖的堆场堆放的物品码垛。

平台垛具有整齐、便于清点,占地面积小,堆垛作业方便的优点。但该垛型的稳定性较差,特别是小包装、硬包装的物品有货垛端头倒塌的危险,所以在必要时(如太高、长期堆存、端头位于主要通道等)要在两端采取稳定的加固措施。对于堆放很高的轻质物品,往往在堆码到一定高度后,向内收半件物品后再向上堆码,以保证货垛稳固。

(2)起脊垛。起脊垛是先按平台垛的方法码垛到一定高度,然后再以卡缝的方式逐层收小,将顶部收尖成屋脊形。起脊垛是堆场场地堆货的主要垛型,货垛表面的防雨遮盖从中间起向下倾斜,便于雨水排泄,防止水湿物品。有些仓库由于陈旧或建筑简陋有漏水现象,仓内的怕水物品也采用起脊垛堆垛并进行苫盖。

起脊垛是平台垛为遮盖、排水的需要而做的变形,具有平台垛操作方便、占地面积小的优点,适用平台垛的物品都可以采用起脊垛堆垛。但是起脊垛由于顶部压缝收小,形状不规则,无法在垛堆上清点物品,顶部物品的清点需要在堆垛前以其他方式进行。另外,由于起脊的高度使货垛中间的压力大于两边,因而要注意货垛高度以免中间底层物品或地面被压损坏。

(3)立体梯形垛。立体梯形垛是在最底层以同一方向排放物品的基础上,向上逐层同方向减数压缝堆码,垛顶呈平面,整个货垛呈下大上小的立体梯形形状。立体梯形垛用于包装松软的袋装物品和上层面非平面而无法垂直叠码的物品的堆码,如横放的桶装、卷形、捆包物品。立体梯形垛极为稳固,可以堆放得较高,仓容利用率较高。对于在露天堆放的物品一般采用立体梯形垛，为了排水需要也可以在顶部起脊。

为了增加立体梯形垛的空间利用率，在堆放可以立直的筐装、矮桶装物品时，底部数层可以采用平台垛的方式堆放，在一定高度后才用立体梯形垛。

（4）行列垛。行列垛是将每票物品按件排成行或列排放，每行或列一层或数层高，垛形呈长条形。行列垛适用于存放批量较小物品的库场码垛作业，如零担物品。为了避免混货，每批独立开堆存放。长条形的货垛使每个货垛的端头都延伸到通道边，可以直接作业而不受其他物品阻挡。但每垛货量较少，垛与垛之间都需留空，垛基小而不能堆高，使得行列垛占用库场面积大，库场利用率较低。

（5）井型垛。井型垛用于长形的钢材、钢管及木方的堆码。它是在以一个方向铺放一层物品后，再以垂直的方向铺放第二层物品，物品横竖隔层交错逐层堆放。垛顶呈平面。井型垛垛型稳固，但层边物品容易滚落，需要捆绑或者收进。井型垛的作业较为不便，需要不断改变作业方向。

（6）梅花形垛。对于需要立直存放的大桶装物品，将第一排（列）物品排成单排（列），第二排（列）的每件靠在第一排（列）的两件之间卡位，第三排（列）同第一排（列）一样，尔后每排（列）依次卡缝排放，形成梅花形垛。梅花形垛物品摆放紧凑，充分利用了物品之间的空隙，节约面积又能有效利用空间。

（三）货垛参数

货垛参数是指货垛的长、宽、高，即货垛的外形尺寸。

通常情况下要先确定货垛的长度，例如长形材料的定尺长度就是其货垛的长度，包装成件物品的垛长应为包装长度或宽度的整数倍。

货垛的宽度应根据库存物品的性质、要求的保管条件、搬运方式、数量多少以及收发制度等确定，一般多以两个或五个单位包装为货垛宽度。

货垛高度主要根据库房高度、地坪承载能力、物品本身和包装物的耐压能力、装卸搬运设备的类型和技术性能，以及物品的理化性质等来确定。在条件允许的情况下应尽量增加货垛高度，以提高仓库的空间利用率。

三个参数决定了货垛的大小，要注意的是每个货垛不宜太大，以利于先进先出和加速货位的周转。

三、物品堆码存放的基本方法

根据物品的特性、包装方式和形状、保管的需要，确保物品质量、方便作业和充分利用仓容,以及仓库的条件确定存放方式。

（一）散堆法

散堆法适用于露天存放的没有包装的大宗物品,如煤炭、矿石、黄沙等,也可适用于库内的少量存放的谷物、碎料等散装物品。

散堆法是直接用堆扬机或者铲车在确定的货位后端起,直接将物品堆高,在达到预定的货垛高度时,逐步后退堆货,后端先形成立体梯形,最后成垛,整个垛形呈立体梯形状。由于散货具有的流动、散落性,堆货时不能堆到太近垛位四边,以免散落使物品超出预定的货位。散堆法决不能采用先堆高后平垛的方法堆垛,以免堆超高时压坏场地地面。

（二）堆垛法

对于有包装（如箱、桶、袋、箩筐、捆、扎等包装）的物品,包括裸装的计件物品,采取堆垛的方式储存。堆垛方法储存能充分利用仓容,做到仓库内整齐,方便作业和保管。物品的堆码方式主要取决于物品本身的性质、形状、体积、包装等。一般情况下多采取平放（卧放）,使重心最低,最大接触面向下,易于堆码,稳定牢固。但也有些物品不宜平放堆码,必须竖直立放。

1. 需竖直立放的物品

这类物品主要有以下几种:

（1）片状易碎品,像玻璃、片状砂轮、成卷石棉纸及云母带等。它们的机械强度比较低,抗冲击性能差,当平放时受到垂直压力或撞击易破碎。

（2）某些橡胶、塑料及沥青制品。像胶管、成卷橡胶板、人造革、地板革、油毛毡、油纸等,受热后变软发粘,若平放堆垛,受压后易黏结变形,影响质量。

（3）某些桶装、罐装、坛装物品。像油脂、涂料、酸类、压缩气体及液化气体等。由于其封口均在上端,所以应立放,以防渗漏外溢,并便于对其密封性进行检查。

（4）缠绕在辊筒上的物品。像钢丝绳、钢绞线、电缆、纸张等,必须使辊筒两端板直立存放,否则易松动,维护保养困难,搬运不便。

（5）其他具有立放要求标志的物品。

2. 常见堆码方式

（1）重叠式。重叠式也称直堆法,是逐件、逐层向上重叠堆码,一件压一件的堆码方式。为了保证货垛稳定,在一定层数后（如10层）改变方向继续向上,或者长宽各减少一件继续向上堆放（俗称四面收半件）。该方法较方便作业、计数,但稳定性较差。适用于袋装物品、箱装、箩筐装物品,以及平板、片式物品等,如图 5-14 所示。

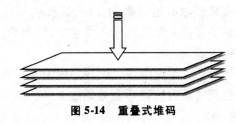

图 5-14 重叠式堆码

(2)纵横交错式。每层物品都改变方向向上堆放。适用于管材、捆装、长箱装物品等。该方法较为稳定,但操作不便,如图 5-15 所示。

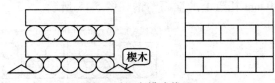

图 5-15 交错式堆码

(3)仰伏相间式。对上下两面有大小差别或凹凸的物品,如槽钢、钢轨、箩筐等,将物品仰放一层,再反一面伏放一层,仰伏相向相扣。该垛极为稳定,但操作不便。

(4)压缝式。将底层并排摆放,上层放在下层的两件物品之间。如果每层物品都不改变方向,则形成梯形形状;如果每层都改变方向,则类似于纵横交错式。

(5)通风式。物品在堆码时,每件相邻的物品之间都留有空隙,以便通风。层与层之间采用压缝式或者纵横交错式。通风式堆码可以用于所有箱装、桶装以及裸装物品堆码,起到通风防潮、散湿散热的作用,如图 5-16 所示。

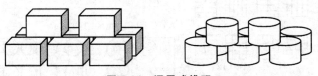

图 5-16 通风式堆码

(6)栽柱式。码放物品前在货垛两侧栽上木桩或者钢棒(如 U 形货架),然后将物品平码在桩柱之间,几层后用铁丝将相对两边的柱拴联,再往上摆放物品。此法适用于棒材、管材等长条状物品。

(7)衬垫式。码垛时,隔层或隔几层铺放衬垫物,衬垫物平整牢靠后,再往上码。适用于不规则且较重的物品,如无包装电机、水泵等。

（三）托盘上存放物品的堆码图谱

由于托盘在物流系统中的运用得到认同，因此就形成了物品在托盘上的堆码形式。托盘是具有标准规格尺寸的集装工具，因此，在托盘上堆码物品可以参照典型堆码图谱来进行。

（1）硬质直方体物品。参照中华人民共和国国家标准《GB/T4892-1996硬质直方体运输包装尺寸系列》，硬质直方体在 1 140 mm × 1 140 mm 托盘上的堆码图谱如图 5-17 所示。

（2）圆柱体物品。参照中华人民共和国国家标准《GB/T13201-1997 圆柱体运输包装尺寸系列》，圆柱体在 1 200 mm × 1 000 mm，1 200 mm × 800 mm，1 140 mm × 1 140 mm 托盘上的堆码图谱如图 5-18 所示。

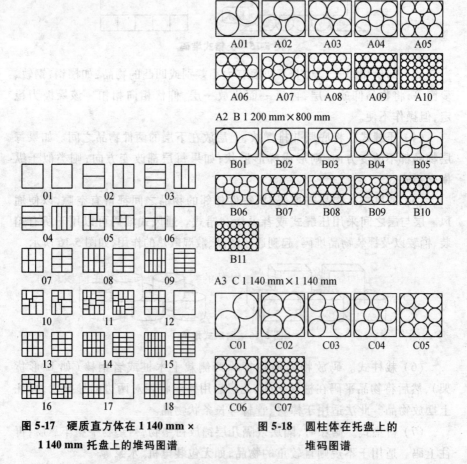

图 5-17　硬质直方体在 1 140 mm ×
　　　 1 140 mm 托盘上的堆码图谱

图 5-18　圆柱体在托盘上的
　　　 堆码图谱

四、码垛面积

码垛面积的计算见第二章第五节内容。

第四节　垫垛和苫盖

一、垫垛

垫垛是指在物品码垛前,在预定的货位地面位置,使用衬垫材料进行铺垫。常见的衬垫物有:枕木、废钢轨、货架板、木板、帆布、芦席、钢板等。

（一）垫垛的目的

垫垛的目的主要是:

（1）使地面平整;

（2）使堆垛物品与地面隔离,防止地面潮气和积水浸湿物品;

（3）通过强度较大的衬垫物使重物的压力分散,避免损害地坪;

（4）使地面杂物、尘土与物品隔离;

（5）形成垛底通风层,有利于货垛通风排湿;

（6）使物品的泄漏物留存在衬垫之内,防止流动扩散,以便于收集和处理。

（二）垫垛的基本要求

垫垛的基本要求是:

（1）所使用的衬垫物与拟存物品不会发生不良影响,并具有足够的抗压强度;

（2）地面要平整坚实、衬垫物要摆平放正,并保持同一方向;

（3）层垫物间距适当,直接接触物品的衬垫面积与货垛底面积相同,垫物不伸出货垛外;

（4）要有足够的高度,露天堆场要达到0.3～0.5 m,库房内0.2 m即可。

（三）衬垫物数量的确定

一些单位质量大的物品在仓库中存放时,如果不能有效分散物品对地面的压强,则有可能对仓库地面造成损伤,因此需要考虑在物品底部和仓库地面之间衬垫木板或钢板。

衬垫物的使用量除考虑将压强分散为仓库地坪载荷的限度之内,还需要考虑这些库用消耗材料所产生的成本,因此,需要确定使压强小于地坪载荷的最少衬垫物数量。计算公式为：

$$n = \frac{Q_物}{l \times w \times q - Q_自}$$

式中：n——衬垫物数量

　　$Q_物$——物品重量

　　l——衬垫物长度

　　w——衬垫物宽度

　　q——仓库地坪承载能力

　　$Q_自$——衬垫物自重

▶ **案例**

30 吨重设备的衬垫方案设计

　　某仓库内要存放一台自重 30 t 的设备，该设备底架为两条 2 m × 0.2 m 的钢架。该仓库地坪承载能力为 3 t/m²。问需不需要垫垛？如何采用 2 m × 1.5 m、自重 0.5 t 的钢板垫垛？

　　解：物品对地面的压强为：

$$\frac{30}{2 \times 2 \times 0.2} = 37.5 (t/m^2)$$

　　因为 37.5 t/m² 远大于仓库地坪承载能力，所以必须垫垛。

　　据公式

$$n = \frac{Q_物}{l \times w \times q - Q_自} = \frac{30}{2 \times 1.5 \times 3 - 0.5} \approx 3.3$$

　　根据计算结果知需要使用 4 块钢板衬垫，将 4 块钢板平铺展开，设备的每条支架分别均匀地压在两块钢板之上。

二、苫盖

　　苫盖是指采用专用苫盖材料对货垛进行遮盖，以减少自然环境中的阳光、雨雪、刮风、尘土等对物品的侵蚀、损害，并使物品由于自身理化性质所造成的自然损耗尽可能减少，保护物品在储存期间的质量。

　　常用的苫盖材料有：帆布、芦席、竹席、塑料膜、铁皮铁瓦、玻璃钢瓦、塑料瓦等。

（一）对苫盖的基本要求

苫盖的目的是为了给物品遮阳、避雨、挡风、防尘。对苫盖的要求有下面5点：

（1）选择合适的苫盖材料。选用符合防火、无害的安全苫盖材料；苫盖材料不会与物品发生不利影响；成本低廉，不宜损坏，能重复使用，没有破损和霉烂。

（2）苫盖牢固。每张苫盖材料都需要牢固固定，必要时在苫盖物外用绳索、绳网绑扎或者采用重物镇压，确保刮风揭不开。

（3）苫盖的接口要有一定深度的互相叠盖，不能迎风叠口或留空隙，苫盖必须拉挺、平整，不得有折叠和凹陷，防止积水。

（4）苫盖的底部与垫垛平齐，不腾空或拖地，并牢固地绑扎在垫垛外侧或地面的绳桩上，衬垫材料不露出垛外，以防雨水顺延渗入垛内。

（5）使用旧的苫盖物或雨水丰沛季节时，垛顶或者风口需要加层苫盖，确保雨淋不透。

（二）苫盖方法

（1）就垛苫盖法。直接将大面积苫盖材料覆盖在货垛上遮盖。适用于起脊垛或大件包装物品。一般采用大面积的帆布、油布、塑料膜等。就垛苫盖法操作便利，但基本不具有通风条件。

（2）鱼鳞式苫盖法。将苫盖材料从货垛的底部开始，自下而上呈鱼鳞式逐层交叠围盖。该法一般采用面积较小的席、瓦等材料苫盖。鱼鳞式苫盖法具有较好的通风条件，但每件苫盖材料都需要固定，操作比较烦琐复杂。

（3）活动棚苫盖法。将苫盖物料制作成一定形状的棚架，在物品堆垛完毕后，移动棚架到货垛遮盖；或者采用即时安装活动棚架的方式苫盖。活动棚苫盖法较为快捷，具有良好的通风条件，但活动棚本身需要占用仓库位置，也需要较高的购置成本。

本章小结

在每个仓库中都要碰到储存规划这类问题，解决这些问题的方法并不复杂和困难，因为每个仓库的基本作业流程都是相似的，所以我们掌握了处理仓库空间运用的基本方法之后，就可以灵活运用于特定仓库的储存规划管理。由于现代集合包装技术水平不断提高，许多仓库中已经不再需要苫盖活动，所以这部分内容仅作为一般常识了解。

思考题

1. 参观一个仓库,画出其仓库货区位置图,并将观察到的情况进行分析。

2. 你认为仓库货区布局还应该考虑哪些因素?

3. 不同的堆码方式适用于哪些物品?在堆码时还需要注意哪些问题?

4. 怎样确定衬垫物的材料和数量?

库存物的维护与保养

主要内容

- 库存物变化的形式
- 影响库存物变化的因素
- 保管保养措施

储存在仓库里的物品,表面上看是静止不变的,但实际上每时每刻都在发生着变化。在一段时间内,物品发生的轻微变化,凭人的感官是觉察不到的,只有当其发展到一定程度后才被发现。保管保养是仓库的最基本的任务,库存损耗指标又是衡量一个仓库管理水平的重要指标,因此对于仓储管理人员来说,认识和掌握各种库存物变化的规律,才能采取相应的组织管理和技术管理措施,有效地抑制外界因素的影响,为库存物创造适宜的保管环境,最大限度地减缓和控制物品的变化速度和程度,维护库存物的使用价值和价值。本章重点阐述了库存物品变化的形式、加速库存物变化的原因以及降低库存损耗的手段。

第一节　库存物变化的形式

物品在仓储过程中的变化形式归纳起来有物理机械变化、化学变化、生化变化及某些生物活动引起的变化等。

一、物理机械变化

物理变化是指只改变物质本身的外表形态,不改变其本质,没有生成新物质,并且有可能反复进行的质量变化现象。物品的机械变化是指物品在外力的作用下,发生形态变化。物理机械变化的结果不是数量损失,就是质量降低,甚至使物品失去使用价值。物品常发生的物理机械变化主要有挥发、溶化、熔化、渗漏、串味、沉淀、玷污、破碎与变形等形式。

（一）挥发

挥发是低沸点的液态物品或经液化的气体物品在空气中经汽化而散发到空气中的现象。

挥发的速度与气温的高低、空气流动速度的快慢、液体表面接触空气面积的大小成正比关系。液态物品的挥发不仅会降低有效成分、增加物品损耗、降低物品质量,一些燃点很低的物品还容易引起燃烧或爆炸;一些物品挥发的蒸汽有毒性或麻醉性,会对人体造成伤害。常见易挥发的物品有酒精、白酒、香精、花露水、香水以及化学试剂中的各种溶剂、医药中的一些试剂、部分化肥农药、杀虫剂、油漆等。

防止物品挥发的主要措施是增强包装、控制仓库温度,高温季节要采取降温措施,保持较低温度条件。

（二）溶化

溶化是指某些固态物品在保管过程中，吸收空气或环境中的水分，当吸收数量达到一定程度时，就溶化成液态。

易溶性物品必须具有吸湿性和水溶性两种性能，常见易溶化的物品有食糖、食盐、明矾、硼酸、甘草硫浸膏、氯化钙、氯化镁、尿素、硝酸铁、硫酸铵、硝酸锌和硝酸锰等。

物品溶化与空气温度、湿度及物品的堆码高度有密切关系。虽然溶化后物品本身的性质并没有发生变化，但由于形态改变，给储存、运输及销售部门带来很大不便。对易溶化物品应按物品性能，分区分类存放在干燥阴凉的库房内，不适合与含水分较大的物品存放在一起。在堆码时要注意底层物品的防潮和隔潮，垛底要垫高一些，并采取吸潮和通风相结合的温、湿度管理方法来防止物品吸湿溶化。

（三）熔化

熔化是指低熔点的物品受热后发生软化以至化为液态的现象。

物品的熔化，除受气温高低的影响外，还与物品本身的熔点、物品中杂质种类和含量高低密切相关。熔点愈低，越易熔化；杂质含量越高，越易熔化。常见易熔化的物品有百货中的香脂、发蜡、蜡烛；文化用品中的复写纸、蜡纸、打字纸和圆珠笔芯；化工物品中的松香、石蜡、粗萘、硝酸锌；医药物品中的油膏、胶囊、糖衣片等。

物品熔化有的会造成物品流失、粘连包装、玷污其他物品，有的因产生熔解热而体积膨胀，使包装爆破，有的因软化而使货垛倒塌。预防物品熔化应根据物品的熔点高低，选择阴凉通风的库房储存。在保管过程中，一般可采用密封和隔热措施，加强库房的温度管理，防止日光照射，尽量减少温度的影响。

（四）渗漏

渗漏主要是指液态物品，特别是易挥发的液态物品，由于包装容器不严密，包装质量不符合物品性能的要求，或在搬运装卸时碰撞震动破坏了包装，而使物品发生跑、冒、滴、漏的现象。

物品渗漏，与包装材料性能、包装容器结构及包装技术优劣有关，还与仓库温度变化有关。如金属包装焊接不严，受潮锈蚀；有些包装耐腐蚀性差；有的液态物品因气温升高，体积膨胀而使包装内部压力增大胀破包装容器；有的液态物品在降温或严寒季节结冰，也会发生体积膨胀引起包装破裂而造成物品损失。因此，对液态物品应加强入库验收和在库物品检查及温、湿度控制和管理。

（五）串味

串味是指吸附性较强的物品吸附其他气体、异味，从而改变本来气味的变化现象。具有吸附性、易串味的物品，主要是它的成分中含有胶体物质，以及疏松、多孔性的组织结构。物品串味与其表面状况、与异味物质接触面积的大小、接触时间的长短，以及环境中异味的浓度有关。

常见易被串味的物品有大米、面粉、木耳、食糖、饼干、茶叶、卷烟等。常见的引起其他物品串味的物品有汽油、煤油、桐油、腊肉、樟脑、卫生球、肥皂、化妆品以及农药等。

预防物品串味，应对易被串味的物品尽量采取密封包装，在储存和运输中不与有强烈气味的物品同车、船混载或同库储藏。

（六）沉淀

沉淀是指含有胶质和易挥发成分的物品，在低温或高温等因素影响下，部分物质的凝固，进而发生沉淀或膏体分离的现象。常见的物品有墨汁、墨水、牙膏、化妆品等。某些饮料、酒在仓储过程中，也会离析出纤细絮状的物质而出现混浊沉淀的现象。

预防物品的沉淀，应根据不同物品的特点，防止阳光照射，做好物品冬季保温工作和夏季降温工作。

（七）玷污

玷污是指物品外表沾有其他物质，或染有其他污秽的现象。物品玷污，主要是生产、储运中卫生条件差及包装不严所致。对一些外观质量要求较高的物品，如绸缎呢绒、针织品、服装等要注意防玷污，精密仪器、仪表类也要特别注意。

（八）破碎与变形

破碎与变形是常见的机械变化，是指物品在外力作用下所发生的形态上的改变。物品的破碎主要发生于脆性较大的物品仓储过程中，如玻璃、陶瓷、搪瓷制品、铝制品等因包装不良，在搬运过程中受到碰、撞、挤、压和抛掷而破碎、掉瓷、变形等。物品的变形则通常发生于塑性较大的物品仓储过程中，如铝制品和皮革、塑料、橡胶等制品由于受到强烈的外力撞击或长期重压，物品丧失回弹性能，从而发生形态改变。对于容易发生破碎和变形的物品，主要应注意妥善包装，轻拿轻放。在库堆垛高度不能超过一定的压力限度。

二、化学变化

物品的化学变化与物理变化有本质的区别,它是构成物品的物质发生变化后,不仅改变了物品的外表形态,也改变了物品的本质,并且有新物质生成,且不能恢复原状的变化现象。物品化学变化过程即物品质变过程,严重时会使物品失去使用价值。物品的化学变化形式主要有氧化、分解、水解、化合、聚合、裂解、老化、风化等。

(一) 氧化

氧化是指物品与空气中的氧或其他能放出氧的物质化合的反应。容易发生氧化的物品品种比较多,如某些化工原料、纤维制品、橡胶制品、油脂类物品等;棉、麻、丝、毛等纤维织品,长期受阳光照射会发生的变色,这也是由于织品中的纤维被氧化的结果。

有的物品还会在氧化过程中产生热量,如果产生的热量不易散失,就能加速其氧化过程,从而使反应的温度迅速升高,当达到自燃点,就会发生自燃现象。桐油布、油布伞、油纸等桐油制品,还没有干透就进行打包储存,就容易发生自燃。这是由于在桐油中,含有不饱和脂肪酸,在发生氧化时放出的热量不易尽快散失时,便会促使其温度升高,当达到纤维的燃点时,就会引起自燃事故。除了桐油制品外,还有其他植物性油脂类或含油脂较多的物品,如豆饼、核桃仁等,也会发生自燃现象。所以,此类物品要储存在干燥、通风、散热和温度比较低的库房,才能保证其质量安全。

(二) 分解

分解是指某些性质不稳定的物品,在光、电、热、酸、碱及潮湿空气的作用下,由一种物质生成两种或两种以上物质的变化。物品发生分解反应后,不仅使其数量减少、质量降低,有的还会在反应过程中,产生一定的热量和可燃气体,而引发事故。如过氧化氢(双氧水)是一种不稳定的强氧化剂和杀菌剂。在常温下会逐渐分解,如遇高温能迅速分解,生成水和氧气,并能放出一定的热量。漂白粉,呈白色粉末状,其外观与石灰相似,故又称氧化石灰,也是一种强氧化剂和杀菌剂。当漂白粉遇到空气中的二氧化碳和水汽时,就能分解出氯化氢、碳酸钙和次氯酸。在反应过程中,所生成的新生态氧,具有很强的氧化能力,即能够加速对其他物品的氧化,还能破坏物品的色团。因此,过氧化氢和漂白粉都具有漂白作用。但在保管过氧化氢和漂白粉的过程中,一旦发生上述变化,就会降低其有效成分,还会降低其杀菌能力。电石遇到潮气,能分解生成乙炔和氢氧化钙,并能放出一定的热量。乙炔气体易于氧化而燃烧,要特别引起注意。这种气体能加速水果和蔬菜等鲜活物品的呼吸强度与水解过程,由此增加了供给胚胎的营养物质,就会加速水果和蔬菜的成熟。

（三）水解

水解是指某些物品在一定条件下,遇水所发生分解的现象。不同物品在酸或碱的催化作用下发生水解的情况是不相同的。如肥皂在酸性溶液中能全部水解,而在碱性溶液中却很稳定;蛋白质在碱性溶液中容易水解,在酸性溶液中却比较稳定,所以羊毛等蛋白质纤维怕碱不怕酸;棉纤维在酸性溶液中,尤其是在强酸的催化作用下,容易发生水解,能使纤维的大分子链节断裂,从而大大降低纤维的强度,而棉纤维在碱性溶液中却比较稳定,所以棉纤维怕酸而耐碱。

易发生水解的物品在储存过程中,要注意包装材料的酸碱性,哪些物品可以或不能同库储存,以便防止物品的人为损失。

（四）化合

化合是指物品在储存期间,在外界条件的影响下,两种或两种以上的物质相互作用,而生成一种新物质的反应。

化合反应通常不是单一存在于化学反应中,而是两种反应（分解、化合）依次先后发生。如果不了解这种情况,就会给保管和养护此类物品造成损失。如化工产品中的过氧化钠,如果储存在密闭性好的桶里,并在低温下与空气隔绝,其性质非常稳定。但如果遇热,就会发生分解放出氧气。过氧化钠如果同潮湿的空气接触,在迅速吸收水分后,便会发生分解,降低有效成分。

（五）聚合

聚合是指在外界条件的影响下,某些物品能使同种分子互相加成后,而结合成一种更大分子的现象。例如,由于桐油中含有高度不饱和脂肪酸,在日光、氧和温度的作用下,能发生聚合反应,生成 B 型桐油块,浮在其表面,而使桐油失去使用价值。所以,储存、保管和养护此类物品时,要特别注意日光和储存温度的影响,以防止发生聚合反应,造成物品质量的下降。

（六）裂解

裂解是指高分子有机物（如棉、麻、丝、毛、橡胶、塑料、合成纤维等）,在日光、氧和高温条件作用下,发生了分子链断裂、分子量降低,从而使其强度降低,机械性能变差,产生发软、发粘等现象。例如,天然橡胶在日光、氧和一定温度作用下,就会变软、发粘而变质。另外,塑料制品中的聚苯乙烯在一定条件下,也会同天然橡胶一样,发生裂变。所以,这类物品在保管养护过程中,要防止受热和日光的直接照射。

（七）老化

老化是指含有高分子有机物成分的物品（如橡胶、塑料、合成纤维等），在日光、氧气和热等因素的作用下,性能逐渐变坏的过程。

物品发生老化后,能破坏其化学结构、改变其物理性能,使机械性能降低,出现变硬发脆、变软发粘等现象,而使物品失去使用价值。在保管养护过程中,容易老化的物品要注意防止日光照射和高温的影响,不能在阳光下曝晒。物品在堆垛时不宜高,以防止底层的物品受压变形。橡胶制品切忌同各种油脂和有机溶剂接触,以防止发生粘连现象。塑料制品要避免同各种有色织物接触,以防止发生串色。

（八）风化

风化指含结晶水的物品,在一定温度和干燥空气中,失去结晶水而使晶体崩解,变成非结晶状态的无水物质的现象。

三、生化变化及某些生物活动引起的变化

生化变化是指有生命活动的有机体物品,在生长发育过程中,为了维持它的生命,本身所进行的一系列生理变化。如粮食、水果、蔬菜、鲜鱼、鲜肉、鲜蛋等有机体物品,在储存过程中,受到外界条件的影响和其他生物作用,往往会发生这样或那样的变化,这些变化主要有呼吸、发芽、胚胎发育、后熟、霉腐、虫蛀等。

（一）呼吸作用

呼吸作用是指有机物品在生命活动过程中,不断进行呼吸,分解体内有机物质,产生热量,维持其本身生命活动的现象。呼吸作用可分为有氧呼吸和无氧呼吸两种类型。不论是有氧呼吸还是无氧呼吸,都要消耗营养物质,降低食品质量。有氧呼吸呼吸热的产生和积累,往往使食品腐败变质。特别是粮食的呼吸作用,产生的热不易失散,如积累过多,会使粮食变质。同时由于呼吸作用,有机体分解出来的水分,又有利于有害微生物生长繁殖,加速物品的霉变。无氧呼吸则会产生酒精积累,引起有机体细胞中毒,造成生理病害,缩短储存时间。对于一些鲜活物品,无氧呼吸往往比有氧呼吸要消耗更多的营养物质。保持正常的呼吸作用,维持有机体的基本生理活动,物品本身具有一定的抗病性和耐储性。因此,鲜活物品的储藏应保证它们正常而最低的呼吸,利用它们的生命活性,减少物品损耗、延长储藏时间。

（二）发芽

发芽指有机体物品在适宜条件下,冲破"休眠"状态,发生的发芽、萌发现象。发芽的结果会使有机体物品的营养物质转化为可溶性物质,供给有机体本身的需要,从而降低有机体物品的质量。在发芽过程中,通常伴有发热、生霉等情况,不仅增加损耗,而且降低质量。因此对于能够萌发、发芽的物品必须控制它们的水分,并加强温、湿度管理,防止发芽、萌发现象的发生。

（三）胚胎发育

胚胎发育主要是指鲜蛋的胚胎发育。在鲜蛋的保管过程中,当温度和供氧条件适宜时,胚胎会发育成血丝蛋、血环蛋。经过胚胎发育的禽蛋新鲜度和食用价值大大降低。为抑制鲜蛋的胚胎发育,应加强温、湿度管理,最好是低温储藏或破坏供氧条件。

（四）后熟作用

后熟是指瓜果、蔬菜等类食品在脱离母株后继续其成熟过程的现象。瓜果、蔬菜等的后熟作用,将改进色、香、味以及适口的硬脆度等食用性能。当后熟作用完成后,容易发生腐烂变质,难以继续储藏甚至失去食用价值。因此,对于这类鲜活食品,应在其成熟之前采收并采取控制储藏条件的办法,来调节其后熟过程,以达到延长储藏期、均衡上市的目的。参阅案例1。

▶ **案例1**

保鲜库存技术制约我国水果出口

据报道,我国的水果总产量已经超过了6 000万吨,约占全球产量的14%。但是出口量只有16万吨,仅占国际总出口量的3%左右,而且价格低廉,出口水果的价格只有美国的40%,日本的20%。负责检验的检疫部门表示,我国每年欲出口的水果大约有100多万吨,然而真正能出口的只有一小部分。每年在贮藏、运输当中变质的水果占总产量的1/7。由于保鲜设备跟不上,我国虽是水果产量的第一大国,水果腐烂损失也居全球之首。

根据联合国粮农组织对五十多个国家的调查,发展中国家水果收获后的平均损失率在30%以上,而发达国家普遍重视农产品产后投入,美国农业总投入3成用于采摘前,7成用在产后加工,水果损失不到5%;美国的农产品产后产值和采摘时自然产值比是37:1,日本是2.2:1,我国只有0.38:1。发达国家对即将上市的水果要进行精选、分级、清洗、打蜡、防腐保鲜、精细包装等商品化处理,并采用气调贮藏以提高产品的附加值。国内外研究表明,水果通过储藏保鲜,可推迟 2 ~ 3 个月上市销售,售价可以提高 40% ~ 50%。

（案例编自网络新闻）

（五）霉腐

霉腐是物品在霉腐微生物作用下发生的霉变和腐败现象。在气温高、湿度大的季节,如果仓库的温、湿度控制不好,储存的针棉织品、皮革制品、鞋帽、纸张、香烟以及中药材等许多物品就会生霉,肉、鱼、蛋类就会腐败发臭,水果、蔬菜就会腐烂。

无论哪种物品发生霉腐后,都会受到不同程度的破坏,甚至完全失去使用价值。食品发生霉腐会产生能引起人畜中毒的有毒物质。对易霉腐的物品在储存时必须严格控制温、湿度,并做好物品防霉和除霉工作。

（六）虫蛀

物品在储存期间,常常会遭到仓库害虫的蛀蚀。经常危害物品的仓库害虫有多种,仓库害虫在危害物品的过程中,不仅破坏物品的组织结构,使物品发生破碎和孔洞,而且排泄各种代谢废物污染物品,影响物品质量和外观,降低物品使用价值,因此害虫对物品的危害性也是很大的。凡是含有有机成分的物品,都容易遭受害虫蛀蚀。

第二节　影响库存物变化的因素

物品发生质量变化,是由一定因素引起的。为了保养好物品,确保物品的安全,必须找出变化原因,掌握物品质量变化的规律。通常引起物品变化的因素有内因和外因两种,内因决定了物品变化的可能性和程度,外因是促进这些变化的条件。

一、影响库存物变化的内因

物品本身的组成成分、分子结构及其所具有的物理性质、化学性质和机械性质,决定了其在储存期发生损耗的可能程度。通常情况下,有机物比无机物易发生变化,无机物中的单质比化合物易发生变化,固态物品比液态物稳定且易保存保管,液态物品又比气态物品稳定并易保存保管;化学性质稳定的物品不易变化、不易产生污染;物理吸湿性、挥发性、导热性都差的不易变化;机械强度高、韧性好、加工精密的物品易保管。

（一）物品的物理性质

物品的物理性质主要包括物品的吸湿性、导热性、耐热性、透气性等。

（1）吸湿性。吸湿性是指物品吸收和放出水分的特性。物品吸湿性的大小,吸湿速度的快慢,直接影响该物品含水量的增减,对物品质量的影响极大,是许多物品在储存期间发生质量变化的重要原因之一。物品的很多质量变化都与其含水的多少以及吸水性的大小有直接关系。

（2）导热性。导热性是指物体传递热能的性质。物品的导热性与其成分和组织结构有密切关系,物品结构不同,其导热性也不一样。同时物品表面的色泽与其导热性也有一定的关系。

（3）耐热性。耐热性是指物品耐温度变化而不致被破坏或显著降低强度的性质。物品的耐热性,除与其成分、结构和不均匀性有关外,还与其导热性、膨胀系数有密切关系。导热性大而膨胀系数小的物品,耐热性良好,反之则差。

（4）透气性。物品能被水蒸气透过的性质,称为透气性,物品能被水透过的性质叫透水性。这两种性质在本质上都是指水的透过性能,所不同的是前者指气体水分子的透过,后者是指液体水的透过。物品透气、透水性的大小,主要取决于物品的组织结构和化学成分。结构松弛、化学成分含有亲水基团的物品,其透气、透水性就大。

（二）物品的机械性质

物品的机械性质,是指物品的形态、结构在外力作用下的反应。物品的这种性质与其质量关系极为密切,是体现适用性、坚固耐久性和外观的重要内容,它包括物品的弹性、可塑性、强力、韧性、脆性等。这些物品的机械性质对物品的外形及结构变化有很大影响。

（三）物品的化学性质

物品的化学性质,是指物品的形态、结构以及物品在光、热、氧、酸、碱、温度、湿度等作用下,发生改变物品本质的相关性质。与物品储存紧密相关的物品的化学性质包括:物品的化学稳定性、物品的毒性、腐蚀性、燃烧性、爆炸性等。

（1）化学稳定性。化学稳定性是指物品受外界因素作用,在一定范围内,不易发生分解、氧化或其他变化的性质。化学稳定性不高的物品容易丧失使用性能。物品的稳定性是相对的,稳定性的大小与其成分、结构及外界条件有关。

（2）毒性。毒性是指某些物品能破坏有机体生理功能的性质。具有毒性的物品，主要是用作医药、农药以及化工物品等。有的物品本身有毒，有的蒸气有毒，有的本身虽无毒，但分解化合后，产生有毒成分等。

（3）腐蚀性。腐蚀性是指某些物品能对其他物质发生破坏性的化学性质。具有腐蚀性的物品，本身具有氧化性和吸水性，因此，不能把这类物品与棉、麻、丝、毛织品以及纸张、皮革制品等同仓储存，也不能与金属制品同仓储存。盐酸可以与钢铁制品作用，使其遭受破坏；烧碱能腐蚀皮革、纤维制品和人的皮肤；硫酸能吸收动植物物品中的水分，使它们碳化而变黑，漂白粉的氧化性，能破坏一些有机物；石灰有强吸水性和发热性，能灼热皮肤和刺激呼吸器官等。因此在保管时要根据物品不同的性能，选择储存场所，安全保管。

（4）燃烧性。燃烧性是指有些物品性质活泼，发生剧烈化学反应时常伴有热、光同时发生的性质。具有这一性质的物品被称为易燃物品。常见的易燃物品有红磷、火柴、松香、汽油、柴油、乙醇、丙酮等低分子有机物。易燃物品在储存中应该特别注意防火。

（5）爆炸性。爆炸是物质由一种状态迅速变化为另一种状态，并在瞬息间以机械功的形式放出大量能量的现象。能够发生爆炸的物品要专库储存，并应有严格的管理制度和办法。

（四）化学成分

（1）无机成分的物品。无机成分物品的构成成分中不含碳，但包括碳的氧化物、碳酸及碳酸盐，如化肥、部分农药、搪瓷、玻璃、五金及部分化工物品等。无机性成分的物品，按其元素的种类及其结合形式，又可以分为单质物品、化合物、混合物等三大类。

（2）有机成分的物品。有机成分物品指以含碳的有机化合物为其成分的物品，但不包括碳的氧化物、碳酸与碳酸盐。属于这类成分的物品，其数量相当庞大，如棉、毛、丝、麻及其制品，化纤、塑料、橡胶制品、石油产品、有机农药、有机化肥、木制品、皮革、纸张及其制品，蔬菜、水果、食品、副食品等等。这类物品成分中，结合形式也不相同，有的是化合物，有的是混合物。

单一成分的物品极少，多数物品含杂质，而成分绝对纯的物品很罕见。所以，物品成分有主要成分与杂质之分。主要成分，决定着物品的性能、用途与质量，而杂质则影响着物品的性能、用途与质量，给储存带来不利影响。

（五）物品的结构

物品的种类繁多，各种物品又有各种不同形态的结构，所以要求用不同的包装盛装。如气态物品,分子运动快、间距大,多用钢瓶盛装,其形态随容器而变;液态物品,分子运动比气态慢,间距比气态小,其形态随容器而变;只有固态物品,有一定外形。

虽然物品形态各异,概括起来,可分为外观形态和内部结构两大类。物品的外观形态多种多样,所以,在保管时应根据其体形结构合理安排仓容,科学地进行堆码,以保证物品质量的完好。物品的内部结构即构成物品原材料的成分结构,属于物品的分子及原子结构,是人的肉眼看不到的结构,必须借助于各种仪器来进行分析观察。物品的微观结构,对物品性质往往影响极大,有些分子的组成和分子量虽然完全相同,但由于结构不同,性质就有很大差别。

总之,影响物品发生质量变化的因素很多,这些因素主要包括:物品的性质、成分、结构等内在因素,这些因素之间是相互联系、相互影响的统一整体,工作中决不能孤立对待。

二、影响物品质量变化的外因

物品储存期间的变化虽然是物品内部活动的结果,但与储存的外界因素有密切关系。这些外界因素主要包括:自然因素、人为因素和储存期。

(一) 自然因素

自然因素主要指温度、湿度、有害气体、日光、尘土、杂物、虫鼠雀害、自然灾害等。

(1) 温度对库存物的影响。除冷库外,仓库的温度直接受天气温度的影响,库存物品的温度也就随天气温度同步变化。一般来说,绝大多数物品在常温下都能保持正常状态。大部分物品对温度的适应都有一定范围。但低沸点易挥发的物品,在高温下易挥发;低熔点的物品,温度高时易熔化变形及粘连流失;具有自燃性的物品,在高温下因氧化反应而放出大量的热,当热量聚积不散时,导致自燃发生。温度过低,也会对某些物品造成损害。

普通仓库的温度控制主要是避免阳光直接照射物品,因为阳光直接照射的地表温度要比气温高很多,午间甚至高近一倍。仓库遮阳采用仓库建筑遮阳和苫盖遮阳。不同建筑材料的遮阳效果不同,混凝土结构遮阳效果最佳。怕热物品要存放在仓库内阳光不能直接照射的货位。

对温度较敏感的物品,在气温高时可以采用洒水降温,包括采取直接对物品洒水,对怕水物品可以对苫盖、仓库屋顶洒水降温。在日晒降低的傍晚或夜间,将堆场物品的苫盖适当揭开通风,也是对露天堆场物品降温保管的有效方法。

物品自热是物品升温损坏的一个重要原因,对容易自热的物品,应经常检查物品温度,当发现升温时,可以采取加大通风、洒水等方式降温,翻动物品散热降温;必要时,可以采取在货垛内存放冰块、释放干冰等措施降温。

此外,仓库里的热源也会造成温度升高,应避开热源,或者在高温季节避免使用仓库内的热源。

在严寒季节,气温极低时,可以采用加温设备对物品加温防冻。对突然而至的寒潮在寒潮到达前对物品进行保暖苫盖,也具有短期保暖效果。

(2)湿度对库存物品的影响。不同物品对环境湿度(相对湿度)要求有很大差别,部分物品的温湿度要求见表6-1。霉菌、微生物和蛀虫在适宜的温度和相对湿度高于60%时繁殖迅速,可在短时期内使棉毛丝制品、木材、皮革、食品等霉变、腐朽,部分霉菌生长的湿度要求见表6-2。具有吸湿性的物品,在湿度较大的环境中会结块。绝大多数金属制品、电线、仪表等在相对湿度达到或超过80%时锈蚀速度加剧。但是某些物品的储存环境却要求保持一定的潮湿度,如木器、竹器及藤制品等,在相对湿度低于50%的环境中会因失水而变形开裂,但是当相对湿度大于80%时又容易霉变,部分物品的库存相对湿度范围见表6-3。纯净的潮湿空气对物品的影响不大,尤其是对金属材料及制品,但如果空气中含有有害气体时,即使相对湿度刚达到60%,金属材料及制品也会迅速锈蚀。

表6-1 部分物品的温湿度要求

种类	温度(℃)	相对湿度(%)
金属及其制品	5～30	≤75
碎末合金	0～30	≤75
塑料制品	5～30	50～70
压层纤维材料	0～35	45～75
树脂、油漆	0～30	≤75
汽油、煤油、轻油	≤30	≤75
重质油、润滑油	5～35	≤75

（续表）

种类	温度(℃)	相对湿度(%)
轮胎	5~35	45~65
布电线	0~30	45~60
工具	10~25	50~60
仪表	10~30	70
轴承、钢珠、滚针	5~35	60
巧克力	18~22	50~65

表 6-2　部分霉菌生长的湿度要求

项目	物品含水量(%)	相对湿度(%)
部分曲霉	13	70~80
青霉	14~18	80以上
毛霉、根霉、大部分曲霉	14~18	90以上

表 6-3　部分物品的库存相对湿度范围参考

物品名称	库存相对湿度(%)
棉花	85以下
棉布	50~80
毛织品	50~80
皮鞋、皮箱	60~75
烟叶	50~80
纸张、书籍	50~80
草制品、竹制品	60~75
鲜鸡蛋	80~90
茶叶	65以下
冻肉	90~95

（3）大气中有害气体对库存物品的影响。大气中有害气体主要来自燃料，如煤、石油、天然气、煤气等燃料放出的烟尘以及工业生产过程中的粉尘、废气。能对空气产生污染的气体，主要有氧、二氧化碳、二氧化硫、硫化氢、氯化氢和氮等。物品储存在有害气体浓度大的空气中，其质量变化明显。如，二氧化硫气体溶解度很大，溶于水中能生成亚硫酸，当它遇到含水量较大的物品时，能强烈地腐蚀物品中的有机物。在金属电化学腐蚀中，二氧化硫也是构成腐蚀电池的重要介质之一。空气中含有 0.01% 的二氧化硫，就能使金属锈蚀增加几十倍，使皮革、纸张、纤维制品脆化。特别是金属

物品,必须远离二氧化硫发源地。目前,主要是从改进和维护物品包装或物品表面的涂油涂蜡等方法,减少有害气体对物品质量的影响。

(4)日光、尘土、虫鼠雀等对库存物品的影响。适当的日光可以去除物品表面或体内多余的水分,也可抑制微生物等的生长。但长时期在日光下曝晒会使物品或包装物出现开裂、变形、变色、褪色、失去弹性等现象。尘土、杂物能加速金属锈蚀,影响精密仪器仪表和机电设备的精密度和灵敏度;虫鼠雀不仅能毁坏物品和仓库建筑,还会污染物品。

自然灾害主要有雷击、暴雨、洪水、地震、台风等。

(二)人为因素

人为因素是指人们未按物品自身特性的要求或未认真按有关规定和要求作业,甚至违反操作规程而使物品受到损害和损失的情况。这些情况主要包括:

(1)保管场所选择不合理。由于物品自身理化性质决定,不同库存物在储存期要求的保管条件不同,因此,对不同库存应结合当地的自然条件选择合理的保管场所。一般条件下,普通的黑色金属材料、大部分建筑材料和集装箱可在露天货场储存;怕雨雪侵蚀、阳光照射的物品应放在普通库房及货棚中储存;要求一定温湿度条件的物品应相应存放在冷藏、冷冻、恒温、恒温恒湿库房中;易燃、易爆、有毒、有腐蚀性危险的物品必须存放在特种仓库中。

(2)包装不合理。为了防止物品在储运过程中受到可能的冲击、压缩等外力而被破坏,应对库存物进行适当的捆扎和包装,如果该捆扎不牢,将会造成倒垛、散包,使物品丢失和损坏。包装材料或形式选择不当不仅起不到保护作用,还会加速库存物受潮变质或受污染霉烂。

(3)装卸搬运不合理。装卸搬运活动贯穿于仓储作业过程的始终,是一项技术性很强的工作,各种物品的装卸搬运均有严格规定,如平板玻璃必须立放挤紧捆牢,大件设备必须在重心点吊装,胶合板不可直接用钢丝绳吊装等。实际工作表明,装卸搬运不合理,不仅给储存物造成不同程度的损害,还会给劳动者的生命安全带来威胁。

(4)堆码苫垫不合理。垛形选择不当、堆码超高超重、不同物品混码、需苫盖而没有苫盖或苫盖方式不对都会导致库存物损坏变质。

(5)违章作业。在库内或库区违章明火作业、烧荒或吸烟会引起火灾,造成更大的损失,带来更大的危害。

（三）储存期

物品在仓库中停留的时间愈长,受外界因素影响发生变化的可能性就越大,而且发生变化的程度也越深。

物品储存期的长短主要受采购计划、供应计划、市场供求变动、技术更新、甚至金融危机等因素的影响,因此仓库应坚持先进先出的发货原则,定期盘点,将接近保存期限的物品及时处理,对于落后产品或接近淘汰的产品限制入库或随进随出。

第三节　保管保养措施

对库存物品进行保管保养不仅是一个技术问题,更是一个综合管理问题。由于 JIT 观念的广泛运用,库存的时间在不断缩短,现代仓库管理的重点也从静态管理转变为动态管理。又由于现代物流技术不断提高,物品养护技术也不断简单化,因而在这个阶段中,制定必要的管理制度和操作规程,并严格执行显得更为重要。

一、仓库作业过程管理措施

仓库应高度重视物品保管工作,以制度、规范的方式确定保管保养工作责任,并针对各种物品的特性制订保管方法和程序,充分利用现有的技术手段开展针对性的保管、维护。

"以防为主、防治结合"是保管保养的核心,要特别重视物品损害的预防,及时发现和消除事故隐患,防止损害事故的发生。特别要预防发生爆炸、火灾、水浸、污染等恶性事故和造成大规模损害事故。在发生、发现损害现象时,要及时采取有效措施,防止损害扩大,减少损失。

仓库保管保养的措施主要有:经常对物品进行检查测试,及时发现异常情况;合理地对物品通风;控制阳光照射;防止雨雪水湿物品,及时排水除湿;除虫灭鼠,消除虫鼠害;妥善进行湿度控制、温度控制;防止货垛倒塌;防霉除霉,剔出变质物品;对特殊物品采取针对性的保管措施等。

这些措施具体体现在仓库以下几个方面的工作中:

（1）严格验收入库物品。要防止物品在储存期间发生各种不应有的变化,首先在物品入库时要严格验收,弄清物品及其包装的质量状况。对吸湿性物品要检测其含水量是否超过安全水平,对其他有异常情况的物品要查清原因,针对具体情况进行处理和采取救治措施,做到防微杜渐。

（2）适当安排储存场所。由于不同物品性能不同，对保管条件的要求也不同，分区分类、合理安排存储场所是物品养护工作的一个重要环节。如怕潮湿和易霉变、易生锈的物品，应存放在较干燥的库房里；怕热易溶化、发粘、挥发、变质或易发生燃烧、爆炸的物品，应存放在温度较低的阴凉场所；一些既怕热又怕冻，且需要较大湿度的物品，应存放在冬暖夏凉的楼下库房或地窖里。此外，性能相互抵触或易串味的物品不能在同一库房混存，以免相互产生不良影响。尤其对于化学危险物品，要严格按照有关部门的规定，分区分类安排储存地点。

（3）科学进行堆码苫垫。阳光、雨雪、地面潮气对物品质量影响很大，要切实做好货垛遮苫和货垛垛下苫垫隔潮工作，如利用石块、枕木、垫板、苇席、油毡或采用其他防潮措施。存放在货场的物品，货区四周要有排水沟，以防积水流入垛下，货垛周围要遮盖严密，以防雨淋日晒。

货垛的垛形与高度，应根据各种物品的性能和包装材料，结合季节气候等情况妥善堆码。含水率较高的易霉物品，热天应码通风垛；容易渗漏的物品，应码间隔式的行列垛。此外，库内物品堆码应留出适当距离，俗称"五距"，即顶距：平顶楼库顶距为 50 cm 以上，人字形屋顶以不超过横梁为准；灯距：照明灯要安装防爆灯，灯头与物品的平行距离不少于 50 cm；墙距：外墙50 cm，内墙 30 cm；柱距：一般留 10～20 cm；垛距：通常留 10 cm。对易燃物品还应适当留出防火距离。

（4）控制好仓库温、湿度。应根据库存物品的保管保养要求，适时采取密封、通风、吸潮和其他控制与调节温、湿度的办法，力求把仓库温、湿度保持在适应物品储存的范围内。参阅案例2、案例3。

▶ 案例2

库存茶叶的保管保养措施

首先，茶叶必须储存在干燥、阴凉、通风良好，无日光照射，有防潮、避光、隔热、防尘、污染等防护措施的库房内，并要求进行密封。

其次，茶叶应专库储存，不得与其他物品混存，尤其严禁与药品、化妆品等有异味、有毒、有粉尘和含水量大的物品混存。库房周围也要求无异味。

最后，一般库房温度应保持在15℃以下，相对湿度不超过65%。

▶ **案例3**

库存啤酒的质量控制措施

第一,啤酒入库验收时外包装要求完好无损,封口严密,商标清晰;啤酒的色泽清亮,不能有沉淀物;内瓶壁无附着物;抽样检查具有正常的酒花香气,无酸、霉等异味。

第二,鲜啤酒适宜储存温度为 0～15℃,熟啤酒适宜储存温度为 5～25℃,高级啤酒适宜储存温度为 10～25℃,库房相对湿度要求在 80%以下。

第三,瓶装酒堆码高度为 5～7 层,不同出厂日期的啤酒不能混合堆码,严禁倒置。

第四,严禁阳光曝晒,冬季还应采取相应的防冻措施。

（5）定期进行物品在库检查。因为仓库中保管的物品性质各异、品种繁多、规格型号复杂、进出库业务活动每天都在进行,而每一次物品进出库业务都要检斤计量或清点件数,加之物品受周围环境因素的影响,使物品可能发生数量或质量上的损失,所以对库存物品和仓储工作进行定期或不定期的盘点和检查非常必要。

（6）搞好仓库清洁卫生。储存环境不清洁,易引起微生物、虫类寄生繁殖,危害物品。因此,对仓库内外环境应经常清扫,彻底铲除仓库周围的杂草、垃圾等物,必要时使用药剂杀灭微生物和潜伏的害虫。对容易遭受虫蛀、鼠咬的物品,要根据物品性能和虫、鼠生活习性及危害途径,及时采取有效的防治措施。参阅案例4。

▶ **案例4**

库存巧克力的保管保养措施

第一,入库巧克力要求包装完整、清洁,封口严密,无水湿油污等异状。

第二,专库储存,严禁与有腥味或有粉尘的物品混存。

第三,库房干燥、卫生、凉爽通风;封闭条件好,有温湿度控制设备——库房温度保持在 18～22℃之间,相对湿度 50% 最佳,最高不超过 65%。

第四,堆码时留出"五距",垛底下垫高度为 40 mm。

第五，储存期间要经常检查包装、虫蛀、霉变、溶化等变化情况。加强防虫灭鼠措施。

二、仓库温、湿度控制的方法

（一）温、湿度控制的相关概念

1. 温度

温度是表示物质冷热程度的物理量，具体指温标上的标度。目前工作中都采用 1968 年的国际实用温标，即国际实用摄氏度。

摄氏（℃）与华氏（℉）的换算：

$$℃ = (℉ + 32) \frac{5}{9}$$

$$℉ = \frac{9}{5}℃ + 32$$

2. 湿度

湿度是表示大气干湿程度的物理量，常用绝对湿度、饱和湿度、相对湿度等方法表示。

（1）绝对湿度。绝对湿度（e）指单位体积空气中所含水蒸气的质量，一般用一立方米空气中所含水蒸气克数（g/m^3）表示。实际工作中通常用空气中水气压力（P）表示，即毫米汞柱（mmHg）。气象工作中则统一用毫巴（mbar）表示。

两者关系为：

$$1 \text{ mmHg} = \frac{4}{3} \text{mbar}$$

每立方米空气中水汽实际含量算式为：

$$e(g/m^3) = (1.06 \times P \text{ mmHg})/(1 + 0.003\,66 \times t ℃)$$
$$= (0.8 \times P \text{ mbar})/(1 + 0.003\,66 \times t ℃)$$

（2）饱和湿度。饱和湿度（E）指在一定的温度下，与液态水相平衡时空气中水蒸气的含量，单位为 g/m^3，或毫米汞柱，或 mbar。有常压下《饱和水汽压表》可查。

（3）相对湿度。相对湿度（r）指绝对湿度 e 与其同温度下饱和湿度 E 的百分比。通常用干湿球温度计测量，以百分数计算。

$$r = \frac{e}{E} \times 100\%$$

式中:r——相对湿度(%)

　　e——绝对湿度(即水汽压力)

　　E——饱和湿度(即饱和水汽压力)

相对湿度表示的是空气的潮湿程度,是仓库湿度管理中的常用标度。相对湿度越接近100%,说明绝对湿度越接近饱和湿度,空气越潮湿;反之,空气越干燥。在气温和气压一定的情况下,绝对湿度越大,相对湿度也越大。

湿度换算方法如下:

假设库外相对湿度换算成库内湿度时的相对湿度为 x

库外相对湿度 $= r_1$	库内相对湿度 $= r_2$
库外绝对湿度 $= e_1$	库内绝对湿度 $= e_2$
库外饱和湿度 $= E_1$	库内饱和湿度 $= E_2$

其换算公式为:

$$x = \frac{r_1 \times E_1}{E_2} \times 100\%$$

其中 $r_1 \times E_1 = e_1$。

因此,依下列公式也可换算:

$$x = \frac{e_1}{E_2} \times 100\%$$

3. 露点

露点是指保持空气的水汽含量不变而使其冷却,直至水蒸气达到饱和状态而将结出露水时的温度。

当库内温度低于露点温度时,空气中的水汽会结露使物品受潮,因此在采用通风方式调节库内温湿度时,应避免露点温度出现。

4. 临界湿度

临界湿度是指使物品发生变化的相对湿度范围。对于金属材料及制品来说,就是引起金属锈蚀的相对湿度范围。一般情况下,铁的临界湿度为65%～70%,钢的临界湿度为70%～80%,如果空气中含有大量的炭粒、二氧化硫、氨和氯等杂质,则钢和铁的临界湿度范围将缩小到60%左右。参阅案例5。

▶ **案例5**

金属材料临界湿度实验

　　库存物品多数暴露于空气中,受大气腐蚀的作用,其腐蚀的速度与大气的湿度有密切关系。在干燥空气中金属是不会遭受显著的腐蚀的。对钢铁和铜来说,只有相对湿度增加到60%～80%时,腐蚀速度才会随着相对湿度而突然增加,当空气中有二氧化硫及炭粒存在时,这种突然增加将更加显著(如图6-1、图6-2所示)。这一突变点就是所谓临界湿度。苏联科学家B.B.司科切列齐认为,在临界湿度以上钢铁的腐蚀速度与相对湿度的关系可以用下式来表示:

$$V_k = V_0 e^{-(h_0 - h)}$$

式中:V_0 及 V_k——在饱和湿度下以及在该湿度下的腐蚀速度

　　h_0 及 h——在该温度下的饱和湿度及该情况下的湿度

　　e——自然对数的底数

　　上式告诉我们,当相对湿度越低时,在该湿度下金属的腐蚀速度就越慢,反之腐蚀速度加快。因此一年四季金属腐蚀的速度不一样,雨季腐蚀速度快,干燥季节则较慢。如能使大气的相对湿度人为地经常保持在临界湿度60%～70%以下,或是使金属与潮湿空气隔绝,那么就可以保护金属不受

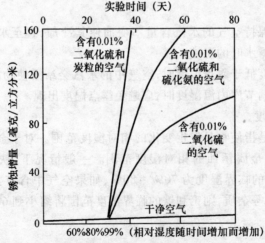

图6-1　相对湿度及大气污染程度对钢铁腐蚀速度的影响

(根据 W. H. J. Vernon)

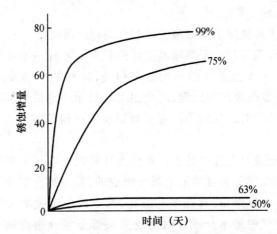

图 6-2 铜在含二氧化硫的空气中的腐蚀速度与相对湿度的关系
（根据 **W. H. J. Vernon**）

腐蚀。在仓库保管金属材料的过程中，经常影响金属腐蚀的因素首先是空气中的相对湿度（因为造成电化腐蚀的其他条件如氧和电解质在空气中经常存在，特别是工业区，只要空气相对湿度超过临界湿度，电化学腐蚀便开始进行）。所以防止金属材料被腐蚀，中心问题就在于设法保证金属所处的空间的湿度保持在临界湿度以下。

（二）温、湿度测量

仓库的温湿度管理是一项基本工作，仓库员工要定时观测并记录绝对湿度、相对湿度、温度、风力、风向等。

在库房内放置温湿度表时，温湿度表应放置在库房中央，离地面约 1.4 米处，不可放在门窗附近或墙角。

库外测量时应设置百叶箱，内放温湿度计。百叶箱应置于空旷通风的地方，距地面约 1 米，箱门向北。

风向标和风速仪应高于附近建筑物。

1. 温度的测定方法

测量库内外温度时需要使用温度计。经常使用的温度计都是根据水银或酒精热胀冷缩的原理制成的，构造简单。此外还有自计温度计，它是连续测量并自动记录气温变化的仪器，主要由感应部分和自动记录部分组成。感应部分是利用双金属片膨胀系数不同来测定的，自动记录部分由筒形的自动记录钟组成。

2. 湿度的测定方法

测定湿度主要使用干湿球温度计和自动记录湿度计。

（1）干湿球温度计。干湿球温度计是把两支同样的温度计平行固定在一块板上，其中一支温度计的球用纱布包裹，纱布的一端浸泡在一个水盂里，利用水分蒸发时吸热的原理，两个温度计显示一定的温度差。在测得两支温度计温度的同时，可以查对"温湿对照表"，获得此时库内或大气的相对湿度值。

（2）自动记录湿度计。自动记录湿度计可以连续记录空气中的湿度变化，它也是由感应部分和自动记录部分组成的，其中感应部分用脱脂的毛发制成，毛发属于纤维组织，有许多毛细孔，当空气中湿度增大时毛发吸收水分而膨胀，当空气中的水分减少时毛发失去部分水分而收缩。自动记录部分与自动温度记录计相同。

（二）温、湿度变化规律

1. 大气温、湿度的变化规律

（1）大气温度变化规律。温度的日变化规律通常为单峰型，即大气温度从上午8点开始迅速升高，到下午2~3点达最高，过后随着日照减弱而逐渐下降，到次日凌晨2点左右为最低。

温度的年变化规律因各地区地理位置和地形地貌不同而在各地有差异。如云贵高原四季如春，四季温差不大；东南沿海和海南无明显冬季，只有雨季和旱季之分；内陆地区及其他地区四季分明，年最低温度在1月中旬至2月中旬，5月后气温显著升高，7月中旬至8月中旬为气温最高时期，物品保管中1~2月份须防低温冻坏，7~8月份须防高温。结合地理位置来看，淮河以南地区以防高温为主防冻为辅，淮河以北广大地区及东北、西北地区以防冻为主防高温为辅。

（2）大气湿度变化规律。绝对湿度反映空气中水蒸气的实际含量，由于在不同的自然地理条件下，或在不同的季节中，绝对湿度的日变化规律不完全相同，因此在我国有一高一低（单峰型）和两高两低（双峰型）绝对湿度日变化形式。

所谓单峰型是指绝对湿度在一日内出现一次最高值和一次最低值。这种类型出现在沿海地区及江湖一带，内陆地区的秋冬季节也常表现为这种类型。这种变化为每日日出前气温最低时，绝对湿度最低，日出后随着气温增高绝对湿度增大，至14~15时达到最高值，而后随日照减弱绝对湿度降低。所谓双峰型是指绝对湿度在一日内出现两次最高值和两次最低值。一般内陆地区春夏季节绝对湿度日变化属这种类型。这种变化为日出前绝对湿度最低,日出后随气温上升,绝对湿度迅速增加,至 8 ~ 9 时,出现第一次绝对湿度最高,随即大气垂直运动加快,热交换运动开始,地面热湿空气上升,空中干冷空气下降,干湿空气混合使绝对湿度开始下降,至 14 ~ 15 时左右热交换运动相对停止时绝对湿度达到第二次最低,之后水蒸气又在不断蒸发,至 20 ~ 21 时左右绝对湿度达到第二次最高。

绝对湿度的年变化受降雨雪量的影响最大,一般情况下雨季绝对湿度高。北方地区七八月份为雨季,绝对湿度最高,东北地区冬季绝对湿度最高,南方地区四五月份进入梅雨季节,此时绝对湿度最高。

相对湿度也有日变化和年变化的一般规律。相对湿度的日变化基本上由气温变化决定,气温上升,由于饱和湿度增大,于是相对湿度减小;而气温下降,饱和湿度降低,相对湿度增大。

2. 库内温、湿度变化的特点

除特殊仓库外,库内温湿度的变化主要受库外温湿度变化的影响,因而其变化规律是基本一致的,但变化的程度不同。

(1) 库内温度的变化。库内温度的变化与库外气温的变化大致相同。但由于仓库建筑物的防护作用,库内温度与库外温度又有差别。库内温度的日差比较小。另外,库外温度对库内的影响需要一定时间,所以库内温度的变化滞后于库外。库内温度的变化受多种因素的影响,如仓库建筑物的特定结构、结构材料、密封性以及库存物品的性质等,所以,不同仓库隔热保温性能不同,库内温度变化的实际情况也就不同。

(2) 库内湿度的变化。库内绝对湿度的变化直接受库外湿度的影响,在没有密封的情况下库内外湿度不会有太大的差别,但是由于库内外气温不同,在绝对湿度相同的情况下,库内外的相对湿度会有差别,即当库内温度高于库外时,其相对湿度低于库外;而当库内温度低于库外时,其相对湿度高于库外。

除此之外,同一时点库内不同位置的温湿度也不相同。一般情况下地面附近温度较低、湿度较大,屋顶附近温度较高、湿度较小;向阳面温度较高、相对湿度较小,背阴面温度较低、相对湿度较大;库房四角温度较高,但因通风受阻其相对湿度也就偏高,而库房门、窗附近受库外温湿度影响较大,所以与库外温湿度比较接近。

(三) 温、湿度控制的常用方法

控制库房温湿度的方法很多,如人工吸潮、排潮、加热、降温和密封库房等,特别是利用自然通风办法调节库内温湿度,对仓库保管更具有经常和普遍的应用价值。

1. 通风

通风是指根据大气自然流动的规律,有计划、有目的地组织库内外空气的对流与交换的重要手段,是调节库内温湿度、净化库内空气的有效措施。

(1) 通风方式。按通风动力,仓库通风可分为自然通风和强迫通风两种方式。

1) 自然通风。自然通风是利用库内外空气的压力差,实现库内外空气交流置换的一种通风方式。这种通风方式不需要任何通风设备,因而也就不消耗任何能源,而且通风换气量比较大,是一种最简便、最经济的通风方式。自然通风按通风原理可分为风压通风和热压通风。

风压通风是利用风的作用来实现库内外空气的交换。当库房的一侧受到风的作用时,气流首先冲击库房的迎风面,然后折转绕过库房,经过一段距离后,又恢复到原来的状态。在库房的迎风面,由于气流直接受到库房一侧的阻挡,动压降低,而静压增高。若设气流未受到干扰前的压强为零,则库房迎风面的压强为正值,形成正压区。气流受阻后一部分通过库房迎风面的门窗或其他孔洞进入仓库,而大部分则是绕过库房(从库房的两端和上部),由于库房占据了空间的一部分断面,使得气流流动的断面缩小,从而导致风速提高,空气的动压增加,静压相应的减少。这时在库房的两端和背风面的压强为负值,形成负压区,对库内产生一种吸引的力量,使库内空气通过库房两端背风面的门窗或其他孔洞流出库外。

风压通风的效果主要取决于风压的大小,而风压的大小与库房的几何形状、风向、风速等有关。风压大小的计算公式为:

$$P = K \frac{V^2 \gamma}{2g}$$

式中:P——自然通风中的风压(kg/m^2)

K——空气动力系数

V——库外风速(m/s)

γ——库外空气容重(kg/m^3)

g——重力加速度(m/s^2)

利用风压通风时,单位时间内通风量的大小可用以下公式计算:

$$Q = S \cdot V \cdot r \, (m^3/min)$$

式中:Q——单位时间通风量(m^3/min)

S——进风口总面积(m^2)

V——进风口的风速($\mathrm{m/min}$)

r——进风口有效系数

热压通风主要是利用库内外空气的温度差所形成的压力差实现的。因为空气的容重与空气的温度成反比关系,温度越高空气的容重越小,温度越低空气的容重越大。当库内外温度不同时,库内外空气的容重也不一样,库内外截面积相同、高度相等的两个空气柱所形成的压力也不等。例如,当库内空气温度高于库外时,库内空气的容重小于库外。在库房空间的下部,库外空气柱所形成的压力要比库内空气柱形成的压力大,库内外存在着一定的压力差。这时如果打开门窗,库外温度较低而容重比较大的冷空气就从库房下部的门窗或通风孔进入库内。同时库内温度较高、容重较小的热空气就会从库房的上部窗口或通风孔排出库外,于是便形成了库内外空气的自然交换。

在实际情况中,仓库通风通常是在风压和热压同时作用下进行的,有时是以风压通风为主,有时则以热压通风为主。

为了更有效地利用自然通风,库房建筑本身应为自然通风提供良好的条件。例如,库房的主要进风面,一般应与本地区的夏季主导风向成60°~90°角,最小不宜小于45°;库房的门窗应对称设置,并保证足够的进风口面积;库房的进风口应尽量低,排风口应尽量高,或设天窗等。

2)强迫通风。强迫通风又称机械通风或人工通风,它是利用通风机械所产生的压力或吸引力,即正压或负压,使库内外空气形成压力差,从而强迫库内空气发生循环、交换和排除,达到通风的目的。强迫通风又可分为三种方式,即排出式、吸入式和混合式。

排出式通风是在库房墙壁的上部或库房顶部安装排风机械,利用机械产生的推压力,将库内空气经库房上方的通风孔道压迫到库外,从而使库内气压降低,库外空气便从库房下部乘虚而入,形成库内外空气的对流与循环。

吸入式通风是在仓库墙壁的下部安装抽风机械,利用其产生的负压区,将库外空气吸入库内,充塞仓库的下部空间,压迫库内空气上升,经库房上部的排气口排出,形成库内外空气的对流和交换。

混合式通风则是将上述两种方式结合起来运用,并安装排风和抽风机械,同时吸入库外空气并排出库内空气,对库内空气起到一拉一推的作用,使通风的速度更快、效果更好。

(2)通风时机。仓库通风必须选择最适宜的时机,如果通风时机不当,不但不能达到通风的预期目的,而且有时甚至会出现相反的结果。例如,想通过通风降低库内湿度,但由于通风时机不对可能反而造成库内湿度增大。因此,必须根据通风的目的确定有利的通风时机。

1)通风降温。对于库存物品怕热而对大气湿度要求不严的仓库,可利用库内外的温差,选择适宜的时机进行通风,只要库外的温度低于库内,就可以通风。对于怕热又怕潮的物品,在通风降温时,除了满足库外温度低于库内温度的条件外,还必须同时考虑库内外湿度的情况,只有库外的绝对湿度低于库内时,才能进行通风。由于一日内早晨日出前库外气温最低,绝对湿度也最低,所以是通风降温的有利时机。

2)通风降湿。仓库通风的目的,多数情况下是为了降低库内湿度。降湿的通风时机不易掌握,必须对库内外的绝对湿度、相对湿度和温度等进行综合分析。最后通风的结果应使库内的相对湿度降低,但相对湿度是绝对湿度和温度的函数,只要绝对湿度和温度有一个因素发生变化,相对湿度就随之发生变化。如果绝对湿度和温度同时变化,情况就比较复杂了。在温度一定的情况下,绝对湿度上升,相对湿度也随着上升;若温度也同时上升,则饱和湿度上升,相对湿度又会下降,这时上升和下降的趋势有可能互相抵消。如果因温度关系引起相对湿度的变化,大于因绝对湿度关系而引起的相对湿度的变化,其最终结果是相对湿度将随温度的变化而变化。反之,如果绝对湿度关系引起的相对湿度的变化大于因温度关系而引起的相对湿度的变化,其最终结果是相对湿度将随着绝对湿度的变化而变化。

一般情况下,可参照"通风降湿条件参考表",掌握通风时机,见表6-4。

表6-4 通风降湿条件参考表

温度		相对湿度		绝对湿度		通风与否
库外	库内					
低	高	低	高	低	高	可以
高	低	低	高	低	高	可以
低	高	相等	相等	低	高	可以
高	低	低	高	相等	相等	可以
相等	相等	低	高	低	高	可以
低	高	高	低	低	高	可以
高	低	高	低	高	低	不可
低	高	高	低	高	低	不可
高	低	相等	相等	高	低	不可
相等	相等	高	低	高	低	不可

在通风降湿过程中,还要注意防止库内出现结露现象,即对露点温度应严加控制。当库外温度等于或低于库内空气的露点温度,或库内温度等于或低于库外空气的露点温度时,都不能进行通风。

(3)仓库通风应注意的几个问题

1)一般情况下,应尽可能利用自然通风,只有当自然通风不能满足要求时,才考虑强迫通风。一般仓库不需要强迫通风,但有些仓库,如化工危险品仓库,必须考虑强迫通风,因库内的有害气体,如不及时排除,就有发生燃烧或爆炸的危险,有的还会引起人体中毒,酿成重大事故。

2)在利用自然通风降湿的过程中,应注意避免因通风产生的副作用。如依靠风压通风时,一些灰尘杂物容易随着气流进入库内,对库存物资造成不良影响,所以当风力超过五级时不宜进行通风。

3)强迫通风多采用排出式,即在排气口安装排风扇。但对于会产生易燃、易爆气体的仓库和会产生腐蚀性气体的仓库,则应采用吸入式通风方式。因为易燃、易爆气体经排风口向外排放时,如排风扇电机产生火花,就有引起燃烧爆炸的危险;而腐蚀性气体经排风扇向外排放时,易腐蚀排风机械,降低机械寿命。若采用吸入式通风方式,可使上述问题得到解决。

4)通风机械的选型,应根据实际需要与可能,并要考虑经济实用。通风机械分为轴流式和离心式两种。一般仓库可采用轴流式通风机,因为它通风量比较大、动力能源消耗少,其缺点是产生的空气压力差小,适用于阻力较小的情况下进行通风。离心式通风机产生的空气压力差大,但消耗能量多,适用于阻力大的情况下进行通风。

5)通风必须与仓库密封相结合。当通风进行到一定时间,达到通风目的时,应及时关闭门窗和通风孔,使仓库处于相对的密封状态,以保持通风的效果。所以不但开始通风时应掌握好时机,而且停止通风时也应掌握好时机。另外,当库外由于天气的骤然变化温湿度大幅度变化时,也应立即中断通风,将仓库门窗紧闭。

总之,库房通风方式的选择与运用,取决于库存材料的性质所要求的温湿度,取决于库房条件,如库房大小、门窗、通风洞的数量,以及地坪的结构等,同时还取决于地理环境和气象条件,如库房位于城市、乡村、高原、平地或江、河、湖和海畔等。因此必须根据不同地区、不同季节和不同库房条件等,从物品安全角度出发,选择通风方式,因地、因物、因时制宜,正确地掌握与运用库房通风这一手段,以达到确保库存物品的质量完好。

2. 密封

密封是将储存物品的一定空间,使用密封材料,尽可能严密地封闭起来,使之与周围大气隔离,防止或减弱自然因素对物品的不良影响,创造适宜的保管条件。

密封的目的通常主要是为了防潮,但同时也能起到防锈蚀、防霉、防虫、防热、防冻、防老化等综合效果。密封是相对的,不可能达到绝对严密的程度。密封可用不同的介质在不同的范围内进行。

(1)不同介质的密封。由于介质不同,密封可以分为大气密封、干燥空气密封、充氮密封和去氧密封等。

1)大气密封。大气密封就是将封存的物品,直接在大气中密封,其间隙中充满大气,密封后基本保持密封时的大气湿度。

2)干燥空气密封。干燥空气密封是在密封空间内充入干燥空气或放置吸湿剂,使空气干燥,防止物品受潮。干燥空气的相对湿度应在 40%～50% 左右。

3)充氮密封。充氮密封是在密封空间内充入干燥的氮气,造成缺氧的环境,减少氧的危害。

4)去氧密封。去氧密封是在密闭空间内,放入还原剂,如亚硝酸钠,吸收空气中的氧,造成缺氧的气氛,为封存物品提供更有利的储存条件。

(2)不同范围的密封。按照密封的范围不同,可分为整库密封、小室密封、货垛密封、货架密封、包装箱及容器密封、单件密封等。

1)整库密封。对储存批量大、保管周期长的仓库(如战备物资仓库、大批量进口物资仓库),可进行整库密封。整库密封主要是用密封材料密封仓库门窗和其他通风孔道。留作检查出入的库门,应加装二道门,有条件的可采用密闭门。

2)小室密封。对于储存数量不大、保管周期长、要求特定保管条件的物品,可采用小室密封。即在库房内单独隔离出一个小的房间,将需要封存的物品存入小室内,然后将小室密封起来。

3)货垛密封。对于数量较少、品种单一、形状规则而长期储存的物品,可按货垛进行密封。货垛密封所用的密封材料,除应具有良好的防潮、保温性能外,还应有足够的韧性和强度。

4)货架密封。对于数量少、品种多、不经常收发和要求保管条件高的小件物品,可存入货架,然后将整个货架密封起来。

5)货箱(容器)密封。对于数量很少,动态不大,需要特殊条件下保管且具有硬包装或容器的物品(如精密仪器仪表、化工原料等),可按原包装或容器进行密封。可封严包装箱或容器的缝隙,也可以将物品放入塑料袋的,然后用热合或黏合的方法将塑料袋封口,放入包装箱内。

6)单件密封。对于数量少、无包装或包装损坏、形状复杂和要求严格的精加工制品,可按单件密封。最简便且经济的方法是用塑料袋套封,也可用蜡纸、防潮纸或硬纸盒封装。

(3)密封储存应注意的问题。

1)选择好密封时机。在一般情况下进行的密封,多为以大气为介质的密封。因此,密封时必须首先选择好密封时机。在进行以防潮为主要目的的密封时,最有利的时机是在春末夏初、潮湿季节到来之前,空气比较干燥的时节。在一日之内,也应选择绝对湿度最低的时刻。对整库密封来说,不但要选择好适宜的密封时间,而且要选择好有利的启封时间。过早地密封,将会失去宝贵的自然通风机会,过晚密封则可能使库内湿度上升。一般选择在库外绝对湿度大于库内绝对湿度,而库内相对湿度较低的情况下进行密封。启封时间应选择在库外温湿度下降、绝对湿度低于库内的时刻。

2)做好密封前的检查。物品封存前,应进行一次全面检查,看其是否有锈蚀、发霉、生虫、变质、发热、潮湿等异常情况,检查其包装是否完好,容器有无渗漏。如发现上述情况,应及时采取救治措施,待一切正常后,方可密封。

3)合理选用密封材料。由于密封方式不同,所需要的密封材料也不同。按其作用可分为两大类:一是主体材料,包括油毛毡、防潮纸、牛皮纸、塑料薄膜等;二是涂敷黏结材料、如沥青、胶粘剂等。在选用上述材料时应注意其性能良好、料源充足、使用方便和价格低廉。

4)密封必须同通风和吸湿相结合。密封储存不能孤立地进行,为了达到防潮的目的,必须与通风和吸湿结合运用。一般情况下,应尽可能利用通风降潮,当不适合通风时,才进行密封,利用吸湿剂吸湿。密封能保持通风和吸湿的效果,吸湿为密封创造适宜的环境。

5)做好密封后的观察。因为一切密封都是相对的,不可能达到绝对严密。密封后,外界因素对封存物品自然会产生一定的影响,仍有发生变异的可能。因此,必须经常注意观察密封空间的温湿度变化情况及出现的某种异状,及时发现问题,分析原因,并采取相应的措施进行处理。

3. 除湿

空气除湿是利用物理或化学的方法,将空气中的水分除去,以降低空气湿度的一种有效方法。除湿的方法主要有:利用冷却方法使水汽在露点温度下凝结分离;利用压缩法提高水汽压,使之超过饱和点,成为水滴而被分离除去;使用吸附剂吸收空气中的水分。

(1)冷却法除湿。这种方法是利用制冷的原理,将潮湿空气冷却到露点温度以下,使水汽凝结成水滴分离排出,从而使空气干燥的一种方法,也称为露点法。通常采用的是直接蒸发盘管式冷却除湿法。其原理是在冷却盘管中,直接减压蒸发来自压缩制冷机的高压液体冷媒,以冷却通过盘管侧的空气,使之冷却到所要求的露点以下,水汽凝结成水被除去。冷却除湿装置,主要由压缩机、冷凝器、膨胀阀、冷却盘管等组成。

(2)吸湿剂吸湿。这种除湿方法是最常用的方法之一,可分为静态吸湿和动态吸湿。

1)静态吸湿。这种方法是将固体吸湿剂,静止放置在被吸湿的空间内,使其自然与空气接触,吸收空气中的水分,达到降低空气湿度的目的。常用的吸湿剂的特征分述如下:

氧化钙(CaO):即生石灰,有很强的吸湿性,它吸收空气中的水分后,发生化学变化,生成氢氧化钙。其化学反应方程式为:

$$CaO + H_2O \rightarrow Ca(OH)_2 + Q(热量)$$

从方程式可以看出,一个分子的 CaO 能吸收一个分子的 O,因此其吸湿能力的理论值为 32%。但由于生石灰在储运过程中已吸收了一定量的水分,实际上每公斤生石灰可吸收水分 0.25 gk 左右,而且吸湿速度较快。另外,生石灰料源充足,价格便宜,使用方便。其缺点是在吸湿过程中放出热量,生成具有腐蚀的碱性物质,对库存物有不良影响,库存物品中有毛丝织品和皮革制品等时,不能使用。生石灰吸湿后必须及时更换,否则生成的 $Ca(OH)_2$ 会从空气中吸收 CO_2,而放出水分。

氯化钙($CaCl_2$):分为工业无水氯化钙和含有结晶水的氯化钙。前者为白色多孔无定型晶体,呈块粒状,吸湿能力很强,每公斤无水氯化钙能吸收 1~1.2 kg 的水分;后者为白色半透明结晶体,吸湿性略差,每公斤约吸湿 0.7~0.8 kg 左右。氯化钙吸湿后即溶化为液体,但经加热处理后,仍可还原为固体,供继续使用。其缺点是对金属有较强的腐蚀性,吸湿后还原处理比较困难,价格较高。

硅胶($mSiO_2 \cdot nH_2O$):又称矽胶、硅酸凝胶,分为原色硅胶和变色硅胶两种。原色硅胶为无色透明或乳白色粒状或不规则的固体。变色硅胶是原色硅胶经氯化钴和溴化铜等处理,呈蓝绿色、深蓝色、黑褐色或赭黄色。吸湿后视其颜色的变化,判断是否达到饱和程度。硅胶每公斤可吸收水分0.4~0.5 kg。吸湿后仍为固体,不溶化、不污染,也无腐蚀性,而且吸湿后处理比较容易,可反复使用。其缺点是价格高,不宜在大的空间中使用。

木炭(C):木炭具有多孔性毛细管结构,有很强的表面吸附性能,若精制成活性炭,还可以大大提高其吸湿性能。普通木炭的吸湿能力不如上述几种吸湿剂。但因其性能稳定,吸湿后不粉化、不液化、不放热、无污染和无腐蚀性。吸湿后经干燥可反复使用,而且价格比较便宜,所以仍有一定的实用价值。

静态吸湿的最大特点是简便易行,不需要任何设备,也不消耗能源,一般仓库都可采用,是目前应用最广泛的除湿方法。它的缺点是吸湿比较缓慢,吸湿效果不够明显。

2)动态吸湿。这种方法是利用吸湿机械强迫空气通过吸湿剂进行吸湿。通常是将吸湿剂($CaCl_2$)装入特制的箱体内,箱体有进风口和排风口,在排风机械的作用下,将空气吸入箱体内,通过吸湿剂吸收空气中的水分,从排风口排出的是比较干燥的空气。这样反复循环吸湿可将空气干燥到一定程度。这种吸湿方法吸湿效果比较好,但需要不断补充 $CaCl_2$,吸湿后的 $CaCl_2$ 需要及时得到脱水处理。比较理想的情况是设置两个吸湿箱体,每个箱体内都有脱水装置。一个箱体利用干燥的吸湿剂吸收空气中的水分,而另一个箱体内饱和状态的吸湿剂,进行脱水再生。两个箱体交互吸湿,达到吸湿的连续性。这种连续的吸湿方法只需花费较少的运转费,就能进行大容积的库内吸湿,因为4~8小时即可使吸湿剂再生一次,因此需要的吸湿剂量较少。两个箱体可实现自动切换,不需要人工操作,但这种设备的结构相对比较复杂,成本比较高。

吸潮剂用量是根据库房内空间总含水量和所使用的吸潮剂的单位重量的最大吸水量确定的。

4. 空气调节自动化

空气调节自动化,简称空调自动化。它是借助于自动化装置,使空气调节过程在不同程度上自动地进行,其中包括空调系统中若干参数的自动测量、自动报警和自动调节等。自动调节装置是由敏感元件、调节器、执行及调节机构等,按照一定的连接方式组合起来的。

敏感元件是具有一定物理特性的一系列元件的总称,它能测量各种热工参数,并变成特定的信号。调节器将敏感元件送来的信号与空气调节要求的参数相比较,测出差值,然后按照设计好的运算规律算出结果,并将此结果用特定的信号发送出去。执行机构接受传送来的信号,改变调节机构的位置,改变进入系统的冷热能量,实现空气的自动调节。

为了保证保管质量,除了温度、湿度、通风控制外,仓库应根据物品的特性采取相应的保管措施。如对物品进行油漆、涂刷保护涂料、除锈、加固、封包和密封等,发现虫害及时杀虫,释放防霉药剂等针对性保护措施。必要时采取转仓处理,将物品转入具有特殊保护条件的仓库,如冷藏。

本章小结

库存物品在性质方面千差万别,库存时间更是有长有短,客户所能承担的保管保养费用的能力也各不相同,因此在每个仓库的保管保养工作中会有多种运作方案。本章所阐述的是基本形式和方法,了解各种物品变化的形式,熟悉这些变化与物品内在因素和外界因素之间的关系,了解和掌握温湿度的变化规律,掌握一些控制这些变化的方法,其目的在于灵活地运用这些规律和方法,维护库存物品的质量。

思考题

1. 库存物品在仓储过程中主要会发生哪些变化?
2. 如何有效控制外界因素对库存物品的影响?
3. 访问一个企业或部门(或你所在学校),了解其库存物品的种类、损耗形式和原因,并提出自己的改进意见。
4. 收集整理石油及其主要制品的性质和储运保管保养措施。
5. 试分析降低库存损耗与保管保养投入之间的关系。

仓库与配送中心生产作业组织及管理

主要内容

- 装卸搬运作业管理
- 库存管理
- 分销资源计划

　　仓库与配送中心生产作业组织主要体现在仓库的进出库装卸搬运作业组织、库存检查与控制等过程中。装卸搬运作业不论在传统仓储企业（部门）还是在现代化的物流中心和配送中心中都占有重要的地位，贯穿在整个生产作业的过程当中，而且仓库生产服务的质量问题多发生在这些作业中，另外还有数据表明仓库中装卸搬运作业工伤事故的发生率也非常惊人，从而更增加了管理工作的难度和重要性。本章将从仓库装卸搬运作业组织、仓库库存检查与控制和分销资源计划（DRP）三个方面进行阐述。

第一节　装卸搬运作业管理

一、装卸搬运作业的种类

　　在仓库与配送中心，物品装卸搬运是一项重要的活动。物品必须有人接收、分拣、组装，以满足顾客的订货需要。在装卸搬运设备中投入的直接劳动和资金是物流总成本的一个主要组成部分。用拙劣的方式进行作业时，容易造成物品的损坏。有理由认为，装卸搬运的时间越少，物品损坏的可能性也就越小，而仓储的整体效率就会提高。

　　装卸搬运作业分类见表 7-1。

表 7-1　仓库装卸搬运作业

作业名称		作业说明
堆拆作业	1. 堆码、堆装作业 2. 拆装作业	1. 堆码作业是把货物移动到指定位置或卡车等运输工具上，按照规定的形态码放的作业 2. 与堆码、堆装相反的作业
分拣备货作业	1. 分货作业 2. 配（备）货作业	1. 分货是指在堆装、拆装前后或配货前发生的作业。按照货物的种类、运送方向等类别划分区域，将货物堆码到指定位置 2. 配货作业是指根据出库单并按照货物种类、发货对象等因素，将货物从存放的货位中取出，堆放在规定场所，等待运输的作业

二、装卸搬运作业组织

(一)装卸搬运作业合理化措施

装卸搬运作业合理化的目标是防止和消除无效作业。所谓无效作业是指在装卸作业活动中超出必要的装卸、搬运量的作业。显然,防止和消除无效作业对装卸作业的经济效益有重要作用。为了有效地防止和消除无效作业,可从以下几个方面入手:

(1)尽量减少装卸次数。作好作业前的准备,制订合理的作业方案,避免货物多次倒搬,使作业尽量一次到位。

(2)缩短搬运作业的距离。选择最短的路线完成这一活动,就可避免超越这一最短路线以上的无效劳动。

(3)提高库存物的装卸搬运活性指数。所谓物品装卸搬运活性指数是指库存物品便于装卸搬运作业的程度。装卸搬运活性指数根据库存物所处的状态,可分为5级,见表7-2。

表7-2　库存物装卸搬运活性指数说明

	指标说明
0	货物杂乱地堆在地面上的状态
1	货物装箱或经捆扎后的状态
2	装在箱子里或被捆扎后的货物,下面放有托盘或其他衬垫,便于叉车或其他机械作业的状态
3	物料被放于台车上或用起重机吊钩钩住,即刻移动的状态
4	被装卸、搬运的物料,已经被置于输送设备上,处于起动或直接作业的状态

从理论上讲,活性指数越高越好,但也必须考虑到实施的可能性。例如,物品在储存阶段中,活性指数为4的输送带和活性指数为3的车辆,在一般的仓库中很少被采用,这是因为不可能把大批量的货物存放在输送带和车辆上。

为了说明和分析物品搬运的灵活程度,通常采用平均活性指数的方法。这个方法是对某一物流过程物品所具备的活性情况,累加后计算其平均值,用 δ 表示,计算公式为:

$$\delta = \frac{活性指数总和}{作业工序(或流程)数}$$

δ 值的大小是确定改变搬运方式的信号。如:

当 $\delta < 0.5$ 时,指所分析的搬运系统半数以上处于活性指数为 0 的状态,即大部分处于散装情况,其改进方式可采用料箱、推车等存放物品。

当 $0.5 < \delta < 1.7$ 时,则是大部分物品处于集装状态,其改进方式可采用叉车和动力搬动车。

当 $1.7 < \delta < 2.7$ 时,装卸、搬运系统大多处于活性指数为 2 的状态,可采用单元化物品的连续装卸和运输。

当 $\delta > 2.7$ 时,则说明大部分物料处于活性指数为 3 的状态,其改进方法可选用拖车、机车车头拖挂的装卸搬运方式。

为了有助于提高装卸搬运效率,典型的做法就是把各种单件的物品结合成为更大的单元。最初的单元称为"马斯特箱"(master carton),它的两个重要特征是:在物流过程中加大保护作用;由于创造了更大的包装,方便了装卸搬运。为了高效率地装卸搬运和运输,通常是将马斯特箱组合成更大的单元。马斯特箱组合中最常见的单元是托盘以及各种类型的集装箱。

(4) 实现装卸作业的省力化。在装卸作业中应尽可能地消除重力的不利影响。在有条件的情况下利用重力进行装卸,可减轻劳动强度和能量的消耗。例如将没有动力的小型运输带(板)斜放在货车、卡车或站台上进行装卸,使货物在倾斜的输送带(板)上移动。这种装卸是靠重力的水平分力完成的。在搬运作业中,不用手搬,而是把货物放在台车上,由器具承担物体的重量,人们只要克服滚动阻力,使物品水平移动,这无疑是十分省力的。

利用重力式移动货架也是一种利用重力进行省力化的装卸方式之一。重力式货架的每层格均有一定的倾斜度,利用货箱或托盘,物品可沿着倾斜的货架层板自己滑到输送机械上。为了使货物滑动的阻力越小越好,通常货架表面均处理得十分光滑或者在货架层上装有滚轮,也有在货箱或托盘下装上滚轮,这样将滑动摩擦变为滚动摩擦,物品移动时所受到的阻力会更小。

(二)装卸搬运作业劳动组织

装卸搬运作业的劳动组织就是按照一定原则,将有关的人员和设备以一定的方式组合起来,形成一个有机的整体。

装卸搬运作业的劳动组织大致上可分为两种基本形式,即工序制的组织形式和包干制的组织形式。两种组织形式的定义和特点见表7-3。

表 7-3　装卸搬运作业的劳动组织形式及其特点

组织方式名称	定义	特点	适用企业
工序制	按作业内容或工序,将有关人员和设备分别组合成装卸、搬运、检验、堆垛、整理等作业班组,由这些班组共同组成一条作业线,共同完成各种装卸搬运作业	作业班组专业化,对提高作业质量,确保作业安全,提高劳动生产率有益。每个作业班组作业内容比较固定,可配备比较专用的设备,便于对设备进行管理。但是,工序间的衔接容易出现不紧密、不协调的现象。同时,当装卸搬运作业量不均衡或各工序作业进度不一致时,其综合作业能力容易被最薄弱的作业环节所影响	进出库作业量大,进出库频繁的大型仓储企业
包干制	将分工不同的各种人员和功能不同的设备,共同组合成一个班组,对装卸搬运活动的全过程均由一个班组承包到底,全面负责	一个班组承担各种装卸作业内容,对整套作业线自始至终,因而便于对作业班组的实绩进行考核。同时,由于一条作业线由班、组长统一指挥,各作业工序间能够较好地配合与协调,便于提高作业的连续性。当作业量出现不均衡的情况,包干制劳动组织适应性较强,可及时调整。同时,在一个作业班组配置几个工种的人员和多种机械设备,不利于实现专业化,对提高人员的技术熟练程度和劳动生产率不利	进出库作业量较小,进出库不频繁的小型仓储企业

三、装卸搬运作业组织过程

装卸搬运作业的组织过程如图 7-1 所示。

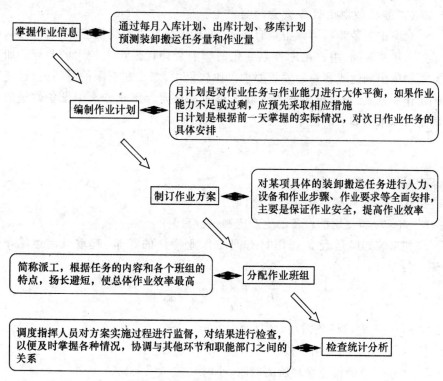

图 7-1　仓库装卸搬运作业的组织过程

（一）装卸搬运作业计划的基本内容和格式

装卸搬运作业计划的基本内容和格式见表 7-4。

表 7-4　装卸搬运任务量与作业能力平衡表

日期	货物名称	计划任务量（吨）					作业能力（吨/组）			平衡措施	
		计划到货	计划发货	任务合计	换算任务量	作业量合计	多机配合作业	单机作业	人力作业	作业能力不足	平衡措施和解决方案
		计划任务的计算依据				作业能力的计算依据				措施说明	

（二）装卸搬运设备数量的确定

仓库中的装卸搬运设备是有限的,每日作业量由于受供应商供货周期、承运人送货时间、用户出库计划变化的影响会使计划产生较大的差异。如果货物集中到达或客户的发货要求也比较集中,那么在有限的时间内,迅速确定作业方案、安排设备和人力就显得非常重要。作业方案中设备数量的确定可以采用如下的简单方法:

$$Z = \frac{Q}{M}$$

式中:Z——所需设备台数(台)

Q——装卸搬运作业任务量(吨)

M——所使用的设备的生产定额(吨/台)

如果装卸搬运设备选用具有间隙作业特征的叉车、起重机或运输车辆,则:

$$M = \frac{T \times k_1}{t} \times q \times k_2$$

式中:T——完成任务需用时间(小时)

k_1——时间利用系数

t——一个作业循环所需时间(小时)

q——设备的额定载重量(吨/台)

k_2——设备载荷利用系数

如果选用具有连续作业特征的输送机械设备,则:

$$Z = \frac{Q}{M \cdot T}$$

式中:Z——需用设备台数(台)

Q——装卸搬运作业任务量(吨)

T——完成任务需用时间(小时)

M——输送机的生产效率(吨/小时)

（三）网络计划技术在装卸搬运作业管理中的运用

入库验收等作业的组织可以运用网络计划技术来进行。其基本原理是:利用网络图表示计划任务的进度安排,并反映出组成计划任务的各项活动[或各道工序]之间的相互关系;在此基础上进行网络分析,计算网络时间,确定关键工序和关键路线;利用时差,不断改善网络计划,求得时间、效率、效益的综合优化方案。

假定有批货物要从车站运回仓库储存,整个作业分为四道工序,各工序需要时间如下:

(1)从车站运回所有货物需要 3 个小时;

(2)所有货物到库后由货主安排技术人员进行验收,验收需要 4 个小时;

(3)仓库准备货位需要 1 个小时,此工序在堆码进行前完成即可;

(4)验收完毕进行堆码需要 2 个小时。

据上述条件我们可以作网络图 7-2,图中的结点①、②、③、④分别表示上述四道工序的起点,结点②、④、⑤分别表示上述工序的终点。箭头线表示工序,线上方数字 3、4、1、2 分别是各工序所需时间。

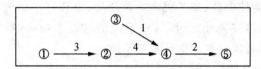

图 7-2　入库作业网络图

从图中可以看出关键工序是提货、验收和堆码,完成这项任务需 9 个小时。这一方法是在上一道工序完成之后再做下一道,而实际工作中不一定要等到上一道工序完成后才做下一道,可以把下一道工序插入上一道工序中进行。因此这项作业可以这样进行:验收在接运的第二个小时开始,货位在接运的第一个小时就准备妥当,堆码在验收的最后一个小时开始。工作日程安排如表 7-5、表 7-6 所示。

表 7-5　计算工期

结点编号	作业时间（时）	最早开始与结束时间		最晚开始与结束时间		时差	关键工序
		ES	EF	LS	LF		
1	3	0	3	0	3	0	√
2	4	3	7	3	7	0	√
3	1	0	1	6	7	6	×
4	2	7	9	7	9	0	√

表 7-6　工作日程安排

工序	工作日程									
	1	2	3	4	5	6	7	8	9	1
接运	→	→	→							
验收				→	→	→	→			
准备货位	→									
入库堆码								→	→	

（四）仓库进出库作业排序规则及评估

仓库与配送中心要面对越来越多的新问题，例如：完成数量更多、金额更小的交易；处理和储存更多的商品；为更多的产品及服务提供用户化的服务；提供更多的增值服务；加工更多的返还品；处理订单的时间越来越少；允许犯错误的空间越来越小；仓库管理系统的容量也越来越小等等。作业排序规则的运用是解决这些问题的重要手段。

1. 作业排序规则

决定作业优先顺序的过程称为排序。仓库与配送中心各阶段的作业都需要依据作业成本与客户需求的服务水平进行科学排序。常用的排序规则如下：

（1）流程时间最短（Shortest Processing Time，SPT）。采用这一规则时，优先安排流程时间最短的订单。

（2）交货日期最早（Earlier Due Date，EDD）。采用这一规则时，优先安排交货日期要求最早的订单。

（3）先到先服务（First Come First Served，FCFS）。采用这一规则时，即按照客户订单到达的先后顺序进行作业。

（4）关键率（Critical Rate，CR）。关键率是某订单交货日期的时间与剩余订单处理所需的时间的比值，优先选择在等待作业中关键率最小的订单进行作业。CR > 1.0 表示作业进度比计划提前，CR < 1.0 表示作业进度晚于计划，CR = 1.0 表示作业进度与计划同步。

2. 排序规则的评估准则

（1）平均流程时间。即每份订单处理的平均时间。

（2）系统中的平均任务数。即仓库与配送中心每日完成的订单数量。

（3）平均延迟时间。即每份订单任务实际完成时间超过承诺完成时间的平均值。

（4）调整成本。即仓库与配送中心调整作业方案而增加的设备及空间转换成本。

第二节　库存管理

一、ABC 库存管理法

(一) ABC 库存管理法的基本原理

ABC 库存管理法又称为 ABC 分析法、重点管理法，是一种将库存按年度货币占用量分为三类，通过分析，找出主次，分类排队，并根据其不同情况分别加以管理的方法。是"关键是少数和次要是多数"的帕累托原理在仓储管理中的应用。

ABC 分析法所需要的年度货币占用量，可以用每个品种的年度库存需求量乘以其库存成本。表 7-7 中列示了三种库存类型的管理策略。

表 7-7　不同类型库存的管理策略

库存类型	特点 (按货币量占用)	管理方法
A	品种数约占库存总数的15%，成本约占70%～80%	进行重点管理。现场管理要更加严格，应放在更安全的地方；为了保持库存记录的准确要经常进行检查和盘点；预测时要更加仔细
B	品种数约占库存总数的30%，成本约占15%～25%	进行次重点管理。现场管理不必投入比A类更多的精力；库存检查和盘点的周期可以比 A 类长一些
C	成本也许只占成本的5%，但品种数量或许是库存总数的55%	只进行一般管理。现场管理可以更粗放一些；但是由于品种多，差错出现的可能性也比较大，因此也必须定期进行库存检查和盘点，周期可以比 B 类长一些

仓库库存管理中除可以按库存的年度货币占用量对库存进行研究分析，还可以按照销售量、销售额、订货提前期、缺货成本、进出库频繁度（周转次数）、客户规模（重要程度）等指标把库存物品分成 A、B、C 三类，并采取相应的管理方法。参阅案例 1。

▶ **案例1**

基于 ABC 分类的客户维护方案

某物流公司将其客户按租用仓储面积和库存周转次数指标进行分类，分别制订相应的客户关系维护方案，见表 7-8。

表 7-8 某公司客户关系维护方案

序号	客户名称	仓储面积	库存周转率	类型	维护方案		
					仓储费折让率	进出库作业费折让率	其他
1							
2							
3							

（二）ABC 库存管理法的应用前提

每个仓库的库存系统都要求有准确的记录，否则，管理者就无法做出订货、运输等方面的准确决策和计划。为了保证库存记录准确，入库和出库的记录首先要做到准确，条形码和 RFID 技术的应用可以简化入库和出库数据录入工作，并保证记录的准确。参阅案例 2。

▶ **案例2**

美国 Gap 高效便捷的衣物追踪管理

美国的 Gap 公司制作和销售妇女及婴幼儿的服装和配饰品。除美国本土外，Gap 公司在世界各地拥有几千家分店。Gap 公司已经把 RFID 技术应用于衣物的库存管理和追踪管理——电子芯片以服装标签为载体在制作流程中被安装在每件服装上，通过即时追踪，大大提高了 Gap 全球供应链的管理效率。在 Gap 的仓库中，通过电子标签的 ID 号码对库存衣物的尺寸和规格进行分类管理。一旦收到出货订单，员工利用读取设备马上就可以获知所需规格衣物存放的准确位置，排除了人为误差的因素以及无需可视化读取，使库存管理变得简便快捷，最大限度地降低了发货差错率。

（案例依据中国电子标签网资料编写）

但是即使一家企业所有库存都采用了条形码技术，也仍然有不断对库存记录进行核实的必要。以前，许多企业采用年度实地盘存的方法进行盘点,这种方法必须中断生产或营业活动,是很不经济的。现在,库存记录可以通过循环计数法(cycle counting)来核实。循环计数法就是有计划地对库存货物分别进行盘点,在一定时期内将所有库存都进行一次或多次盘点。在对库存货物开始实施循环计数前,要使用 ABC 分析法对库存进行分级,A 类库存清点的次数较为频繁,B 类库存清点的次数比 A 类要少,C 类库存清点的次数更少一些。清点过程中要把不准确之处记录下来,然后找出导致记录不准确的原因,并加以修正。

二、CVA 库存管理法

CVA 库存管理法又称为关键因素分析法,CVA 库存管理法比 ABC 库存管理法有更强的目的性。在使用中,不要确定太多的高优先级物品,因为确定太多高优先级物品的结果是哪种物品都得不到重视。在实际工作中可以把两种方法结合起来使用,效果会更好。表 7-9 列示了按 CVA 库存管理法所划分的库存种类及其管理策略。

表 7-9　CVA 法库存种类及其管理策略

库存类型	特点	管理措施
最高优先级	经营管理中的关键物品,或 A 类重点客户的存货	不许缺货
较高优先级	生产经营中的基础性物品,或 B 类客户的存货	允许偶尔缺货
中等优先级	生产经营中比较重要的物品,或 C 类客户的存货	允许合理范围内缺货
较低优先级	生产经营中需要,但可替代的物品	允许缺货

三、仓库盘点

仓库中的库存物始终处于不断地进、存、出动态中,在作业过程中产生的误差经过一段时间的积累会使库存资料反映的数据与实际数量不相符。有些物品则因存放时间太长或保管不当会发生数量和质量的变化。为了对库存物品的数量进行有效控制,并查清其在库中的质量状况,必须定期或不定期地对各储存场所进行清点、查核,这一过程我们称为盘点作业。盘点的结果经常会出现较大的盈亏,因此,通过盘点可以查出作业和管理中存在的问题,并通过解决问题提高管理水平,减少损失。

（一）盘点作业的目的和内容

1. 盘点作业的目的

（1）查清实际库存数量。盘点可以查清实际库存数量，并通过盈亏调整使库存账面数量与实际库存数量一致。账面库存数量与实际存货数量不符的主要原因通常是收发作业中产生的误差，如记录库存数量时多记、误记、漏记；作业中导致的损坏、遗失；验收与出货时清点有误；盘点时误盘、重盘、漏盘等。通过盘点清查实际库存数量与账面库存数量，发现问题并查明原因，及时调整。

（2）帮助企业计算资产损益。对货主企业来讲，库存商品总金额直接反映企业流动资产的使用情况，库存量过高，流动资金的正常运转将受到威胁，而库存金额又与库存量及其单价成正比，因此为了能准确地计算出企业实际损益，必须通过盘点。

（3）发现仓库管理中存在的问题。通过盘点查明盈亏的原因，发现作业与管理中存在的问题，并通过解决问题来改善作业流程和作业方式，提高人员素质和企业的管理水平。

2. 盘点作业的内容

（1）查数量。通过点数计数查明在库物品的实际数量，核对库存账面资料与实际库存数量是否一致。

（2）查质量。检查在库商品质量有无变化，有无超过有效期和保质期，有无长期积压等现象，必要时还必须对其进行技术检验。

（3）查保管条件。检查保管条件是否与各种物品的保管要求相符合。如堆码是否合理稳固，库内温湿度是否符合要求，各类计量器具是否准确等。

（4）查安全。检查各种安全措施和消防设备、器材是否符合安全要求，建筑物和设备是否处于安全状态。

（二）盘点作业的基本步骤

盘点作业的基本步骤如图 7-3 所示。

1. 盘点前的准备

盘点前的准备工作是否充分，直接关系到盘点作业能否顺利进行，甚至盘点是否成功。盘点的基本要求是必须做到快速准确，为了达到这一基本要求，盘点前的充分准备十分必要，其准备工作主要包括以下内容：

（1）确定盘点的具体方法和作业程序；

（2）配合财务会计做好准备；

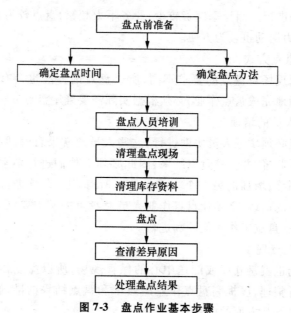

图 7-3　盘点作业基本步骤

（3）设计、打印盘点用的表单，"盘存单"格式可参考表 7-10；

（4）准备盘点用的基本工具。

表 7-10　盘点单

盘点日期：　　　　　　　　　　　　　　　　　　　　编号：

物品编号	物品名称	存放位置	盘点数量	复核数量	盘点人	复核数量

2. 盘点时间的确定

一般来说为保证账物相符，盘点次数愈多愈好，但盘点需投入人力、物力、财力，有时全面盘点还可能引起生产的暂时停顿，所以，合理地确定盘点时间非常必要。引起盘点结果盈亏的关键原因在于出入库过程中发生的错误，出入库越频繁，引起的误差也会随之增加。可以根据物品的不同特性、价值大小、流动速度、重要程度分别确定不同的盘点时间，盘点时间间隔可以为每天、每周、每月、每年盘点一次不等。另外必须注意的问题是，每次盘点持续的时间应尽可能短，全面盘点以 2～6 天内完成为佳，盘点的日期一般会选择在：

（1）财务决算前夕。通过盘点计算损益，以查清财务状况；

（2）淡季进行。因淡季储货较少，业务不太频繁，盘点较为容易，投入资源较少，且人力调动也较为方便。

3. 确定盘点方式

因为不同现场对盘点的要求不同，所以盘点的方法也会有差异。为尽可能快速准确地完成盘点作业，必须根据实际需要确定盘点方法。

4. 盘点人员的培训

全面盘点必须增派人员协助进行，这些人员通常来自管理部门，主要对盘点过程进行监督，并复核盘点结果，因此必须对他们进行熟悉盘点现场及盘点商品的训练；培训的另一个方面是针对所有盘点人员进行盘点方法及盘点作业流程的训练，必须让盘点作业人员对盘点的基本要领、表格单据的填写十分清楚，盘点工作才能顺利进行。

5. 清理盘点现场

盘点现场也就是仓库或配送中心的保管现场，所以盘点作业开始之前必须对其进行整理，以提高盘点作业的效率和盘点结果的准确性。清理工作主要包括以下几方面的内容：

（1）盘点前对已验收入库的物品进行整理，归入储位，对未验收入库的物品应区分清楚，避免混淆；

（2）盘点场所关闭前，应提前通知，将需出库配送的商品提前做好准备；

（3）账卡、单据、资料均应整理后统一结清；

（4）预先鉴别变质、损坏商品。对储存场所堆码的货物进行整理，特别是对散乱货物进行收集与整理，以方便盘点时计数。在此基础上，由保管人员进行预盘，以提前发现问题并加以预防。

6. 盘点

盘点时可以采用人工抄表计数，也可以用电子盘点计数器。盘点工作不仅工作量大，而且非常烦琐，因此，除了加强盘点前的培训工作外，盘点作业时的指导与监督也非常重要。

7. 查清盘点差异的原因

盘点会将一段时间以来积累的作业误差及其他原因引起的账物不符暴露出来，发现账物不符，而且差异超过允许误差时，应立即追查产生差异的原因，这些原因通常可能来自以下方面：

（1）计账员素质不高，登录数据时发生错登、漏登等情况；

（2）账务处理系统管理制度和流程不完善，导致数据出错；

（3）盘点时发生漏盘、重盘、错盘现象，盘点结果出现错误；

（4）盘点前数据资料未结清,使账面数不准确;

（5）出入库作业时产生误差;

（6）货物损坏、丢失等原因。

8. 盘点结果的处理

查清原因后,为了通过盘点使账面数与实物数保持一致,需要对盘点盈亏和报废品一并进行调整。除了数量上的盈亏,有些商品还会通过盘点进行价格调整,这些差异的处理,可以通过填写"盘点盈亏调整表",见表 7-11。经有关主管审核确认后,登入存货账卡,调整库存账面数量。存货保管账的格式可参考表 7-12。

表 7-11 盘点盈亏调整表

物品编号	物品名称	单位	账面数量	实存数量	单价	盘盈		盘亏		备注
						数量	金额	数量	金额	

表 7-12 库存账卡

编号:

物品名称:				货位号:				
订货点:				经济订购批量:				
日期		凭证及编号	订购数量	入库数量	单价	金额	出库数量	余额
月	日							数量	金额

（三）盘点方法

为得到尽可能正确的库存资料,盘点分为账面盘点及现货盘点。

账面盘点又称为"永续盘点",就是把每天出入库商品的数量及单价记录在电脑或账簿的"库存账卡"上,并连续计算汇总出账面上的库存结余数量及库存金额。

现货盘点又称为"实地盘点"或"实盘",也就是实际去库内清点数量,再依商品单价计算出实际库存金额的方法。目前,国内大多数配送中心都已使用电脑来处理库存账务,当账面数与实存数发生差异时,有时很难断定是账面数有误还是实盘数出现错误,所以,可以采取"账面盘点"与"现货盘点"

平行的方法,以查清误差出现的实际原因。

1. 账面盘点法

账面盘点法是将每种物品分别设立"存货账卡",然后将每种物品的出入库数量及有关信息记录在账面上,逐笔汇总出账面库存结余数,这样随时可以从电脑或账册上查悉商品的出入库信息及库存结余量。

2. 现货盘点法

现货盘点法按盘点时间频率的不同又可分为"期末盘点"及"循环盘点"。期末盘点是指在会计计算期末统一清点所有物品数量的方法;循环盘点是指在每天、每周清点一小部分商品,一个循环周期将每种商品至少清点一次的方法。

(1)期末盘点法。由于期末盘点是将所有物品一次点完,因此工作量大、要求严格。通常采取分区、分组的方式进行,其目的是为了明确责任,防止重复盘点和漏盘。分区即将整个储存区域划分成一个一个的责任区,不同的区由专门的小组负责点数、复核和监督,因此,一个小组通常至少需要三个人分别负责清点数量并填写盘存单,复查数量并登记复查结果,第三个人核对前两次盘点数量是否一致,对不一致的结果进行检查。等所有盘点结束后,再与电脑或账册上反映的账面数相核对。

(2)循环盘点法。循环盘点通常是针对价值高或重要的物品进行检查,不仅检查次数多而且监督也严格一些,而对价值低或不太重要的物品盘点的次数可以尽量少。循环盘点一次只对少量物品盘点,所以通常只需保管人员自行对照库存资料进行点数检查,发现问题按盘点程序进行复核,并查明原因,然后调整。也可以采用专门的循环盘点单登记盘点情况。参阅案例3。

▶ **案例3**

科尔公司的循环盘点工作表

科尔(Cole)卡车有限公司是一家高质量的垃圾车生产商,它的库存约有5 000个品种。自从雇用了一名暑期打工的在P/OM方面出色的学生之后,公司确定了库存中的A类货物有500种,B类货物有1 750种,C类货物有2 750种。制定出的循环计数策略是A类货物每月(20个工作日)循环清点一次;B类货物每季(60个工作日)循环清点一次;C类货物每6个月循环清点一次。该公司每日的清点工作量安排如表7-13所示。

表 7-13　循环计数工作量计划分配表

库存等级	库存品种数量	循环计数策略	每天清点的品种数（种/天）
A	500	每月（20 个工作日）	500/20 = 25
B	1 750	每季（60 个工作日）	1 750/60 ≈ 29
C	2 750	每 6 个月（120 个工作日）	2 750/120 ≈ 23
合计工作量		77 种/天	

（案例选自杰伊·海泽等著，潘杰夫等译，《生产与作业管理教程》，华夏出版社1999 年版）

四、盘点结果的处理

盘点的主要目的是希望通过盘点检查目前仓库中物品的出入库及保管状况，解决管理及作业中存在的问题。需要通过盘点了解的问题主要有：

（1）实际库存量与账面库存量的差异有多大？

（2）这些差异主要集中在哪些品种？

（3）这些差异对公司的损益造成多大影响？

（4）平均每个品种的商品发生误差的次数情况如何？

通过对上述问题的分析和总结，找出在管理流程、管理方式、作业程序中要改进的地方，进而改善商品管理的现状，降低库存损耗，提高经营管理水平。

（一）库存损耗的形式

库存损耗的形式主要有自然损耗和异常损耗。

（1）自然损耗。自然损耗是指由于货物本身的物理化学变化和外界自然因素的影响所造成的不可避免的自然减量，主要表现为干燥、风化、挥发、散失、黏结、破碎等。

自然损耗虽然是不可避免的，但只要采取一定措施，自然损耗是可以得到有效控制的。衡量自然损耗是否合理的指标是自然损耗率，即某种物品在一定条件和一定时间内，其自然损耗与库存总量之比。自然损耗受物品本身性质决定，并受包装状态、装卸搬运方式、储存地点、保管条件、保管季节、在库时间等因素的影响，因此，不同物品在不同的流通条件下自然损耗率也不同。

（2）异常损耗。异常损耗是指由于非正常的原因，如保管保养不善、装卸搬运不当、管理制度不严、计划不周等，造成物品的散失、丢失、破损、燃烧、爆炸、积压、报废等损耗。

异常损耗是可以避免的，异常损耗程度直接反映仓储部门的工作质量，在仓储规范管理中,可以用完好率指标来考核,计算方法见第八章。

（二）库存精度

库存精度,也称存货精度,指库存记录与实际库存的吻合程度。由于仓库与配送中心的信息流和实物流在计划、实施过程中存在众多干扰因素,因此,偏差是客观存在的。不论是仓库或配送中心还是客户,通常都会在签订仓储合同时,针对存货的价值、性质等不同特征确定库存精度的允许偏差。允许偏差范围根据错误记录对整个系统可能带来的破坏程度来确定,通常正是那些低使用率的存货为库存精度带来了很大麻烦。

总之,精确的记录是仓库与配送中心补货决策的基础信息。保证记录精确,第一必须拥有一个良好的记录系统;第二要有一个行之有效的仓库与配送中心内部审核与控制制度;第三要进行不间断的监测;第四是全体员工都要有"零缺陷"的期望;第五是作业流程应进行专业化分工;等等。

第三节　分销资源计划

分销资源计划(DRP)是 MRP 的原则和技术在仓储和运输领域的运用。MRP 包含一个主生产计划,然后把它分解成零部件的毛需求量和净需求量。相应的,DRP 从最终用户(POS 系统)的需求量开始(这是一种独立需求),向生产企业倒推,建立一个经济的、可行的系统化计划,来满足用户需求。

利用准确可靠的需求预测,DRP 制订一个分阶段的产品从工厂或仓库到最终用户的分销计划,解决分销商品的供应计划和调度问题。它的基本目标是合理进行分销商品资源配置,达到既保证有效地满足市场需要,又使得配置费用最少的目的。

DRP 系统对于现实需求非常敏感,使合适的产品及时到达用户手中,是替代传统再订货点法的一种手段。

一、适用 DRP 的企业类型

DRP 适用于流通企业和自己具有销售网络及储运设施的生产企业。

（一）流通企业

一些含有物流业务的企业,如储运公司、配送中心和流通中心等,不论这些企业是否从事商品销售业务,它们都必然有储存和运输的业务,也就是有进货或送货的业务。这些企业或是接受一些生产企业的委托存货,或是自己从生产企业购进货物存放在自己的仓库里,然后为生产企业销售部或流通企业向他们的订货用户送货。这些企业的仓库或物流中心可能还有自己的下属仓库或物流中心,广泛分布在各个地区,其物流模式如图7-4所示。在这种业务模式下,仓库或物流中心追求的目标一方面是要保证满足用户的需要,另一方面又要争取自己的总费用最少,使自己的资源(车辆、仓库等)利用率最高。

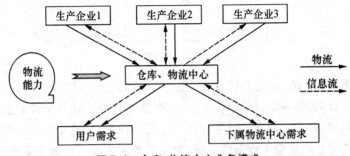

图7-4　仓库、物流中心业务模式

（二）自己具有销售网络和储运设施的生产企业

有的生产企业,特别是大型生产企业,有自己的销售网络和储运设施。自己生产出来的产品,或完全自己销售,或部分自己销售、部分交给流通企业销售。这样的生产企业是面对市场来生产产品的,它们既搞生产,又搞流通。它们的分销业务通常由企业的流通部门承担,具体组织储、运、销活动。

生产企业分销业务模式与物流中心分销业务模式基本一样。不同点只在于生产企业的流通部门代替了流通企业物流中心的工作,生产企业的生产部门代替了流通企业的生产企业集合(即商品供应者)的位置。它们共同的基本特征是：

第一,都了解广大的社会需求,并以满足他们的需求为自己全部工作的宗旨；

第二,都依靠一定的物流能力(包括仓储、运输、包装、装卸、搬运等能力),以物流活动作为基本手段来满足社会的商品需求；

第三,为满足社会需求都要从商品生产企业(商品资源市场)组织商品资源。

二、DRP原理和运行步骤

（一）DRP原理

DRP原理如图7-5所示。

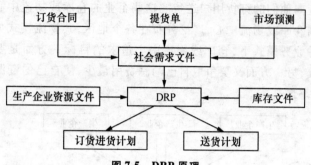

图 7-5　DRP 原理

由图 7-5 可见,实施 DRP 时,只要输入三个文件,然后根据这三个文件产生两个计划,即一个订货进货计划,一个送货计划。这两个计划就是 DRP 输出的内容,也是它的直接成果。有了这两个计划,物流中心就可以进行送货和订货进货。这两个计划的实施,构成了物流中心工作的主要内容,也是物流中心进行商品资源配置的主要手段。

(1) 社会需求主文件。社会需求文件是进行 DRP 处理的依据,是 DRP 处理的最主要的文件,没有这个文件就不可能进行 DRP 处理,所以把它称之为社会需求主文件。它是指所有的社会用户订货单、提货单或供货合同,也包括下属各子公司、下属各地区物流中心的订货单。这些需求都按品种、需求日期(或周)进行统计整理成社会需求文件。如果没有这些预先签订好的订货单、供货合同等,则社会需求量就要靠预测来确定。

(2) 库存文件。这是指物流中心的仓库里所有商品库存量的列表。物流中心根据库存文件确定什么商品可以从仓库里提货送货、送多少,什么商品需要订货进货。仓库里有的商品,应从仓库里提货送货,送货的数量不能超过现有的库存量。仓库里没有的商品则要立即订货进货。所以库存文件也是制定 DRP 计划所必须具备的文件。

(3) 生产企业资源文件。这是商品生产企业的可供资源文件。它包括可供的商品品种、生产企业的地理位置情况。生产企业资源文件主要是 DRP 制订订货进货计划时使用。

(4) 订货进货计划。进货计划是对于生产企业委托储运、委托经营的商品而言的,这些商品的所有权在生产方,物流中心只是代理经营服务,货物没有了,就直接到生产企业进货即可。而订货计划是针对物流中心自己买断经营的商品,所有权属物流中心,货物没有了,需要重新订货进货。对于用户需求的商品,如果届时仓库里没有库存量,则需要向生产企业订货进货。当然订货进货也需要根据具体品种、具体供应者设定订货进货提前期，这由生产企业资源文件提供。

（5）送货计划。这是对用户的送货计划。对于用户需求的物资，如果仓库里有，就要由仓库里提货送货。由于仓库与用户、下属子公司、子物流中心（统称为需求者）都有一定路程，所以提货送货需要有一个提前时间，才能保证货物能够按需求者的需求时间及时送达。对于大批量需求的需求者应实行直送，对于小批量的需求者则应实行配送。

（二）DRP 的运行步骤

（1）运行前的编码与信息整理工作。运行前的编码与信息整理工作包括：商品编码；供货单位编码、用户编码（包括子物流中心）、运输信息整理（包括运输车辆、运输地理数据、送货提前期、进货提前期等信息）等。

（2）建立社会需求主文件。通过整理订货单、订货合同、订货记录、提货单等确定社会用户及下属子公司在未来一个计划期中每天的需求，按品种、时间顺序整理并统计，形成社会需求主文件。如果没有这些订货单、订货记录，则只能靠预测估计确定需求量，形成需求主文件。

（3）建立库存文件。查出所有经营商品的计划期前的库存量、在途量等，形成库存文件。

（4）建立供货单位文件。查出所有品种的订货单位、订货进货提前期等，形成生产企业资源文件。

（5）DRP 系统运行。进行计算机 DRP 系统运行，得出各个品种的送货计划和订货进货计划，以及本物流中心的总送货计划和总订货进货计划。

（6）DRP 计划的执行。根据送货计划、订货进货计划以及运输车辆、运输地理情况，统一组织运输，保证每天送货计划和订货进货计划的完成。

三、DRP 处理表的编制与内容

DRP 输入完毕后，DRP 系统会自动计算出每个商品品种各计划期的需求量、库存量、订货量及到货时间、送货时间等，形成一张 DRP 处理表。因为在一张处理表中，既要制订送货计划，又要制订进货计划，因此必须和特定的供应商相联系，才能确定进货提前期，所以每个 DRP 处理表只能涉及一个供应商的一个品种，典型的 DRP 处理表如表 7-14 所示。

表 7-14　DRP 处理表

品种××× 安全库存××× 订货批量××× 进货提前期× 送货提前期×	期前	仓库 × 　　　　供应商：×××							
		日							
		1	2	3	4	5	6	7	8
需求主计划									
送货在途到货									
计划库存									
进货在途到货									
到货计划									
订货计划									
送货计划									

一张 DRP 处理表中,需要表示出来的内容和需要处理的变量有:

(1)品种信息。主要是品名和安全库存量。在计算机中用品名代码来代替品名。

(2)物流中心信息。主要规定所在的物流中心名称。

(3)供应商信息。主要是厂商名或厂商名代码,特别是其相应的订货进货提前期、订货批量。

(4)主需求计划。主要是物流中心要予以送货的需求计划表,按日期或周次依次排列。还包括送货提前期。对于成片的用户,可以给他们规定一个相同的送货提前期。

(5)在途物资。包括送货在途和购进在途。要特别注意计划期前的在途商品(分别称之为期前送货在途和期前进货在途)。计划期前的在途商品将影响计划期中的 DRP 处理,计划期前的送货在途商品在计划期内到货将冲减用户需求量而增加库存量,计划期前的购进在途商品在计划期内到货将增加库存量,减少缺货量,因而影响到货量和订货量。计划期末端的送货量和订货量,如在计划期结束前还没有到达,则变成下一个计划期的期前在途商品。至于计划期中的在途商品,由于它们一般在计划期中能够到达兑现,所以一般不必关注,可以不去一一记录。

(6)库存量。主要记录该品种各期(如果时间单位是周,则一个“期”就是一周;如果时间单位为日,则一个“期”就是一日)的期末库存量,本期的期末库存量是下期的期初库存量。本期期末库存量等于上期期末库存量减去本期需求量。

(7)到货日期。当库存量下降到警戒线以下时,就要订货进货。所谓警戒线,对于设安全库存量的情况,就是指安全库存量点;对于没有设安全库存量的情况,就是指库存量等于 0 的点。在警戒线以下,就会出现缺货,或开始动用安全储备,所以库存量下降到警戒线以下时,就要进货。为了不影响当期的送货,所进货物应当在当期的期初到达,而且能参加当期的销售送货。

(8) 订进日期。就是指订货进货日期。它等于到货日期再提前一个订货进货提前期而得。订进数量等于到货数量。不设安全库存的,订进数量等于库存缺货量;设安全库存量的,订进数量等于或小于安全库存量。

(9) 送货日期。这是为用户送货的日期。它等于用户的需求日期(即需求主计划的日期)提前一个送货提前期而得。

根据 DRP 的具体情况,DRP 的时间单位可选用"周"和"日",但以选用"日"为好。这是因为计划需求、送货、到货进货等通常都按"日"计时,比较符合常规。按"日"制订配送计划和派车也比较方便。另外,也要根据计划期的长短来选择时间单位,如果计划期长,时间单位可以用长一点的;计划期短,时间单位可以用"日"。参阅案例 4。

▶ **案例 4**

Team Hanes 公司的库存管理

市场总是正确的,尤其是流行行业,出现与预期不同的不确定性市场走向经常是正常的。如对于运动服装制造商这种类型的企业,一场体育比赛的结果也许会直接影响到次日消费者的购买,或者一个偶像的陨落可能引起成千上万件 T 恤衫的滞销积压。这种需求的不确定性对企业经营及商品的计划与控制带来巨大影响。

通常由于季节、运动方式、时尚、尺寸及款色品种变换等会产生大量的库存,如何使这种不确定性需要得到有效控制,经销此类商品的零售商会采取一定控制对策,有的要求每年库存周转 5 次,并希望订货提前期是 5 天,还要求 95% 的履约率和详细准确的价格标签。

在目前这种零售商与制造商角色难以替换的情况下,怎样保持最低的零售库存来实现每年 5 次的周转,而且在零售中有足够的库存以避免缺货?怎样在配送中心保持足够的库存来满足需求中不可预见情况的同时,又不会遭受价格下跌而过多抛售的风险?怎样平衡各类产品生产大批量与需求小批量的成本利益?

美国运动服装制造商 Team Hanes 公司为此采取了相应措施,并为在大型零售店中出售运动衣应用了供应商管理系统(VMI)。其方案是和零售商更紧密地协作管理各类服装,这包括积极地监控和调整商店一级的各种款式服装的库存,根据 POS 数据,每周进行库存补货,并把带标价签的产品直送商店。通过管理从零售到生产的整个供应链,缩短了供货周期,降低了库存(如零售商的配送中心),从而对多变的消费需求更快地反应。

Team Hanes 的供应商管理系统能够增加零售商与 Team Hanes 公司间运动衣的交易量。然而随着业务的发展,随着产品线扩大且经销产品的零售店的增加,也给供应商管理系统的持续实施带来了挑战。

Team Hanes 认识到,要在这个瞬息万变的运动衣市场实现赢利的增长,需要一个能够更可靠地满足消费需求且整个系统的库存又比传统方式更少的经营基础,Mercer 公司帮助 Team Hanes 设计了一个业务系统,使公司在发展的时候获得这些供应商管理系统的利益。

已开发的 Team Hanes 业务系统,根据消费需求预测,以一体化的方式管理整个供应链,解决了传统方式的不足,以系统化思想来整合供应链中的所有活动。

利用消费需求预测,可每周检查服装零售信息,以调整各种款式服装的库存水平,满足当前的需求,而不是保持若干周销量的库存。

结合商店 POS 数据和对各款服装库存的调整,每周确定向各零售店铺的发货。这些补充供货在 Team Hanes 的配送中心经过拣选后直接运到商店。这种补充商品的方式降低了中间环节库存维持水平,缩短了订货周期。在配送中心内,对销量大的商品品种采用更为专业的自动化处理技术,进一步降低了成本,提高了反应速度。

根据消费需求预测和对不确定性的分析,在 Team Hanes 配送中心内,每个品种的库存每周都要再次评定。消费需求趋势方面的变化在相应时期被自动整合到库存计划中,以更好地预防潜在缺货的发生。采取这种方式,改变了传统的"库存以几周计算"的习惯,库存要不断与每周的消费需求预测进行比较,而不是用过去的平均消耗率。

根据库存与消费需求预测,每个品种的生产计划均要每周进行检查。经预测,任一品种低于所需的库存水平时,就安排生产计划。这种方式以一种对需求的前瞻性眼光关注生产计划,能充分满足消费需求,并在问题发生之前就采取措施。

每个品种的生产规模得到优化,以平衡根据每个品种的具体销售特征计算出的经济订货批量 EOQ 和预测消费需求,由此,大量生产可以保证,而且,成品库存量总是和下几周的预期销量相联系。

零售式样、成品库存水平和生产进度怎样才能既针对每个品种、每周进行的检查,而又不花费大量人力呢?关键在于整个流程真正的自动化。在日复一日的供应链运营中,所有决策都能够根据消费需求预测制定。Team Hanes 的计算机系统可以为供应链中的每项活动推荐最佳方案。这些建议能够自动执行(例如,对量小的式样的库存调整)或者为检查做出提示(如生产计划方面)。

这个业务系统在业务增长时,能够一致地、可靠地向零售商传达 Team Hanes 独特的价格建议。它使 Team Hanes 公司运动装的供应链管理前后衔接,零售商和自己双方在收入和利润上均实现最大化。

本章小结

合理进行作业组织是一个仓库为客户提供高效、优质服务的保障。供应链管理模式的运用更进一步提高了对现代仓储管理的要求,所以,掌握并运用装卸搬运、库存管理的方法非常重要。DRP 是一种有利于充分利用仓库资源的管理技术,在仓储领域具有普遍的应用价值,所以应该掌握其基本原理、实施步骤等相关内容。

思考题

1. 你认为如何才能实现仓库的一次性作业?

2. 参观一个仓库,了解其库存管理的方法,尤其是库存数量和质量出现问题时是如何进行处理的?

3. 为一个虚拟仓库构建 DRP 系统。

仓库风险管理

主要内容

- 仓库风险和风险管理概述
- 仓库消防管理
- 仓库安全生产和劳动保护
- 仓库火灾保险

　　仓库中的不安全因素很多,在仓储生产过程中往往会发生一些出乎意料的事件,例如火灾、库存货物被盗、机械事故以及人身伤亡等情况,使仓库遭受严重损失,因此作为管理者或经营者有必要对仓库生产过程中可能面临的风险进行分析,以便加强管理,减少损失。通过本章的学习要求掌握仓库风险的种类,熟悉风险管理方法在仓库中的运用,掌握仓库火灾的种类和灭火方式,熟悉关于仓库安全生产的规定,了解仓库火灾的保障范围。

第一节　仓库风险和风险管理概述

一、风险的概念和特性

(一) 风险的概念

　　风险(Risks)是指未来结果的不确定性。任何事情只要将来有可能出现不同的结果,它就有风险。

　　储存在仓库中的货物,由于其自身理化性质的原因以及外界各种自然的、社会的、人为的因素等的影响,在储存期间包含着许多使其发生多种变化的因素,存在着储存结果不确定的风险。

(二) 风险的特性

　　了解和掌握风险的特性是为了更好地管理风险。风险存在以下三个特性:

　　1. 客观性

　　风险的客观性是指无论人们是否意识到,风险都是普遍存在的,而且是时时刻刻存在的。例如仓库火灾、仓库装卸搬运中的事故、仓库中的有害物质污染等。

　　2. 损失性

　　风险的损失性是指客观存在的风险一旦发生,会给企业和人们造成财产损失和人身伤害。例如,烧毁仓库和库存货物,发生人身伤亡,以及影响企业供应链的正常运行,甚至影响国家战略物资的供应。因此人们需要关心和研究风险。

　　3. 不确定性

　　风险的不确定性是指风险一旦发生,造成的损失具有不确定性,即是否造成损失不确定、损失的程度不确定、造成损失的原因不确定、造成损失的时间和地点也不确定。风险的不确定性增加了风险管理的难度,需要人们运用各种方法对风险进行统计和预测分析。例如我国公安部火灾中心负责全国的火灾统计和相关资料分析。

二、风险的分类

因为风险具有上述特性,所以人们必须对风险进行系统的、全面的分析和研究,以便有效地控制风险,减少风险发生后造成的损失。在对风险进行研究时,通常将风险按不同标准进行分类。

(一) 按风险的性质划分

按风险的性质,风险可划分为纯风险和投机风险。

1. 纯风险

纯风险(Pure Risks)是指一种只有损失机会而无获利机会的风险。纯风险一旦发生,导致的后果只有两个——损失或者无损失,而没有任何获利的可能。例如,仓库发生了火灾,要么大火烧毁了全部或部分仓库和货物;要么发现及时并扑救成功,没有造成损失,而经营者或货主不会从中获利。

2. 投机风险

投机风险(Speculative Risks)是指一种既存在损失可能,也存在获利可能的风险。投机风险一旦发生,导致的后果有三个——损失、无损失或者获利。例如,投资仓库或投资库存,在一定时期内,仓库经营状态可能盈利,也可能亏损,还有可能盈亏平衡;库存资源的价格可能上涨,也可能下降,还有可能维持原价。

区分纯风险和投机风险的目的在于采取不同的管理方法。如果想通过保险来分散风险,那么纯风险才具有可保性。

(二) 按风险损害的对象划分

按风险损害的对象,风险可划分为人身风险、财产风险和责任风险。

1. 人身风险

人身风险(Personal Risks)是指由于人的死亡、疾病、伤残、失业或年老等原因造成的经济收入减少和丧失收入来源而遭受损失的不确定状态。例如仓库生产过程中可能出现的事故对工作人员造成的人身伤害,或者仓库中有害物质污染对工作人员造成的人身伤害等。

2. 财产风险

财产风险(Property Risks)是指因财产发生毁损、灭失和贬值而使财产的所有者、使用者和责任者遭受损失的不确定状态。例如,仓库中设施和设备在自然灾害和意外事故中被损坏。

3. 责任风险

责任风险(Liability Risks)是指因人们的过失或侵权行为造成他人财产毁损或人身伤亡时,依法必须承担经济赔偿责任的不确定状态。仓库,尤其是营业性仓库与货主之间是通过委托仓储合同联系在一起的。仓库对库存的货物负有保管保护的责任,因此仓库要对在仓库管理范围内发生的货物损失负责,仓库的经营活动是具有责任风险的。

(三) 按风险的来源划分

按风险的来源,风险可划分为自然风险、社会风险、政治风险和经济风险。

1. 自然风险

自然风险(Natural Risks)是指由于自然界的运动和变化而给生命和财富造成伤亡和损失的自然现象。例如,暴风雪、地震、暴雨、洪水等等。

2. 社会风险

社会风险(Social Risks)是指由于集团和个人的某些违法行为、破坏行为造成的人员伤亡和财产损失。例如,偷盗、抢劫、暴乱等。

3. 政治风险

政治风险(Political Risks)是指由于国家政权变动、政治斗争、法律和政策的改变而造成的社会不安定以及人身伤亡和财产损失的风险。例如,政变、战争、罢工等。

4. 经济风险

经济风险(Economic Risks)是指在生产、流通、交换、分配等领域的各种经济活动中,由于经营不善、信息不通、决策失误、市场变化等给经营者造成的收入减少、经营亏损、企业破产等的风险。例如,仓库开展增值服务,可能成功,也可能失败;再周密的装卸搬运作业方案,也可能会发生意外。

三、仓库的风险管理

(一) 风险管理的概念

风险管理(Risks Management)是指对风险进行识别、分析与衡量,并采取损失控制措施,以最少的成本使风险引起的损失降到最低程度的一系列管理方法。风险管理也可以描述成一个组织或个人采取的降低风险成本,实现利润最大化的一系列决策和措施。

在激烈的市场竞争中,任何意外事故都可能导致企业破产,因此仓库自我防范意识的培养,以及风险管理观念的树立是必不可少的。对于仓库管理者而言,首先是以最低的成本避免或减少损失,一旦发生意外能尽快恢复到原有的生产能力和规模;其次是为员工提供心理安定的环境,保障员工身心健康和提高工作效率。

(二)仓库风险管理的步骤

1. 制定风险管理的目标

风险管理的目标是选择最经济和最有效的措施使风险的成本最小。

2. 识别风险。

识别风险(Risk Identification)是指仓库管理者通过对仓库拥有的各种财产、雇用的所有员工、从事的各项经营活动进行全面分析,找出仓库在各个方面所面临的各种风险。

风险识别的方法主要有:

(1)财务报表分析法。运用财务报表分析法,可以根据仓库的资产负债表、财产目录、损益表等,联系仓库的财务预算,对固定资产和流动资产的分布及经营状况进行分析研究,确定仓库的潜在损失,发现潜在风险,包括资产本身可能遭遇的风险,以及遭受风险引起生产或供应业务中断可能出现的损失,甚至包括连带造成他人人身伤亡和财产毁损应负的法律赔偿责任。使用这种方法要求管理者掌握财会知识,以便熟练地进行分析。

(2)生产流程分析法。运用生产流程分析,可以把仓库以入库、储存、出库为中心的仓库作业流程顺序列上流程表,再对每个阶段逐项进行分析,从中发现潜在风险。使用这种方法时要求管理者掌握仓库的作业流程、作业技术和作业规范。

(3)风险清单分析法。使用风险清单分析法,可以把仓库即将面临的潜在损失用一览表的形式列出,然后进行风险分类,分析它们可能变化的方向和程度以及相互间的联系,为科学地进行风险估算提供依据。使用这种方法时要求管理者具有丰富的经验,对仓库有全面系统的了解,对风险的类型、重要程度、风险估算和风险处理对策都非常熟悉。

损失一览表可以按损失进行编制:财产损失包括事故、灾害发生给仓库造成的直接损失、间接损失和净收益损失;责任损失包括库存货物被盗、作业方案错误等各种责任风险导致的仓库收入减少额;人身风险包括事故、灾害发生时造成的人员伤亡带给仓库、受害人自身及其家庭的损失。

3. 风险衡量

风险衡量(Risks Measurement)是指衡量损失发生的潜在频度,估算潜在的损失规模以及损失对仓库产生的影响程度。

风险衡量首先应该分析风险对仓库的影响程度。按照各种风险对仓库产生的影响,风险可分为致命风险、重要风险和一般风险。

4. 制定风险管理计划,采取相应措施

根据仓库承担风险损失的能力,以及风险对仓库影响的程度不同,仓库管理者需要设计出对不同风险的管理措施和计划。

风险管理的措施主要有:

(1) 回避风险(Risk Avoidance)。仓库如果要回避风险,就可以不从事有风险的业务,例如担心货物损坏,就可以不给客户送货。但这是一种比较消极的管理方法,因为在回避有风险的业务时,仓库就面临没有收益的风险。

(2) 损失控制(Loss Control)。仓库要控制损失,就是从控制损失的发生频率和损失的程度入手,一方面防止损失发生,另一方面减少损失的破坏程度。

防损措施强调"防患于未然",例如仓库中安装的火灾自动报警系统,为减少货车滑移使叉车发生倾覆事故而在货车上安装的一系列锁车装置,以及为了减少差错而制定的各种作业规程。

减损措施强调"快速反应"和"有效",例如仓库中根据库存物的特点而选用的灭火系统,以及仓库所投的各种保险。

(3) 自担风险(Risk Retention)。自担风险就是仓库自己承担风险造成的损失。例如,仓库要负责赔偿由于管理不善造成的一切货损。

(4) 风险转移(Risk Transfer)。仓库可以采用非保险法和保险法进行风险转移。在非保险法当中,仓库可以通过与客户签订合同的方式进行,例如,仓库与客户的货物完好率达成一致,就可以相应减少仓库在货物发生损耗时而承担的风险。

风险计划要解决哪些风险要自留,哪些风险要转移。对于自留的风险,要采取什么样的防灾防损措施;对于要转移的风险,采取什么样的非保险转移方法;对于采取保险转移的风险,要制订详细的投保计划。

5. 风险管理措施检查和评价

风险管理过程是一个动态的管理过程,在这个过程中,仓库管理者要定期或不定期地检查和评价各种措施和方法,及时发现问题并解决问题。

四、我国物流企业风险管理的现状

▶ 案例1

物流企业运作需要专业风险管理支持

2002年8月12日,中国人民保险公司深圳分公司与深圳新科安达后勤保障有限公司签订了全面合作的协议。在此协议中,中国人民保险公司深圳分公司援引国外先进物流保险经验,在国内率先进行物流综合保险。此次保险业与物流业的合作,标志着我国物流业进入了一个全新的专业风险管理机制阶段。

新科安达公司由新加坡胜科物流和招商局蛇口工业区合资组建,在全国有27个分支机构,在全球320个城市拥有370万平方米的仓库。中国人民保险公司深圳分公司将为其提供全面风险管理方案和技术,将专业的风险管理技术运用到物流运作的整个过程,从而将物流企业和其所服务的所有客户在经营中的风险降到最低。

(案例编自《国际经贸消息》2002年8月17日)

从案例1中我们可以得到这样的信息——中国物流业的风险管理还没有真正开展起来。一方面是需求方,即仓库等物流企业对风险管理认识不足;另一方面是保险业没有为物流业开展服务,提供适合的保险险种,尤其在物流业中仓储业的职业责任保险方面投入不够。

第二节　仓库消防管理

▶ 案例2

大火毁掉爱立信

2000年初,芯片供应商菲利浦的半导体工厂因闪电袭击发生火灾,使全球手机芯片供应受到严重影响。这场大火毁掉了爱立信,也成就了诺基亚。诺基亚及时觉察到了芯片不足可能对生产带来的影响,于是火灾发生的当天,其采购人员就四处奔走,调动了一切可以调动的力量保证芯片供应。而爱立信似乎对芯片的减少无动于衷,只是眼睁睁看着自己的手机产量越来越少、市场份额迅速下滑,最终不得不选择外包。由此,爱立信"一日千里"地从手机销售头把交椅跌落,不但退出了销售三甲,而且还排在了新军三星、菲利浦之后。自1998年开始的3年里,当世界蜂窝电话业务高速增长时,爱立信的蜂窝电话市场份额却从18%迅速降至5%。即使在中国这个它从未放弃的市场,其份额也从1/3左右"浩浩荡荡"地滑到了2%!

(案例编自搜狐新闻)

▶ **案例 3**

油库爆炸"殃及池鱼"

2005年12月11日,伦敦东北部的邦斯菲尔德油库发生爆炸。该油库由法国道达尔公司和美国德士古石油公司合资经营。这个镇上还有英国石油、壳牌等大公司,它们也使用这个油库。油库储存着420万加仑的汽油、柴油、煤油以及航空燃油,储存量约占全国的5%。

油库爆炸后引发熊熊大火,造成43人受伤,燃油供应中断。虽然供应商马上保证油供不会有问题,但驾车者还是担心油价会飞涨,纷纷抢购汽油。

次日,石油公司、输油管道经营商和航空公司召开紧急会议讨论如何确保石油供应正常。英国当局也出面表示爆炸事件不会导致石油短缺。但是,同时受美国西北部预计将遭遇严寒天气、石油需求预期上升以及石油输出国组织决定保持现有产油量的影响,当天的全球石油市场油价上扬,每桶油价突破了60美元。

许多企业的运营都受到油库事故的影响,其中一家公司——苏格兰及纽卡索尔酿酒厂表示,在油库附近的仓库存货蒙受"严重的结构损失"。这些货物原本要运送到南部的酒庄、超级市场、酒吧等地方。

事发后,油库26个储油设施当中,仅有7个无损。有专家估计,这次油库大爆炸的直接经济损失高达2.5亿英镑。此外,持续的大火带来环境危机,燃烧所产生的有毒浓烟借风势在48小时内飘到了法国和西班牙,灭火使用的化学泡沫灭火剂污染了地下水,带来环境危机,周边地区的牧场、农场受到污染,进而波及食品业。

(案例依据新浪财经新闻编写)

从危害程度来看,火灾造成的损失最大,它可以在极短的时间内,使整个仓库及其周围建筑变成废墟。由此而造成的损失不仅表现为直接财产等的损失和人员的伤亡,更将影响货主的采购计划、生产计划和供应计划等的实施,这种间接的损失有时要比直接损失大得多。

因此,各种类型的仓库都把仓库防火和消火放在重要的位置上。仓库消防工作的重点在于预防火灾发生,同时更要做好灭火的准备以及通过投保火灾险来减少损失。

一、仓库火灾的成因

(一)燃烧的基本理论

所谓燃烧,是可燃物分解或挥发出的可燃气体,与空气中的氧剧烈化合,同时发出光热的反应过程。也就是说,燃烧是有条件的,只有当同时具备可燃物、助燃物和着火热源,并且它们相互作用时,燃烧才能发生,这三个条件通常也被称为燃烧的三要素。从三要素理论我们也就知道,只要缺少一个燃烧条件,燃烧就不会发生。所以仓库防火的措施就是千方百计抑制某一燃烧条件,从而达到防火目的。

从仓库的具体情况来看,我们会发现,库存货物中的绝大多数及其包装材料,以及仓库中的许多设备、设施的结构都是可燃物,其中还会有一部分易燃物甚至自燃物,仓库中存在可燃物具有客观性,不能因为某种货物可燃或易燃就不储存了。助燃物的主要成分是空气中的氧,而氧充斥在自然空间中,仓库也不例外(气调仓库除外)。最后剩下着火热源,尽管着火热源在仓库中也广泛存在,但与上述两个条件比起来是可以控制的。因此,仓库防火措施主要从控制着火热源入手。

(二)仓库中可能引发火灾的着火热源

仓库中可能引发火灾的着火热源比较多,列举如下:

(1)明火。如使用油灯、蜡烛、电石灯照明,利用炭炉、煤炉、电炉取暖,在库内或库区焚烧树叶、杂草、包装物、打火吸烟等。

(2)火花。如内燃式装卸搬运机械及运输车辆排烟管排出的火花,库区及周围烟筒带出的火花,金属汽割、电焊产生的火花,电动机及电器开关产生的火花,金属撞击所产生的火花,静电放电产生的火花等。

(3)热能。如来自日光(主要是红外线)的热能,物质发生化学反应放出的热能,供暖及照明设备放出的热能,物体互相摩擦产生的热能等。

(4)其他。如雷电、爆炸、配电线短路等。

（三）火灾的类型

火灾种类根据燃烧物质及其燃烧特性来划分。

（1）A类火灾。指含碳固体可燃物燃烧的火灾。如木材、棉、毛、麻、纸张等。

（2）B类火灾。指甲乙丙类（见表8-1）液体燃烧的火灾。如汽油、煤油、柴油、甲醇、乙醚、丙酮等。

（3）C类火灾。指可燃气体燃烧的火灾。如煤气、天然气、甲烷、丙烷、乙炔、氢气等。

（4）D类火灾。指可燃金属燃烧的火灾。如钾、钠、镁、钛、锆、锂、铝等。

（5）带电火灾。指带电设备燃烧的火灾。

表 8-1　储存物品的火灾危险性分类

储存物品类别	火灾危险性的特征
甲	1. 燃点 <28℃的液体 2. 爆炸下限 <10% 的气体，以及受到水或空气中水蒸气的作用，能产生爆炸下限 <10% 气体的固体物质 3. 常温下能自行分解或在空气中氧化即能导致迅速自燃或爆炸的物质 4. 常温下受到水或空气中水蒸气的作用能产生可燃气体并引起燃烧或爆炸的物质 5. 遇酸、受热、撞击、摩擦以及遇有机物或硫黄等易燃的无机物，极易引起燃烧或爆炸的强氧化剂 6. 受撞击、摩擦或与氧化剂、有机物接触时能引起燃烧或爆炸的物质
乙	1. 燃点 ≥28℃至 <60℃的液体 2. 爆炸下限 ≥10% 的气体 3. 不属于甲类的氧化剂 4. 不属于甲类的化学易燃危险固体 5. 助燃气体 6. 常温下与空气接触能缓慢氧化，积热不散引起自燃的物品
丙	1. 燃点 ≥60℃的液体 2. 可燃固体
丁	难燃烧物品
戊	非燃烧物品

注：当难燃烧物品、非燃烧物品的可燃包装重量超过物品本身重量的1/4时，其火灾危险性应为丙类。

二、仓库的防火措施

根据上述可能引发仓库火灾的着火热源,应采取相应的防火措施:

(一) 严格管理火种火源

库区内要严禁吸烟,不准携带火柴、打火机进入危险品库区,可单独设置吸烟区;库内不准用油灯、蜡烛及电石灯照明,不准用火炉、电炉取暖;不准在库内和库区点火燃烧杂物等。

(二) 仓库附属装置必须满足防火安全的要求

仓库照明灯都应符合安全要求,灯泡距货架或货垛应保持一定的安全距离;危险品仓库中配电线路不能布明线,导线应有足够的安全断面,并使用安全导管,而且要采用防爆灯具,开关及保险装置设在库外;库内供暖以水暖为好,其散热比较均匀;产生可燃性和腐蚀性气体的仓库,其通风机械应选用吸入式;危险品仓库应安装避雷装置等。

(三) 加强对装卸运输设备的防火管理

凡进入仓库的机动车辆和装卸搬运机械,其排气管均应加装防火罩;进入贮油区的车辆,停车后应立即关闭发动机;油罐装卸油时,应接好地线;内燃式装卸搬运设备及车辆,不得驶入危险品库内;库内的桥式或龙门式起重机的供电,以拖缆式供电方式为宜。

(四) 及时进行通风降温

凡会产生可燃性气体的仓库,一定要有良好的通风条件,必要时应进行强迫通风,使可燃性气体及时排出库外,避免发生燃烧和爆炸。在自燃品和易燃品仓库,降低库温非常重要,否则热量的积蓄达到一定程度,容易引起燃烧,通风也是降温的有效措施。此外,为了减少库房的吸热,可将库房的屋面和外墙涂成白色,并尽可能光滑,以反射更多的辐射热;在屋面上方架设凉棚或在库内加装顶棚也能起到一定的隔热作用;在库内洒水、置冰或在屋面洒水,依靠冰的融化和水分的蒸发吸收热量,以达到降温目的;在夏季经常进行倒垛,也能减少热量的积蓄。

(五) 加强对危险品和自燃物品的保管

石油产品、火工品、氧化剂、压缩气体及液化气体等,受到外界的作用比较容易燃烧和爆炸,所以在储存保管中必须格外留心加倍注意。要防高温、日晒、外溢、剧烈震动等。特别是一些自燃物品(如油棉纱、油布、沾油铁屑、胶片等),在一定条件下能自身发热引起自燃,所以应单独隔离保管。

（六）严格执行仓库作业操作规程

危险品的装卸搬运作业，必须严格按照操作规程进行，不得有丝毫疏忽。例如对火工品的装卸搬运，必须轻拿轻放，每人每次只限 20 公斤，搬运人员应保持 10 米以上的间距，夜间作业应有良好的照明等。

（七）建立健全必要的规章制度

为了预防火灾的发生，仓库必须建立相应的防火安全制度，并严格遵守，如门卫制、库区巡回检查制、库区防火须知、消防器材检查更换制、消防安全奖惩制等。

三、仓库灭火系统

仓库虽然要把防火放在首位，但万一发生火险，必须有足够的准备和能力及时加以扑灭，控制其蔓延，减少损失。因此仓库必须配置适量的灭火工具和设备设施，建立起一个高效的灭火系统。

（一）灭火的基本方法

因为物质燃烧必须同时具备可燃物、助燃物和着火热源这三个条件，所以灭火的基本方法就是设法破坏其中某一个条件，使燃烧过程终止。一般有与上述三个燃烧条件相对应的三种灭火方法。

（1）隔离法。它是把燃烧物或燃烧物周围的可燃物与火场隔离或转移。使火势由于缺少可燃物不能扩展蔓延而停止燃烧，如将燃烧物迅速转移到安全地带，将燃烧物附近的燃烧物和助燃物移走，拆除与燃烧物连接的可燃建筑结构，阻止可燃液体向四处溢流，切断电源，拆除供电线路等。

（2）冷却法。任何可燃物的燃烧必须达到其燃点才能进行。当温度低于燃点温度时，燃烧就会终止。除冷却燃烧物外，还可冷却燃烧物附近的可燃物或建筑物，使其温度降低到不致受燃烧辐射热或火焰的影响也开始燃烧的程度。最常用的冷却方法是采用密集高压水或雾状水。

（3）窒息法。即减少或断绝氧气的供给，造成缺氧的环境，使燃烧减缓和停止，它主要是利用不燃气体（如水蒸气、二氧化碳等）、泡沫、砂土、浸水棉麻织物覆盖在燃烧物之上，使周围的氧不能进入燃烧区，燃烧物由于供氧不足而自行熄灭。

（二）常用的灭火剂

对燃烧的冷却、窒息和隔离，主要是通过灭火剂实现的。常用的灭火剂有水、泡沫、不燃气体、卤代烷、干粉等。

1. 水

水是来源广泛的天然灭火剂。其灭火原理是：

（1）冷却作用。水的热容量和汽化热都比较大。1 kg 的水温度升高 1℃，需要 4 200 J 的热量，若升到 100℃ 则需要 420 kJ 的热量。达到沸点的 1 kg 水，全部变成蒸汽时，需要吸收 2 264 kJ 的热量。

（2）窒息作用。1 kg 的水汽化后，能变成 1 720 L（升）蒸汽，能冲淡空气中氧的比例，并阻止周围的空气进入燃烧区。当空气中含有 30%（体积）以上的水蒸气时，燃烧就会因缺氧而熄灭。

（3）乳化作用。雾状水滴与重质石油产品相接触，在石油表面能形成一层乳化层，可降低燃烧石油的蒸发速度，促使燃烧停止。

（4）冲击作用。当用密集水流灭火时，水流强烈地冲击火焰，使火焰中断而熄灭。

（5）稀释作用。水可稀释溶于水的可燃液体（如酒精），使其挥发速度降低，可燃气体的浓度被冲淡，使之难以燃烧。

用水灭火具有上述综合作用，效果良好，但并非所有火灾都能用水灭火。第一是碱金属，因为碱金属与水作用生成氢气并放出大量的热，容易引起爆炸；第二是碳化碱金属和氢化碱金属，因为碳化碱金属（如碳化钾、碳化钠、碳化钙、碳化铝等），遇水生成可燃气体，同时放出热能，引起燃烧；第三是三酸（盐酸、硫酸和硝酸），因为密集水能引起酸的飞溅、溢出，飞溅溢出的酸与可燃物质接触时，有引起燃烧的危险，必要时可使用雾状水；第四是轻于水且不溶于水的易燃液体，因为水遇到这种液体，便沉入底层，不能起灭火的作用，同时由于易燃液体受到水的排挤，容易溢出，造成火势蔓延，如汽油、煤油、柴油等，但原油和重油可使用雾状水灭火；第五是未切断电源的电气设备，因水是导体，可导电，当用密集水柱灭火时，水一遇到带电物体，电流就会沿水柱导向持水枪的人身体，造成触电事故，但用雾状水基本上没有危险。

2. 泡沫

泡沫的作用主要是窒息作用，同时也有一定的冷却作用。泡沫是体积较小、表面被液体所包围的气泡群。主要用于扑灭可燃液体和易燃液体的火灾。

泡沫分为化学泡沫和空气机械泡沫。其灭火原理是因为泡沫轻、流动性好、持久性和抗烧性强、导热性差、黏着力大，能迅速流散和漂浮在着火的液面上，形成严密的覆盖层，起到窒息作用。另外，泡沫也能吸收一定的热量,具有一定的冷却作用。

3. 二氧化碳灭火剂

二氧化碳(CO_2),在常温下为无色无味的气体,比空气重、不燃烧、不助燃,能稀释空气,相对减少空气中氧气的含量。当燃烧区域空气中氧气的含量低于12%,或者二氧化碳的浓度达到30%~35%时,绝大多数的燃烧都会停止。二氧化碳灭火剂是以液态的形式加压充装在灭火器中的,当阀门一打开,喷出的二氧化碳会变成雪花状的固体,温度很低,对燃烧物有一定的冷却作用。因为二氧化碳不含水、不导电、无污染,所以可用于扑救电气、仪器仪表、贵重设备、图书档案等的火灾。

4. 卤代烷灭火剂

卤代烷灭火剂是20世纪60年代发展起来的效率高、不留痕迹、绝缘性能好,且腐蚀性小的灭火材料,适用于扑救易燃液体、气体、精密仪器和电气设备的火灾。

卤代烷灭火剂都含有卤素原子(氟、氯、溴),它是由碳氢化合物中的氢原子被卤族原子取代后而生成的化合物。常用的卤代烷灭火剂如表8-2所示。

表8-2　常用卤代烷灭火剂

序号	卤代烷名称	分子式	代号
1	二氟一氯一溴甲烷	CF_2CLBr	1211
2	二氟二溴甲烷	CF_2Br_2	1202
3	三氟一溴甲烷	CF_3Br	1301
4	四氟二溴乙烷	CF_2BrCF_2Br	2402

上述四种卤代烷灭火剂中,"1301"、"1211"和"2402"被各国广泛应用。我国目前主要使用"1211"和"1202"灭火剂,试验效果良好。

卤代烷灭火剂的灭火原理是对燃烧的化学反应起抑制作用,其作用是通过夺去燃烧连锁反应中的活泼性物质来完成的,这一过程称断链过程或抑制过程。

5. 干粉灭火剂

干粉灭火剂又称粉末灭火剂,它是一种干燥的、易于流动的微细固体粉末。其成分是由基料和防潮剂、流动促进剂、结块防止剂等添加剂所组成。基料的含量一般在90%以上。常用的干粉灭火剂有小苏打干粉灭火剂、改性钠盐干粉灭火剂、氨基干粉灭火剂、全硅化小苏打干粉灭火剂等。以小苏打干粉灭火剂为例,其配方如表8-3所示。

表 8-3　干粉灭火剂配方

组成成分	比例
碳酸氢钠	92% ~94%
滑石粉	2% ~4%
云母粉	2%
硬脂酸镁	2%

因为在燃烧过程中,燃烧物吸收活化能而被活化,产生大量的活性基团,而干粉颗粒与活性基团发生作用,使其成为非活性物质。所以,干粉灭火剂对燃烧具有抑制作用。

上述各类灭火剂都有其适用范围,仓库要建立高效的灭火系统就要研究各种灭火剂的适用范围,根据仓库自身的火灾隐患,采用最经济、高效的灭火材料。各种灭火剂的适用范围见表 8-4。

表 8-4　各种灭火剂的适用范围

灭火器类型＼火灾种类	水型		干粉型		泡沫型	卤代烷型		二氧化碳型
	清水	酸碱	磷酸铵盐	碳酸轻钠	化学泡沫	1211	1301	
A 类火灾(指含碳固体可燃物燃烧的火灾。如木材、棉、毛、麻、纸张等)	适用 水能冷却,并能穿透燃烧物而灭火,可以有效防止复燃		适用 粉剂能附着在燃烧物的表面,隔绝空气,防止复燃	不适用 碳酸氢钠不能黏附在固体可燃物上,所以只能控火,不能灭火	适用 具有冷却和覆盖燃烧物表面,使之与空气隔绝的作用	适用 快速窒息火焰,抑制燃烧连锁反应,终止燃烧。灭火后不留残渍,不污染,不损坏设备		不太适用 二氧化碳虽然可以降温,并窒息火焰,但不能有效控制 A 类火的复燃
B 类火灾(指甲乙丙类液体燃烧的火灾。如汽油、煤油、柴油、甲醇、乙醚、丙酮等)	不适用 水流冲击油面,会击溅油火,致使火势蔓延		适用 干粉灭火剂可以快速窒息火焰,还有中断燃烧过程的链反应的化学活性		半适用 覆盖燃烧物表面,使之与空气隔绝,但极性溶剂能破坏泡沫,故又受限制	适用 快速窒息火焰,抑制燃烧连锁反应,终止燃烧		适用 二氧化碳堆积在燃烧液体表面,起到隔绝空气的作用
C 类火灾(指可燃气体燃烧的火灾。如煤气、天然气、甲烷、丙烷、乙炔、氢气等)	不适用 水流对于立体型的气体火灾基本无效		适用 喷射干粉灭火剂可以快速扑灭气体火焰,具有中断燃烧过程的链反应的化学活性		不适用 泡沫对平面火灾有效,对立体型气体火灾基本无效	适用 快速窒息火焰,抑制燃烧连锁反应,终止燃烧		适用 快速降温,稀释可燃气体,而且不留残渍,不损坏现场的其他设备

（三）灭火器选择和配置的方法

灭火器的选择和配置不仅关系到仓库能否有效地进行灭火，而且关系到仓库火灾控制成本的高低。

1. 灭火器的选择

根据中华人民共和国国家标准《建筑灭火器配置设计规范》，灭火器的选择应根据配置场所的火灾种类、灭火剂的灭火有效程度、对被保护物的污染程度、设置点的环境温度以及使用灭火器人员的素质确定。

扑救 A 类火灾选用水型、泡沫、磷酸铵盐干粉、卤代烷型灭火器；扑救 B 类火灾选用干粉、泡沫、卤代烷、二氧化碳型灭火器，但扑救极性溶剂不得选用化学泡沫灭火器；扑救 C 类火灾选用干粉、卤代烷、二氧化碳型灭火器；扑救带电火灾选用卤代烷、二氧化碳、干粉型灭火器；扑救 A、B、C 类火灾和带电火灾的混合型火灾，选用磷酸铵盐干粉、卤代烷型灭火器；扑救 D 类火灾的灭火器必须由设计部门和当地公安消防部门协商解决。

在同一灭火器配置场所，当选用同一类型的灭火器时，应选用操作方法相同的灭火器；当选用两种或两种以上类型的灭火器时，应选用灭火剂相容的灭火器。表 8-5 列示了不相容的灭火剂类型。

表 8-5 不相容灭火剂

类型	不相容的灭火剂	
干粉与干粉	磷酸铵盐	碳酸氢钠 碳酸氢钾
干粉与泡沫	碳酸氢钾 碳酸氢钠	蛋白泡沫
	碳酸氢钾 碳酸氢钠	化学泡沫

2. 灭火器配置

（1）灭火器的设置要求。根据中华人民共和国国家标准《建筑灭火器配置设计规范》第五章第一节，灭火器的设置要如下：

1）灭火器应设置在明显和便于取用的地点，且不得影响安全疏散；

2）灭火器应设置稳固，其铭牌必须朝外；

3）手提式灭火器宜设置在挂钩、托架或灭火器箱内，其顶部离地面高度应小于 1.5 米，底部离地面高度不宜小于 0.15 米。设置在室外的灭火器应有保护措施。

4）灭火器不得设置在超出其使用温度范围的地点。灭火器的使用温度范围见表8-6。

表8-6　灭火器的使用温度范围

灭火器类型		使用温度范围(℃)
清水灭火器		+4 ~ +55
酸碱灭火器		+4 ~ +55
化学泡沫灭火器		+4 ~ +55
干粉灭火器	贮气瓶式	-10 ~ +55
	贮压式	-20 ~ +55
卤代烷灭火器		-20 ~ +55
二氧化碳灭火器		-10 ~ +55

(2)灭火器的保护距离。根据中华人民共和国国家标准《建筑灭火器配置设计规范》第五章第二节,灭火器的保护距离如下:

1)设置在A类火灾配置场所的灭火器,其最大保护距离如表8-7所示。

表8-7　A类火灾配置场所的灭火器最大保护距离(m)

灭火器类型 / 危险等级	手提式灭火器	推车式灭火器
严重危险级	15	30
中危险级	20	40
轻危险级	25	50

2)设置在B类火灾配置场所的灭火器,其最大保护距离如表8-8所示。

表8-8　B类火灾配置场所的灭火器最大保护距离(m)

灭火器类型 / 危险等级	手提式灭火器	推车式灭火器
严重危险级	9	18
中危险级	12	24
轻危险级	15	30

3)设置在C类火灾配置场所的灭火器,其最大保护距离同设置在B类火灾配置场所的一致。

(3)灭火器的配置设计程序。根据中华人民共和国国家标准《建筑灭火器配置设计规范》第六章,灭火器配置设计计算应按下述程序进行:

1)确定各灭火器配置场所的危险等级。严重危险级指功能复杂、用电用火多、设备贵重、火灾危险性大、可燃物多、起火后蔓延迅速或容易造成重大火灾损失的场所;中危险级指用电用火较多、火灾危险性较大、可燃物较多、起火后蔓延较迅速的场所;轻危险级指用电用火、火灾危险性较小、可燃物较少、起火后蔓延较缓慢的场所。

2)确定各灭火器配置场所的火灾种类。

3)划分灭火器配置场所的计算单元。灭火器配置场所的危险等级和火灾种类均相同的相邻场所,可将一个楼层或一个防火分区作为一个计算单元。灭火器配置场所的危险等级和火灾种类不相同的场所,应分别作为一个计算单元。

4)测算各单元的保护面积。

5)计算各单元所需灭火级别。

$$Q = K(S/U)$$

式中:Q——灭火器配置场所所需灭火级别,A 或 B

　S——灭火器配置场所的保护面积,m^2

　U——A 类火灾或 B 类火灾的灭火器配置场所相应危险等级的灭火器配置基准,m^2/A 或 m^2/B

　K——修正系数(无消火栓和灭火系统的 $K = 1.0$;设有消火栓的 $K = 0.7$;设有灭火系统的 $K = 0.5$;二者均有的 $K = 0.3$)

6)确定各单元的灭火设置点。

7)计算每个灭火器设置点的灭火级别。

8)确定每个设置点灭火器的类型、规格与数量。

9)验算各设置点和各单元实际配置的所有灭火器的灭火级别(应不小于其计算值)。

10)确定每个灭火器的设置方式和要求,在设计图上标明其类型、规格、数量与设置位置。

(四)自动报警灭火系统

所谓自动报警灭火系统,是将报警与灭火联动并加以控制的系统。一旦发生火灾,火灾产生的烟雾、高温和光辐射,使感烟、感温、感光等火灾探测器(如离子感烟探测器、光电感烟探测器、激光感烟探测器、定温式探测器、差温探测器、红外光辐射探测器、紫外光辐射探测器等)将接收到的发生火灾的信号转变成电信号输入自动报警器,并立即以声、光信号向人们发出警报,同时指示火灾发生的部位。接着控制装置发出指令性动作,打开自动灭火设备的阀门喷出灭火剂,将火灾扑灭。

自动报警灭火控制系统,分为有管网系统和无管网独立系统两种类型。有管网系统保护面积大,可保护多个区域;无管网独立系统只能保护一个独立单元或区域。

自动报警灭火控制装置有多种类型,按自动化程度来分,可分为全自动报警灭火系统、半自动报警灭火系统和手动报警灭火系统。火灾的自动报警装置与自动灭火装置可分别设置,亦可合为一体。

火灾自动报警装置的作用主要是将感烟、感温、感光等火灾探测器接收到的火灾信号,用灯光显示出火灾发生的部位,并以声响报警,召唤人们尽早尽快采取灭火措施。

火灾自动灭火装置,有喷水灭火系统、二氧化碳灭火系统、1211 灭火系统、干粉灭火系统、泡沫灭火系统等。以二氧化碳自动灭火系统为例,其整个系统是由二氧化碳容器、瓶头阀、管道、喷嘴、操作系统及附属装置等组成。该系统的启动方式,有手动和自动两种。当采用自动方式时,探测器探测到发生火灾后,立即发出声响报警,并通过控制盘打开启动用气容器的瓶头阀,放出启动气体打开选择阀和二氧化碳贮存钢瓶的瓶头阀,从而喷射出二氧化碳进行灭火。

（五）高层货架仓库自动喷水系统的布置

高层货架仓库一旦发生火灾,疏散货物的机会几乎是零,扑救也非常困难,因此各国都对高层货架仓库的自动报警和灭火系统的配置进行了规定。

喷头是自动喷水灭火系统的关键部件,在灭火过程中起着探测火警、启动喷水灭火的重要作用。因此,自动喷水灭火系统的效果,在很大程度上取决于喷头的性能和合理布置。

1. 喷头性能

喷头的性能主要是指喷头的动作温度和喷头热敏元件的热容量吸收速度。喷头的动作温度一般要求比预测环境温度约高 30℃,以避免在非火灾情况下环境温度发生较大幅度波动时导致误喷射。

喷头热敏元件的热容量吸收速度影响喷头的反应速度,在高层货架仓库中,喷头多采用金属薄片传递热量于易熔元件,使正常耗时一分钟左右的动作速度加快 5～6 倍,即仅需 11 秒即行动作。

2. 喷头的间距和位置

在高层货架仓库中,屋顶安装的喷头,其间距不超过 2 000 mm,仓库中储存可燃物时,分层安装的喷头的垂直高度不超过 4 000 mm,若仓库中储存的是难燃物,那么分层安装的喷头的高度不超过 6 000 mm,见图 8-1(单位:mm)。

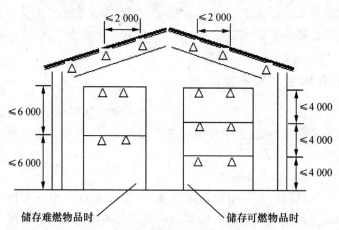

图 8-1　消防喷头分层安装示意图

表 8-9 中列示了 Φ15 mm 标准喷头使用于轻、中、严重危险等级仓库时，喷头的最大保护面积与喷头之间的最大间距。

表 8-9　Φ15 mm 喷头最大允许保护面积与间距

喷头出口压力 （帕斯卡）	危险等级	每个喷头的 最大保护面积（m²）	喷水 半径（cm）	喷头最大 间距（m）	喷头与墙面 最大距离（m）
4.9×10^4 （0.5 kg/cm²）	轻危险级	19.0	3.1	4.6	2.3
	中危险级	9.4	2.1	4.0	2.0
	严重危险级	5.7	1.7	2.5	1.2
9.8×10^4 （1.0 kg/cm²）	轻危险级	21	3.75	4.6	2.3
	中危险级	12.5	2.5	4.0	1.8
	严重危险级	9.0	2.0	3.0	1.4

第三节　仓库安全生产和劳动保护

▶ **案例 4**

仓库是工业事故发生率最高的领域

根据美国劳动署的统计资料,货车及仓库运输作业是全美工业事故发生率最高的领域。快速移动的叉车载运重负荷货物并在狭小的区域操作,很容易引起事故的不断发生。每年平均每个装卸平台有大约 100 000 次通过,因此发生事故的概率也很大。当事故发生时,将导致员工永久的残疾或更为恶劣的结果。在美国，一个 30 岁的员工因工伤导致残疾后所需承担的巨额费用可能高达 100 万美元。

一、仓库生产安全技术

安全技术是在生产过程中，为防止违反客观事物规律，为防止发生事故的一系列技术管理措施，其中包括某些管理条例，以保障劳动者和生产设备及货物的安全。

（一）仓库机械作业安全

仓库中大量的作业是用机械来完成的，在作业过程中安全作业可以保证货物和人身的安全。仓库机械作业一般运用在货物的装卸、搬运和堆垛上，因而是安全管理的中心。这个过程中要做好对员工的教育工作，第一在思想上要高度重视。第二普及作业技术知识、货物的特点、机械的性能等，防止因装卸、搬运、堆码不当发生危险。例如，就地堆码、采用机械、堆垛方式安全与否？会不会倒塌？第三，要严格遵守操作规程（这些是企业多年的经验，是防止错误发生的有效办法，应当遵守），做好准备——物品性能、包装情况、堆码地点、操作中的注意事项，如轻放等，及可能出现情况的挽救办法，做到心中有数，防患于未然，在此基础上合理安排人员、设备、工具和维护用品。检查设备及维护用品——运转是否灵活？有无故障？有放射性的货物作业需要穿戴防护面具，操作中严格按包装要求进行。第四，机械作业的司机或操作员必须经过培训并经考试合格方可独立驾驶，驾驶人员需了解机械构造，熟悉运用及保养规则，掌握机械的最大速度和负荷量等。运行机械下方不能有人，听从调度或指挥的指令或信号。

危险货物的装卸搬运需要预先做好充分的准备——设备是否牢固，如曾被有机物、酸、碱污染，必须清洗，方可使用。

1. 机械设备的主要安全装置

仓库中使用的装卸搬运设备种类很多，为了保证安全，不同的设备均应配置相应的缓冲器、起升限位器、行程限制器、起重量限制器、探测器等保险装置。

（1）缓冲器是用来吸收起重机械与其他物体相撞时产生的能量的装置。

（2）起升限位器是保证吊钩或叉架在一定卷扬或起升距离内升降，不允许超过规定的极限位置的装置。

（3）行程限制器是限制轨道式起重机行程范围，以防止其超过行程极限位置的装置。

（4）重量限制器是限制装卸设备起重量，以防止其超过最大（额定）起升量的装置。

（5）探测器是一种反射式光电开关或机械式探杆装置，用于自动堆垛机作业时探测货格内有无货物，避免双重入库，造成事故。

2. 机械作业的安全规程

装卸搬运作业贯穿在仓库的整个作业过程之中，涉及众多作业环节、设备和人员，所以需要为每种类型的作业制定统一规范的安全操作规程，以保证生产作业的安全进行。

（1）操作装卸搬运机械的司机或驾驶人员，必须经过专门技术培训，经考试合格后，方能独立操作。司机或驾驶人员应熟悉所操作机械的结构和性能，懂得设备的保养规则、安全操作规程。

（2）装卸搬运中码放和捆绑货物的工作也必须由受过专门训练的人员进行。例如吊挂货物时，必须使吊钩位于货物重心的正上方，以保证货物平稳移动。

（3）制定作业人员安全生产规范，重视现场的安全检查。例如，操作人员必须戴上手套、安全帽，禁止用手阻挡输送设备等。

（三）电器设备的安全技术

随着科学技术的发展和仓库机械化和自动化水平的不断提高，仓库用电器设备越来越多，如电力驱动的起重机、堆垛机、通风机、照明设备等。

（1）为了保证使用安全，防止火灾和触电事故，所有电器设备都要装有可熔保险自动开关。

（2）设备在使用过程中必须要有保护性接地措施和绝缘装置。

（3）高压线路经过的地方必须有警告标志。

（4）高层货架仓库和危险品仓库还要配置避雷装置，以免雷击引起火灾。

二、仓库防毒害与防腐蚀

（一）毒害品与腐蚀品的分类

储存在仓库中的货物，有些具有毒害性或腐蚀性，一般称之为毒害品或腐蚀品。

1. 毒害品

毒害品的种类很多。从化学组成来看，可分为无机毒害品和有机毒害品。若按其毒性的大小,可分为有毒品和剧毒品。根据上述毒害品的化学组成及毒害性的大小,可进一步分为无机有毒品、有机有毒品、无机剧毒品和有机剧毒品四类。

无机有毒品是具有毒性的一些无机物,如钡、铅、铰、锑、汞等金属盐;有机有毒品是具有毒性的一些有机物,如各种碳氢化合物的卤化物、醋类、醛类、有机金属盐类等;无机剧毒品是一些具有剧烈毒害性的无机物,如氰化物、砷化物、汞化物等;有机剧毒品是一些具有剧烈毒害性的有机物,如各种有机氰化物、有机汞制剂、有机磷制剂等。

此外,有些物品虽然并非毒品但具有毒性,如含四乙铅的汽油、沥青及含沥青的制品、硅铁、漂白粉、乙醚、溴素、电石等。

2. 腐蚀性物品

腐蚀性物品多数都具有较强的酸性或碱性,可分为无机酸性腐蚀品和有机酸性腐蚀品。前者如硝酸、硫酸、盐酸、磷酸、氢氟酸等;后者如甲酸、乙酸等。碱性腐蚀品如氢氧化钠、氢氧化钾、硫化钠、硫化钾、四甲基氢氧化铰、四乙基氢氰化铵等。此外,还有其他一些腐蚀性物品,如碘化物、苯酚、苯酚盐等。

(二)毒害品及腐蚀品对人身的危害

1. 毒害品对人身的危害

毒害品侵入人体或接触皮肤会引起机体功能发生障碍,甚至造成死亡。毒害品引起人身中毒的途径有三个:

一是呼吸中毒,毒害品中挥发性液体的蒸汽和固体的粉尘,最容易通过呼吸器官进入人体,即通过呼吸道进入肺部,被肺泡表面吸收,随着血液循环,引起人身中毒。

二是消化中毒,即毒害品经过口腔、食道进入肠胃引起中毒。如进行毒害品的作业后,未经漱口、洗手就进食饮水,或食物、饮料内落入毒害品粉尘,食用后引起中毒。

三是皮肤中毒,即当人体直接接触毒害品时,毒性物质可通过皮肤破裂的地方侵入人体,并随着血液循环而迅速扩散,造成人身中毒。

此外,有些毒性物质对人体的粘膜(如眼角膜)有较大的毒害。例如沥青含有刺激皮肤的毒性物质,尤其是煤沥青,含有蒽、奈、酚等,具有很强的刺激性,当直接与皮肤、眼睛接触时,能引起皮肤和眼睛红肿,甚至起泡溃烂。

引起人身中毒的可能性及轻重程度受多种因素的影响。首先与毒害品的毒性有关,而毒害品毒性的大小主要取决于它们的化学组成和化学结构。如含氰的化合物毒性很大,米粒大的一点点就有致命的危险。其化学结构的饱和程度越大毒性越小,反之毒性就越大。其次毒性的大小与毒害品的物理形状有关,其溶解性越大,挥发性越强,颗粒度越细,毒害性就越大。另外,毒害品对人体的影响还与人的性别、年龄、体质等生理状况有关。

2. 腐蚀性物品对人身的危害

腐蚀性物品对人体具有腐蚀性。当人体直接接触这些物品时,会引起灼伤或破坏性创伤,以至溃疡等。当人们吸入这些腐蚀品挥发出来的蒸汽或飞扬到空气中的粉尘时,呼吸道粘膜就会受到腐蚀,引起咳嗽、呕吐、头痛等症状。特别是当接触氢氟酸时,会产生剧疼,使组织坏死,如不及时治疗,会导致严重后果。

（三）仓库防毒害与防腐蚀措施

毒害性物品与腐蚀性物品关系密切。有的毒害性物品同时具有腐蚀性,如氰化钾、氰化钠等;有的腐蚀性物品又具有毒害性,如氢氟酸。因此防毒害与防腐蚀有很多共同之处,下面结合起来加以叙述。

1. 专库专柜保管,专人负责

毒害品应集中保管,单独设库。当数量不多不需要占用一个库房时,可在库内间隔成小室(库中库),妥善保管。剧毒品还应存入保险柜或铁柜内,并上锁加封,由库主任掌管钥匙,管库员必须在库主任协同下,方得开柜存取。对于腐蚀性物品(如酸碱类),必须分库单独保管,酸类不准与碱类混存。存放酸碱的库房,在建筑上应考虑到防腐的要求,如库顶最好是水泥平顶结构,内涂防腐漆,设水泥混凝土地面,并铺垫黄沙。木制门窗和各部位的铁制附件,都应加涂防腐漆。腐蚀品仓库以采取半地下方式为宜。

毒害品及腐蚀品应有专人负责,尤其是对剧毒品的保管,必须提高警惕,严格管理。要选择责任心强、忠实可靠、踏实细心、技术业务熟练且有经验的人员管理。要建立健全必要的规章制度,如收料制、发料制、检查制等,同时应制定各种作业规程,并认真执行。

2. 控制库内温湿度

大部分毒害品和腐蚀品都具有比较强的挥发性,挥发出来的毒气或腐蚀性气体,会使人身中毒或被腐蚀。而这些有害气体的挥发受温度的影响很大,温度越高挥发越快,空气中有害气体的含量就越多,人身中毒或被腐蚀的可能性就越大。所以控制库内温度,是减少挥发、防止毒害和腐蚀的主要措施之一。

毒害品和腐蚀品的保管,还应注意防潮。因为有些毒害品,如氰化钾、氰化钠等,受潮后会分解出剧毒的氰化氢气体,其在空气中的浓度若达到0.03%,人在数分钟就有致命的危险。有的腐蚀品,如氢氧化钠吸潮后发生水解,其溶液具有很大的腐蚀性。所以应保持库内干燥,相对湿度应控制在80%以下。

3. 密封容器与库房通风

毒害品及腐蚀品的密封极为重要。如果盛装毒害品及腐蚀品的容器破裂或封口不严,就会使其中的液体外流,气体挥发,造成中毒或被腐蚀。容器密封不良,还会使潮气侵入,引起内装物变质。使用玻璃瓶盛装毒品,应将瓶口用石蜡密封,坛装罐装腐蚀品,应用石膏等密封,如发现容器破裂,应及时修补或更换。

具有挥发性的毒害品和腐蚀品,由于容器的密封不严或破损,总有一部分毒气和腐蚀性气体散布到库内空气中,而且浓度会不断增加,这对库内作业人员的身体有害。因此,毒害品和腐蚀品库房,应有良好的通风系统。一般在库内作业前应先进行通风。除打开门窗自然通风外,还要利用通风设备进行强迫通风,将毒害或腐蚀性气体排出库外,换以新鲜空气,然后再进行作业。

4. 加强劳动保护

毒害品及腐蚀品的装卸、运搬、倒装、分装等作业,必须认真执行操作规程,加强作业人员的劳动保护措施。如作业时戴好防毒口罩或防毒面具、防护眼镜、防腐蚀手套,穿上紧袖口厚布工作服或橡胶雨衣,穿长筒胶靴,颈部围好毛巾,外露皮肤涂抹防护药膏等。具体穿戴何种防护用品,要根据作业对象的毒性和腐蚀性而定。作业人员工作时间不宜过长,要采取间歇式作业,不断呼吸新鲜空气。作业结束后,有条件的应进行淋浴,或用肥皂洗净手脸和外露皮肤部分,经漱口后方得饮水或进餐。

良好的工作环境是保证安全生产和作业的重要前提之一。在工作环境中,最适当的温度为 12 ~ 22℃,相对湿度为 40% ~ 60%,空气流动速度为0.1 ~ 0.2 米/秒。如果工作场所的空气中每立方米含有 2 毫克以上的微尘,就会引起慢性疾病。工作地点照明不足极易引起眼疾和导致作业事故,因此仓库在保证充分自然采光的时候,也要保证适当的照明。参阅案例 5。

▶ <u>案例5</u>

职业健康安全管理体系规范

《GB/T28001-2001 职业健康安全管理体系规范》已由国家标准化管理委员会于 2001 年 11 月 12 日批准发布,并于 2002 年 1 月 1 日起正式实施。

近年来,我国国民经济一直保持着世人瞩目的高速增长,但作为社会文明进步重要内容之一的职业健康安全管理工作却远滞后于经济建设的发展步伐,重大恶性工伤事故频频发生,职业病人数居高不下。

职业健康安全管理体系是与质量管理体系(GB/T19000-ISO9000)、环境管理体系(GB/T24000-ISO14000)并列的三大管理体系之一,是世界各国目前广泛推行的一种先进的现代安全生产管理方法。它强调通过系统化的预防管理机制彻底消除各种事故和疾病隐患,以便最大限度地减少事故和职业病的发生。

该国家标准是在综合总结国内外开展职业健康安全管理工作经验的基础上结合我国国情而制定的。其核心思想是:组织通过建立和保持职业健康安全管理体系,控制和降低职业健康安全风险,持续改进组织的职业健康安全管理绩效,从而达到预防和减少事故与职业病的最终目的。该国家标准的发布无疑对我国的社会经济发展具有非常重要的现实意义,对改善我国的职业健康安全状况、保护我国人民的生命和财产安全必将起到积极的推动和促进作用。

第四节　仓库火灾保险

一、火灾保险的概念

火灾保险,简称火险,是指以存放在固定场所并处于相对静止状态的财产及其有关利益为保险标的,由保险人承担被保险财产遭受保险事故损失的经济赔偿责任的一种财产损失保险。

仓库投保的火灾险属于团体火灾保险。团体火灾保险是以法人团体的财产物资及有关利益等为保险标的,由保险人承担火灾及有关自然灾害、意外事故损失赔偿责任的财产损失保险。

火灾保险在产生之初,保险人确实只承保被保险人单一的火灾风险,但后来随着火灾保险的发展和保险客户对保险风险扩张的需求而不断扩大着风险责任,进而发展到可以承保各种自然灾害与多种意外事故。尽管火灾保险的承保风险责任在不断扩大,但它承保存放在固定场所并处于相对静止状态下的财产物资这类标的却未改变。

火灾保险的标的,主要是各种不动产和动产。不动产是指不能移动或移动后会引起性质、形状改变的财产,主要是土地附着物,以房屋为主,还包括其他建筑物及附属设备。动产则是指能自由移动且不改变其性质、形态的财产,包括各种生产资料、生活资料及其他商品,如机器设备、原材料、在产品等生产资料,家用电器、家具、服装等生活资料,商店里准备出售的各种商品等。

二、火灾保险承保的主要风险

火灾保险承保的主要风险可以分为基本风险和其他风险。

(一) 火灾保险承保的基本风险

火灾、爆炸、雷击是火灾保险承保的基本风险。

1. 火灾

指在时间或空间上失去控制的燃烧所造成的灾害。构成火灾责任必须同时具备三个条件:

(1) 有燃烧现象,即有热有光有火焰;

(2) 偶然、意外发生的燃烧;

(3) 有蔓延扩大的趋势。

2. 雷击

指由雷电造成的灾害。雷击的破坏形式分为两种:

(1) 直接雷击,即由雷电直接击中保险标的造成损失,属直接雷击责任;

(2) 感应雷击,指由于雷击产生的静电感应或电磁感应使屋内的绝缘金属物体产生高电位放出火花引起的火灾,导致电器本身的损毁,或因雷电的高电压感应,致使电器部件的损毁,属感应雷击责任。

3. 爆炸

爆炸有两种形式:

(1) 物理性爆炸。指由于液体变为蒸汽或气体膨胀,压力急剧增加并大大超过容器所能承受的极限压力,而发生的爆炸。如锅炉、液化气罐爆炸等,此类爆炸事故的鉴别,以劳动部门出具的鉴定为准。

(2) 化学性爆炸。指物体在瞬息分解或燃烧时放出大量的热和气体,并以很大的压力向四周扩散的现象,如火药爆炸。因物体本身的瑕疵、使用损耗或产品质量低劣以及由于容器内部承受"负压"(内压比外压小)造成的损失,不属于爆炸责任。

(二)火灾保险承保的其他风险

(1)暴雨。指每小时降雨量达16毫米以上,或连续12小时降雨量达30毫米以上,或连续24小时降雨量达50毫米以上。

(2)洪水。山洪暴发、江河泛滥、潮水上岸及倒灌致使保险标的遭受浸泡、冲散、冲毁等损失都属洪水责任。规律性的涨潮、自动灭火设施漏水以及在常年水位以下或地下渗水、水管爆裂造成保险标的损失,不属于洪水责任。

(3)台风。指中心附近最大平均风力达12级或12级以上,即风速在32.6米/秒以上的热带气旋。是否构成台风应以当地气象站的认定为准。

(4)暴风。指风速在28.3米/秒,即风力等级表中的11级风。我国保险条款的暴风责任通常扩大至8级风,即风速在17.2米/秒以上即构成暴风责任。

(5)龙卷风。这是一种范围小而时间短的猛烈旋风。陆地上平均最大风速一般在79~103米/秒,极端最大风速一般在100米/秒以上。是否构成龙卷风以当地气象站的认定为准。

(6)雪灾。因每平方米雪压超过建筑结构荷载规范规定的荷载标准,以致压塌房屋、建筑物,造成保险标的损失,为雪灾保险责任。

(7)雹灾。因冰雹降落造成的灾害。

(8)冰凌。即气象部门称的凌汛,春季江河解冻时期冰块飘浮遇阻,堆积成坝,堵塞江道,造成水位急剧上升,以致冰凌、江水溢出江道,漫延成灾。陆上有些地区,如山谷风口或酷寒致使雨雪在物体上结成冰块,成下垂形状,越结越厚,重量增加,由于下垂的拉力致使物体毁坏,也属冰凌责任。

(9)泥石流。指山地大量泥沙、石块突然暴发的洪流,随大暴雨或大量冰水流出。

(10)崖崩。指山崖、土崖受自然风化、雨蚀、崖崩下塌或山上岩石滚下;或大雨使山上沙土透湿而崩塌。

(11)突发性滑坡。指斜坡上不稳的岩体、土体或人为堆积物在重力作用下突然整体向下滑动。

(12)地面突然塌陷。指地壳因为自然变异,地层收缩而发生突然塌陷。此外,对于因海潮、河流、大雨侵蚀或在建筑房屋前没有掌握地层情况,地下有孔穴、矿穴,以致地面突然塌陷所致保险标的损失,也在保险责任范围以内。对于因地基不牢固或未按建筑施工要求导致建筑地基下沉、裂缝、倒塌等损失,不在保险责任范围以内。

(13)飞行物体及其他空中运行物体坠落。凡是空中飞行或运行物体的坠落,如空中飞行器、人造卫星、陨石坠落,吊车、行车在运行时发生的物体坠落都属于本保险责任。在施工过程中,因人工开凿或爆炸而致石方、石块和土方飞射、塌下而造成保险标的的损失,保险人可以先给予赔偿,然后向负有责任的第三者追偿。建筑物倒塌、倒落、倾倒造成保险标的的损失,视同空中运行物体坠落责任。如果涉及第三者责任,可以先赔偿再向第三者追偿;但是,对建筑物本身的损失,不论是否属于保险标的,都不负责赔偿。

三、团体火灾保险的基本特征

团体火灾保险的基本特征,可以从团体火灾保险的保险标的、承保财产地址、承保风险等方面体现出来。

(一)保险标的是处于相对静止状态的财产

团体火灾保险的标的主要是各种固定资产和流动资产,这些标的(如厂房、机器设备、原材料等)相对固定地坐落或存放于陆地上的某个位置,从而既与处于水上和空中的标的(如水险的标的——船舶或货物,航空保险的标的——机身及其责任等)相区别,又与处于运动状态的标的(如运输工具险和货物运输保险的标的)相区别,从而形成了团体火灾保险独有的特征。

与其他保险险种相比,团体火灾保险的标的更为复杂、多样。各种形式的固定资产和流动资产都可能成为团体火灾保险的保险标的,如房屋及其他建筑物和附属装修设备、机器及设备、工具、仪器和生产用具、管理用具及低值易耗品、原材料、半成品、在产品、产成品等,而其他保险的保险标的则相对较为单纯。

(二)承保财产地址不得随意变动

在团体火灾保险中,强调保险标的必须存放在保险合同中列明的固定处所,除因火灾等风险威胁,为安全起见可将屋内财物暂时运移他处外,被保险人在保险期间一般不能随意变动保险标的的存放地,否则,保险人可以不负赔偿责任。这主要是因为团体火灾保险标的所处地点不同,风险的大小亦不同。因此,在一般情况下,变动承保财产地址,须经保险人同意,并在原保单上批注或附贴批单方可进行。

(三)承保风险不断扩大

最初的火灾保险只承保单一的火灾风险,并只赔偿火灾所致的直接损失,不赔偿间接损失。后来扩大到与火灾相关的雷击、爆炸等风险。

随着火灾保险业务的发展及人们对火灾保险保障范围的需求增大,火灾保险的承保风险又逐渐扩大到承保各种列明的自然灾害、意外事故,甚至扩展到承保利润损失等间接损失。

（四）以团体为投保单位

团体火灾保险与家庭财产保险相比,虽然同属于火灾保险,但在投保单位上差异甚大。团体火灾保险以团体为投保对象,而家庭财产保险则是以城乡居民个人及其家庭为投保单位。

此外,企业财产保险的标的结构、承保风险及费率厘定等较为复杂,核保、核赔难度较大。

四、团体火灾保险的基本内容

（一）可保财产

可保财产是保险人可以承保的财产。团体火灾保险的对象是存放在固定地点,且处于相对静止状态中的财产。凡是投保团体火灾保险,投保人必须对保险标的具有保险利益。团体火灾保险可承保的财产包括:属于被保险人所有或与他人共有而由被保险人负责的财产;由被保险人经营管理或替他人保管的财产;其他具有法律上承认的与被保险人有经济利益关系的财产。

从财产的形态来看,团体火灾保险承保的财产可分为固定资产和流动资产等,其表现形式如下:

（1）房屋及其他建筑物和附属设备。包括正在使用、未使用或出租、承租的房屋;房屋以外的各种建筑物,如站台、船坞、油库、围墙以及附属在房屋建筑物上的较固定的设备装置,如作为仓库结构的高层货架、通风设备等。

（2）机器及设备。即具有改变材料属性或形态功能的各种机器设备,如分拣设备、包装设备、剪切机等;还有与机器不可分割的设备,如机座、传导设备、机房设备等。

（3）工具、仪器及生产用具。即具有独立用途的各种工作用具、仪器和生产用具,如检验、实验和测量用仪器、达到固定资产标准的包装容器(托盘和集装箱)、叉车、起重机等。

（4）管理用具及低值易耗品。即办公、计量、消防用具以及其他经营管理用的器具设备和各种低值易耗品。

（5）原材料、半成品、在产品、产成品或库存商品、特种储备商品。如各种原料、材料、燃料、备品备件、物料用品、副产品、残次商品、样品、展品、包装物等。

（6）账外及已摊销的财产。即已摊销或列支而尚在使用的财产。如简易货棚、边角余料、不入账的自制设备、无偿移交财产、已摊销的低值易耗品等。

此外，建造中的房屋、建筑物和建筑材料，交通运输工具及设备等，也属于团体火灾保险的可保财产。如果已投保工程保险、运输工具险等险种，则不需投保团体火灾保险。

（二）不保财产

不保财产是保险人不予承保的财产。团体火灾保险的不保财产主要包括：

（1）不能用货币衡量其价值的财产或利益。如土地、矿藏、矿井矿坑、森林、水产、资源及文件、账册、图表、技术资料、电脑资料等。

（2）不是实际的物资，容易引起道德风险的财产。如货币、票证、有价证券等。

（3）承保后与有关法律、法规及政策规定相抵触的财产。如违章建筑、危险建筑、非法占用的财产等。

（4）不属于团体火灾保险的承保范围，应投保其他险种的财产。如未经收割或收割后尚未入库的农作物，在运输过程中的物资，领取执照并正常运行的机动车，牲畜、禽类和其他饲养动物等。

五、火灾保险金额与保险价值

团体火灾保险的保险金额主要分为固定资产与流动资产两大类，其中固定资产还要进一步按固定资产的分类进行分项，每项固定资产仅适用于该项固定资产的保险金额。

（一）固定资产保险金额与保险价值的确定

确定固定资产保险金额一般有以下几种方式：

（1）按照账面原值确定。账面原值是指在建造或购置固定资产时所支出的货币总额，可以保险客户的固定资产明细账卡等为依据。

（2）按照重置价值确定。重置价值即重新购置或重建某项财产所需支付的全部费用。按重置价值确定保额，可以使被保险人的损失得到足额的补偿，避免因赔偿不足带来的纠纷。但此方式可能诱发道德风险。

（3）按照账面原值加成数确定。即在保险双方协商一致的情况下,在固定资产账面原值基础上再附加一定成数,使之趋近于重置价值。此方式适用于投保标的的账面原值与实际价值差额较大的情况。

（4）按其他方式确定。在团体火灾保险中,固定资产的保险金额也可以依据公估价或评估后的市价由被保险人确定。

固定资产的保险价值一般是按出险时的重置价值确定。

（二）流动资产保险金额与保险价值的确定

流动资产保险金额的确定方式包括如下两种：

（1）由被保险人按最近 12 个月的账面平均余额确定。最近 12 个月账面平均余额是指从投保月份往前推 12 个月的流动资产账面余额的平均数。据此确定流动资产的保险金额,可实现保险金额与物化流动资产价值在时间分布上的相对接近。流动资产的账面余额应当按取得时的实际成本核算。

（2）由被保险人自行确定。被保险人可以按最近 12 个月任意月份的账面余额确定保额；也可以按最近账面余额（即投保月份上月的流动资产账面余额）确定保额。

此外,账外财产和代保管财产可以由被保险人自行估价或按重置价值确定保额。流动资产的保险价值一般是按出险时的账面余额确定。

六、火灾费率

团体火灾保险的保险费率一般以每千元保额为计算依据,费率的表达形式为千分率(‰)。

（一）厘订费率的主要因素

保险费率是根据保险标的的风险程度与损失概率、保险责任范围、保险期限和经营管理费用等确定的。在厘订团体火灾保险的费率时,主要应考虑以下因素：

（1）建筑结构及建筑等级。建造结构是指建筑物中由承重构件（梁、柱、墙、楼盖和基础等）组成的体系,用以承受作用在建筑物上的各种负荷。房屋及其他建筑物的建筑结构不同,其强度、刚性、稳定性和耐久性会有较大差异,因而遭遇风险的频率和风险发生后的损毁程度亦会有区别。

房屋的建筑等级根据建筑结构一般分为三等：

1）一等建筑。屋架、内外墙、地坪、楼坪、扶梯用钢筋水泥、砖石或钢铁构造；屋顶用水泥、砖瓦、铁皮、石棉、沥青或铺满石屑的油毛毡平顶构造。

2）二等建筑。屋架、地坪、楼坪、扶梯用木料构造，外墙主要用砖石水泥或其他不易燃烧的材料构造；屋顶用砖瓦、铁皮、石棉、沥青或铺满石屑的油毡平顶构造。

3）三等建筑。建筑结构次于二等建筑的房屋为三等建筑。

建筑等级不同，风险状况亦不同。如一等建筑的风险损毁程度明显地低于二等建筑和三等建筑。既然建筑结构及建筑等级影响到房屋及其他建筑物的风险概率及其损毁程度，所以不同结构和等级的建筑的保险费率自然就不同。

（2）占用性质。占用性质是指建筑物的使用性质。不同类别、不同风险性质的财产存放于同一建筑等级的建筑物中，风险程度会有很大差别。库房如存放危险品，火灾风险就会大大高于存放非燃烧物品或难燃烧物品。因此制定团体火灾保险费率时要根据占用性质及其相应的风险状况，实行分类级差费率。

（3）承保风险的种类。团体火灾保险承保的风险不仅有火灾，还有其他多种灾害事故。一般而言，承保风险的种类越多，保险费率越高。如我国1996年以来实施的《财产保险基本险条款》和《财产保险综合险条款》。《财产保险基本险条款》仅承保火灾、爆炸、雷击、飞行物体及其他空中运行物体坠落四种风险，而《财产保险综合险条款》则既承保以上风险，又承保暴雨、洪水、台风等多种风险。因此，财产保险综合险的费率均高于财产保险基本险的费率。

（4）地理位置。保险标的所处的地理位置不同，风险及其损失的情况也会不同。如江河沿岸遭洪水侵袭的可能较大，沿海城市常遭台风袭击。因此，保险人应根据地理位置的不同，厘订出有差别的费率。

此外，还应考虑被保险人在具体确定保险费率时防火设备、保险标的所处的环境、交通状况等的影响。在实际工作中，一般以表定费率为基础，根据具体的风险情况等因素，在一定的浮动范围内确定费率。

（二）火灾险费率的分类

团体火灾保险的保险费率采用分类级差费率制。它可以分为工业险、仓储险和普通险三大类，每类又按占用性质及风险大小等确定不同档次的费率。

（1）工业险费率。工业险费率适用于制造、修配、加工生产的工厂。工业险费率的档次按原材料性质、工艺操作及其风险状况确定。风险程度越高，费率越高。

（2）仓储险费率。仓储险费率适用于所有储存大宗物资或商品的场所，不论存放处所为库房、露天货场、货棚，还是油槽、储气柜、地窖。仓储险费率以储存物本身的种类及其风险程度为依据，划分为不同的费率档次，见表8-10、8-11。

表8-10　仓储类基本险年费率表

（按保险金额每千元计算）

类别	占用性质	费率
仓储类	一般物资	0.60
	危险品	1.50
	特别危险品	3.00
	金属材料、粮食专储	0.35

表8-11　仓储类综合险年费率表

（按保险金额每千元计算）

类别	占用性质	费率1	费率2
仓储类	一般物资	1.50	1.00
	危险品	3.00	2.00
	特别危险品	5.00	4.00
	金属材料、粮食专储	1.00	0.50

注：费率1适用于华东、中南、西南地区，费率2适用于华北、东北、西北地区。

（3）普通险费率。普通险费率适用于除工业险、仓储险以外的其他行业。普通险费率根据投保单位的工作性质及其风险状况确定费率档次。

各地保险监管部门与保险机构可以根据当地的实际情况，在一定范围内实行费率浮动。

七、保险赔偿

在团体火灾保险中，保险标的发生保险责任范围内的损失，保险人按照保险金额与保险价值的比例承担赔偿责任。

（一）固定资产赔偿金额的计算

（1）全部损失。受损财产的保险金额等于或高于出险时重置价值的，其赔偿金额以不超过出险时的重置价值为限；受损财产的保险金额低于出险时的重置价值的，其赔款不得超过该项财产的保险金额。

（2）部分损失。受损保险标的的保险金额等于或高于出险时的重置价值的，按实际损失计算赔偿金额；受损财产的保险金额低于出险时的重置价值的,应根据实际损失或恢复原状所需修复费用,按保额占出险时重置价值的比例计算赔偿金额。

（二）流动资产赔偿金额的计算

（1）全部损失。受损财产的保险金额等于或高于出险时账面余额的,其赔偿金额以不超过出险时账面余额为限;受损财产的保险金额低于出险时账面余额的,其赔款不得超过该项财产的保险金额。

（2）部分损失。受损保险标的的保险金额等于或高于账面余额,按实际损失计算赔偿金额;受损财产的保险金额低于账面余额,应根据实际损失或恢复原状所需修复费用,按保险金额占出险时账面余额的比例计算赔偿金额。

八、团体火灾保险的险种

在国内火灾保险市场上,团体火灾保险的险种主要包括财产保险基本险种（基本险和综合险）及其附加险,在海关监管仓库等的涉外业务中还存在着财产保险一切险。

（一）财产保险基本险

财产保险基本险是以投保人存放在固定场所并处于相对静止状态下的财产为保险标的,承担财产面临的基本风险责任的保险,它是团体火灾保险的主要险种之一。

1. 保险责任

财产保险基本险对火灾、雷击、爆炸、飞行物体及其他空中运行物体坠落造成的损失负责赔偿。

此外,保险标的的下列损失也属于财产保险基本险的责任范围:

（1）被保险人拥有财产所有权的自用的供电、供水、供气设备因保险事故遭受破坏,引起停电、停水、停气以及造成保险标的的直接损失。

（2）在发生保险事故时,为抢救保险标的或防止灾害蔓延,采取合理的必要措施而造成保险标的的损失。

2. 除外责任

在财产保险基本险中,通常将下列原因造成保险标的的损失列为除外责任,保险人不予赔偿:

（1）战争、敌对行为、军事行动、武装冲突、罢工、暴动。

（2）被保险人及其代表的故意行为或纵容所致。

（3）核反应、核子辐射和放射性污染;地震、暴雨、洪水、台风、暴风、龙卷风、雪灾、雹灾、冰凌、泥石流、崖崩、滑坡、水暖管爆裂、抢劫、盗窃等。

（4）保险标的遭受保险事故引起的各种间接损失。

（5）保险标的本身缺陷、保管不善导致的损毁。

（6）保险标的因变质、霉烂、受潮、虫咬、自然磨损、自然损耗、自燃、烘焙所造成的损失。

（7）由于行政行为或执法行为所致的损失以及其他不属于保险责任范围的损失和费用。

（二）财产保险综合险

财产保险综合险与财产保险基本险一样，也是团体火灾保险业务的主要险种，它在保险金额、保险价值和赔偿处理等内容上，与财产保险基本险相同，只是在保险责任和责任免除方面存在着区别。

1. 保险责任

财产保险综合险的责任范围较财产保险基本险要广泛得多。一般而言，由于下列原因造成保险标的损失，保险人在综合险项下均负有赔偿责任：

（1）火灾、爆炸、雷击。

（2）暴雨、洪水、台风、暴风、龙卷风、雹灾、冰凌、泥石流、崖崩、突发性滑坡、地面突然塌陷。

（3）飞行物体及其他空中运行物体坠落。

2. 除外责任

财产保险综合险对下列原因造成保险标的的损失不予赔偿：

（1）战争、敌对行为、军事行动、武装冲突、罢工、暴动。

（2）被保险人及其代表的故意行为或纵容所致。

（3）核反应、核子辐射和放射性污染。

（4）保险标的遭受保险事故引起的各种间接损失。

（5）地震所造成的一切损失。

（6）保险标的本身缺陷、保管不善导致的损毁。

（7）保险标的因变质、霉烂、受潮、虫咬、自然磨损、自然损耗、自燃、烘焙所造成的损失。

（8）堆放在露天或罩棚下的保险标的以及罩棚由于暴风、暴雨造成的损失。

（9）由于行政行为或执法行为所致的损失以及其他不属于保险责任范围的损失和费用。

3. 附加险

为适应投保人的某些特殊需要，保险人还可以在团体火灾保险基本险种的基础上加费后特约承保各种附加险，如盗抢险、露堆（露天堆码货物）财产保险、机器损坏保险以及利润损失保险等。

（1）盗抢险。在团体火灾保险中，盗抢风险一般不属于承保责任范围，盗抢险也不能单独承保，而只能以团体火灾保险基本险种附加盗抢险的形式存在。投保了附加盗抢险后，凡是值班保卫制度健全的单位，存放在保险地址室内的保险标的，因遭受外来的、明显的盗抢行为所致的损失，并报公安部门立案的，保险人承担赔偿责任。但监守自盗属除外责任。

（2）露堆财产保险。投保人对符合仓储规定的露堆财产要求保险人特约承保时，可以在团体火灾保险基本险种的基础上加费后以附加险形式投保。经特别约定后，承保的露堆财产因遭受暴风、暴雨所致的损失，保险人负责赔偿。但被保险人对其露堆财产的存放，必须符合仓储及有关部门的规定，并采取相应的防护安全措施，否则，保险人有权拒赔。

除以上附加险外，破坏性地震保险、水暖管爆裂保险等，都可以在团体火灾保险基本险或综合险的基础上以附加险形式特约承保。

本章小结

仓库存放着大量各种各样的货物，性质复杂，而且仓储生产要使用各种类型的机械设备，因此仓库中潜在的风险和事故隐患非常多。学习和了解仓库中这些潜在风险和事故的成因固然重要，但更重要的是要学习规避这些风险的方法。

思考题

1. 参观一个仓库，列举该仓库可能存在的风险。
2. 仓库风险管理的方式有哪些？
3. 仓库可以通过投保规避哪些风险？
4. 举例说明仓库火灾类型。
5. 试述主要灭火剂的适用范围。
6. 团体火灾险有什么特征？
7. 仓库的可保财产有哪些？

仓库与配送中心
生产绩效管理

主要内容

- ■ 仓库与配送中心管理部门及其职能
- ■ 仓库与配送中心生产绩效考核
- ■ 仓库与配送中心绩效管理过程

　　面对不断变化的客户需求和不断增长的市场竞争以及不断增加的成本压力,仓库与配送中心的经理们必须不断努力提高其组织的工作绩效。由于仓库配送中心只是物流系统中的一个子系统,其生产过程是受上、下游客户约束的,而仓库与配送中心的绩效成果反之又会作用于上、下游客户的物流系统。所以,本章首先考察仓库与配送中心管理部门的职能,然后讨论其生产绩效管理的内容和方法。

第一节　仓库与配送中心管理部门及其职能

一、仓库与配送中心管理部门在企业物流系统中的位置

　　我们可以通过一个生产企业仓储部的业务流程图(如图9-1)来分析企业仓库与配送中心管理部门在其物流系统中的主要职能以及与其他职能部门的关系。

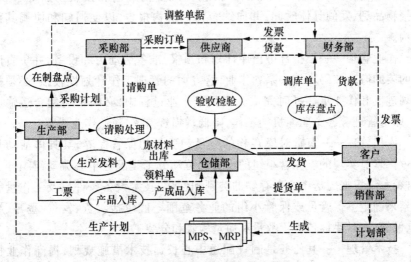

图9-1　某企业仓储部业务流程图

二、仓库与配送中心管理部门的业务职能机构

　　通常情况下,不论配送中心规模是大还是小,也不论是自用仓库还是营业仓库,都应设置包括综合计划、运输调运、作业管理、库房管理、技术管理、设备管理和财务管理在内的机构或岗位。

　　以上七项职能具有相对独立的工作性质,但它们首先是一个整体,是整

个仓库与配送中心业务流程的一个环节；各职能之间是协作关系，一个业务环节的结束，正是另一个业务环节的开始；一个业务职能负责整个业务流程的一个方面，而业务流程的另一个方面应由另一个职能负责（一一对应）；相互之间既不应有发生重叠的环节，又不能存在无人负责的死角和空白点。要把各个职能位置的全体人员组织起来形成一个有机整体，并协调各个职能之间的关系，平衡工作的进程，提高生产绩效，就要求仓库与配送中心有一个认真负责的、具有科学管理水平的领导机构。

各职能机构（或岗位）的业务分工如下：

综合计划——根据企业（用户）的业务计划，编制仓库与配送中心总的生产计划，如年度吞吐量、库存量、劳动生产率、成本、盈利等计划和各项主要绩效管理指标；平衡各职能之间的工作进度，根据月份计划规定、调度指令各职能机构（岗位）的日常工作。

运输调运——根据年度、月、日进出库计划，负责安排库外运输，如选择适当的运输方式，编制月、日运输计划，办理委托运输和接收物品等事项。预报物品到、发的具体时间，并向综合计划机构报告，以便通知和协调其他机构。

作业管理——根据日进出库计划和预报，准备劳动力和设备，并负责库内的装卸搬运和码垛等一系列作业，这方面的管理工作计划性很强，必须按计划进度和作业定额准时完成。在整个作业过程中，必须密切配合运输调运、库房管理等各个职能机构工作，降低货损货差率，降低作业成本。

库房管理——负责对库存物的数量和质量的保管保养，其具体活动是通过保管员实现的。保管小组的设置和劳动分工是配送中心劳动组织分工的核心，应根据配送中心库存物的类别和性质、技术设备条件以及工作量等因素来确定。保管员或保管小组的业务范围一般包括收货、发货、登账、统计、保管，有时要拆包进行数量和质量验收和分装工作。

技术管理——其任务是制订配送中心长远技术措施规划，提高作业机械化水平，提高技术保管保养水平；制订职工技术培训计划，有计划地提高各项业务技能；制订物品验收的技术方案，完善验收设备和工具，加强质量验收，为保管创造有利条件；做好物品出库的复核检验工作，杜绝差错；代表存货单位（用户）出证、交涉有关物品质量事故的赔偿问题。

设备管理——负责仓储设备、设施的管理。如装卸搬运设备的维修与更新。

财务管理——负责监督管理仓储部门或企业资金的运作过程。物流中心还可以代客户支付或托收货款。

不同类型的配送中心在服务范围和内容上有着较大差别,因此在职能机构的设置上也有着各自的特点。对于营业型仓库或配送中心来说,市场营销和客户关系维护是一项非常重要的工作,因此,市场营销部和客户关系维护部成为这类型仓库或配送中心的重要职能机构。

三、配送中心一般岗位设置

配送中心的岗位设置应根据配送中心作业流程的需要来确定。一般可以按职责或功能来设置具体岗位。

（一）按职责设置的岗位

1. 配送中心主管

负责统筹管理配送中心内外事宜。

2. 安全经理

负责全部配送中心安全的全面管理。

3. 安检员

（1）负责进出配送中心的货物的安全检查及货物在配送中心内的安全；

（2）负责检查进出配送中心人员,杜绝安全隐患；

（3）负责配送中心防火、防盗等具体安全工作。

4. 配送中心管理员

（1）负责货物在配送中心内的堆码、分区管理、发货顺序、数量核对；

（2）对照明状况进行检查；

（3）做好防虫防潮等具体工作。

5. 仓管人员

（1）负责在货物入库前,组织相关人员整理货位,安排装卸工准备装卸作业；

（2）在货物入仓时,负责按有关凭证清点实物,进行货物验收,并负责指导、监督装卸人员按标准进行堆放；

（3）负责货物入库后,及时更新库存记录；

（4）负责组织相关人员在货物出库完毕后,对货位进行重新调整,保证货位整齐、美观；

（5）负责监督货物的装卸,指导搬运,对库存记录及时更新等整个出库过程。

6. 搬运工

负责按要求进行产品搬运装卸。

（二）按功能设置的岗位

1. 采购或进货管理组

负责订货、采购、进货等作业环节的安排及相应的事务处理,同时负责对货物的验收工作。

2. 储存管理组

负责货物的保管、拣取、养护等作业运作与管理。

3. 加工管理组

负责按照要求对货物进行包装、加工。

4. 配货组

负责对出库货物进行的拣选和组配(按客户的要求或方便运输的要求)作业进行管理。

5. 运输组

负责按客户的要求制订合理的运输方案,将货物送交客户,同时对完成配送进行确认。

6. 营业管理组或客户服务组

负责接收和传递客房的订货信息,送达货物的信息,处理客房投诉,受理客户退换货请求。

7. 账务管理组

负责核对配送完成表单、出货表单、进货表单、库存管理表单,协调控制监督整个配送中心的货物流动。同时负责管理各种收费发票和物流收费统计、配送费用结算等工作。

8. 退货与坏货处理组

当营业管理组或客户服务组接收到退货信息后,将安排车辆回收退货商品,再集中到配送中心的退货处理区,重新清点整理。

第二节 仓库与配送中心生产绩效考核

一、生产绩效考核的意义

不论在企业物流系统中还是在社会物流系统中,仓库都担负着货主企业生产经营所需的各种物品的收发、储存、保管保养、控制、监督和保证及时供应货主企业生产和销售经营需要等多种职能,这些活动对于货主企业是否能够按计划完成生产经营目标、控制仓储成本和物流总成本至关重要。因此有必要建立起系统科学的仓库与配送中心生产绩效考核指标体系。

生产绩效考核指标是仓库与配送中心生产管理成果的集中体现,是衡量管理水平高低的尺度,利用指标考核仓库与配送中心经营的意义在于对内加强管理,降低仓储成本,对外接受货主定期评价。

（一）对内加强管理、降低仓储成本

利用生产绩效考核指标可以对内考核仓库各个环节的计划执行情况,纠正运作过程中出现的偏差。具体表现如下:

（1）有利于提高仓储管理水平。生产绩效考核指标体系中的每一项指标都反映某部分工作或全部工作的一个侧面。通过对指标的分析,能发现工作中存在的问题。特别是对几个指标的综合分析,能找到彼此间联系和关键问题之所在,从而为计划的制订、修改,以及生产过程的控制提供依据。

（2）有利于落实岗位责任制。指标是衡量每一个工作环节作业量、作业质量以及作业效率和效益的尺度,是仓库与配送中心掌握各岗位计划执行情况,实行按劳分配和进行各种奖励的依据。

（3）有利于仓库设施设备的现代化改造。一定数量和水平的设施和设备是保证仓储生产活动高效进行的必要条件,通过对比作业量系数、设备利用等指标,可以及时发现仓库作业流程的薄弱环节,以便仓库有计划、有步骤地进行技术改造和设备更新。

（4）有利于提高仓储经济效益。经济效益是衡量仓库工作的重要标志,通过指标考核与分析,可以对仓库的各项活动进行全面检查、比较、分析,确定合理的仓库作业定额指标,制订优化的仓储作业方案,从而提高仓库利用率、提高客户服务水平、降低仓储成本,以合理的劳动消耗获得理想的经济效益。

（二）进行市场开发、接受客户评价

利用生产绩效考核指标可以对外进行市场开发和客户关系维护,给货主企业提供相对应的质量评价指标和参考数据。具体表现如下:

（1）有利于说服客户、扩大市场占有率。货主企业在仓储市场中寻找供应商的时候,在同等价格的基础上,服务水平通常是最重要的因素,这时如果仓库能提供令客户信服的服务指标体系和数据,则将在竞争中获得有利地位。

（2）有利于稳定客户关系。在我国目前的物流市场中,以供应链方式确定下来的供需关系并不太多,供需双方的合作通常以一年为期,到期客户将对物流供应商进行评价,以决定今后是否继续合作,这时如果客户评价指标反映良好,则将使仓库继续拥有这一合作伙伴。参阅案例1、案例2。

▶ **案例1**

摩托罗拉公司大约每3个月要对其物流供应商进行绩效考核,如果某物流供应商的服务质量——差错率、延迟率等,不能达到摩托罗拉公司所要求的水平,则该供应商就会收到来自摩托罗拉公司的限期纠正通知,如果逾期不能有所改正,则该供应商就会被从摩托罗拉公司的供应链中清除掉。

▶ **案例2**

某物流企业在与客户签订的合同中,向客户承诺的服务指标如表9-1所示:

表9-1 某物流企业向客户承诺的服务指标

仓储配送指标	运输指标
仓储提供能力:100%	运输准确率:100%
仓储扩充能力:100%	货损赔付率:100%
满足仓储要求:90%	响应速度:≤2小时
库存完好率:100%	延期率:≤2%(零担物品); ≤0.3(整车物品)
库存安全保障能力:100%	
出入库保障能力:100%	物品出险率:≤4次/年
配送及时率:>80%	货损率:≤0.1%
配送准确率:100%	物品卸错率:≤2次/年
在途信息失控率:≤5次/年	
信息技术的应用率:90%	
远程信息提供能力:≥90%	
账实相符率:100%	
客户满意度:≥99%	

二、仓储生产绩效考核指标的制定和管理

为了保证仓库生产绩效考核真正发挥作用,指标体系的科学制定和严

格实施与管理非常重要。

（一）仓储生产绩效考核指标制定应遵循的原则

（1）科学性。科学性原则要求所设计的指标体系能够客观地、如实地反映仓储生产的所有环节和活动要素。

（2）可行性。可行性原则要求所设计的指标便于工作人员掌握和运用，数据容易获得，便于统计计算，便于分析比较。

（3）协调性。协调性原则要求各项指标之间相互联系、互相制约，但是不能相互矛盾和重复。

（4）可比性。在对指标的分析过程中很重要的是对指标进行比较，如实际完成与计划相比、现在与过去相比、与同行相比等，所以可比性原则要求指标在期间、内容等方面要一致，使指标具有可比性。

（5）稳定性。稳定性原则要求指标一旦确定之后，应在一定时期内保持相对稳定，不宜经常变动、频繁修改。在执行一段时间后，经过总结再进行改进和完善。

（二）仓库生产绩效考核指标的管理

在制定出仓库生产绩效考核指标之后，为了充分发挥指标在管理中的作用，仓库各级管理者和作业人员应进行指标的归口、分级和考核。

（1）实行指标的归口管理。指标制定的目标能否完成，与每个员工的工作有直接联系，其中管理者对指标的重视程度和管理方法更为关键。将各项指标按仓储职能机构进行归口管理、分工负责，使每项指标从上到下层层有人负责，可以充分发挥各职能机构的积极作用，形成一个完整的指标管理系统。归口管理、分工负责方法如图9-2所示。

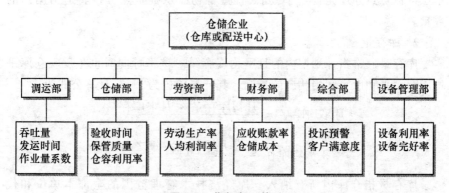

图9-2　指标归口管理

（2）分解指标落实到人。这一系列的生产绩效考核指标需要分解、分级落实到仓库各个部门、各个班组，直至每个员工，使每个部门、每个班组、每个员工明确自己的责任和目标。各岗位的职责如第一节所述。

（3）开展指标分析，实施奖惩。定期进行指标执行情况的分析，是改善仓库工作、提高仓库经济效益的重要手段。只有通过指标分析，找出差距，分析原因，才能对仓库的生产经营活动做出全面评价，才能促进仓库绩效不断提高。

三、仓库与配送中心绩效考核指标体系

绩效考核指标体系是反映仓库与配送中心生产能力及经营状况的各项指标的总和。指标的种类由于仓库或配送中心在供应链中所处的位置或经营性质不同而有繁有简。

（一）生产能力评价指标

这类指标主要是吞吐量、库存量、库存品种数。

1. 吞吐量

吞吐量是指计划期内仓库中转供应物品的总量，计量单位通常为"吨"，计算公式为：

$$吞吐量 = 入库量 + 出库量 + 直拨量$$

入库量是指经仓库验收入库的数量，不包括到货未验收、不具备验收条件、验收发现问题的数量；出库量是指按出库手续已经点交给用户或承运单位的数量，不包括备货待发运的数量；直拨量是指在车站、码头、机场、供货单位等提货点办理完提货手续后，直接将物品从提货点分拨转运给用户的数量。

2. 库存量

库存量通常指计划期内的日平均库存量。该指标同时也是反映仓库平均库存水平和库容利用状况的指标。其计量单位为"吨"，计算公式为：

$$月平均库存 = \frac{月初库存量 + 月末库存量}{2}$$

$$年平均库存 = \frac{各月平均库存量之和}{12}$$

库存量指仓库内所有纳入仓库经济技术管理范围的全部本单位和代存单位的物品数量，不包括待处理、待验收的物品数量。月初库存量等于上月末库存量，月末库存量等于月初库存量加上本月入库量再减去本月出

库量。

（二）进出货作业效率评价指标

1. 站台利用率

考核站台的使用情况，即是否因数量不足或规划不佳造成拥挤或低效。

$$站台利用率 = \frac{进出货车次装卸货停留总时间}{泊位数 \times 工作天数 \times 每天工作时数}$$

2. 站台高峰率

$$站台高峰率 = \frac{高峰车数}{站台泊位数}$$

若站台使用率偏高，表示站台停车泊位数量不足，会造成交通拥挤。为了避免这种情况，可采取下列措施：

（1）增加停车泊位数。

（2）为提高效率，做好时段管理，让进出配送中心的车辆能有序地行驶、停靠、装卸货作业。

（3）增加进出货作业人员，加快作业速度，减少每辆车停留装卸时间。

若站台使用率低，站台高峰率高，表示虽车辆停靠站台时间平均不高，站台停车泊位数量仍有余量，但在高峰时间进出货仍存在拥挤现象，此种情况主要是没有控制好进出货时间段引起的。为避免这种情况，关键是要将进出货车辆的到达作业时间岔开。可采取以下措施：

（1）要求供应商依照计划准时送货，计划好对客户交货的出车时间，尽量降低高峰时间的作业量。

（2）若无法与供应商或客户达成共识，则分散作业高峰期流量，可在高峰时间特别安排人力，以保持商品快速装卸搬运。

3. 人员负担和时间耗用

考核进出货人员工作分配及作业速度，以及目前的进出货时间是否合理。

$$每人每小时处理进货量 = \frac{进货量}{进货人员数 \times 每日进货时间 \times 工作天数}$$

$$每人每小时处理出货量 = \frac{出货量}{出货人员数 \times 每日出货时间 \times 工作天数}$$

$$进货时间率 = \frac{每日进货时间}{每日工作时数}$$

$$出货时间率 = \frac{每日出货时间}{每日工作时数}$$

若每人每小时处理进出货量高,且进出货时间率也高,表示进出货人员平均每天的负担不轻,原因出在配送中心目前的业务量过大。可考虑增加进出货人员,以减轻每人的工作负担。

若每人每小时处理进出货量低,但进出货时间率高,表示虽配送中心一日内的进出货时间长,但每位人员进出货负担却很轻。原因是进出货作业人员过多和商品进出货处理比较繁杂,进出货人员作业效率较低。为避免这种情况,可采取以下措施:

(1) 考虑减少进出货人员。

(2) 对于工效差的问题,应随时督促、培训,同时应尽量想办法减少劳力及装卸次数(如托盘化)。

若每人每小时进出货量高,但进出货时间率低,表示上游进货和下游出货的时间可能集中于某一时段,以致作业人员必须在此段时间承受较高的作业量。可考虑平衡人员的劳动强度和避免造成车辆太多,站台泊位拥挤,采取分散进出货作业时间的措施。

(三) 储存作业绩效评价指标

1. 设施空间利用率

$$单位面积保管量 = \frac{平均库存量}{可储存面积}$$

$$平均每品项所占货位数 = \frac{货架货位数}{总品项数}$$

平均每品项所占货位数若能规划在 $0.5 \sim 2$ 之间,即使无明确的货位编号,也能迅速存取货品,不至于造成储存、拣货作业人员找寻困难,也不会产生同一品项库存过多的问题。

2. 库存周转率

这是考核配送中心货品库存量是否适当、经营绩效的重要指标。

$$库存周转率 = \frac{出货量}{平均库存量} \quad 或 \quad = \frac{销售额}{平均库存金额}$$

库存周转率越高,库存周转期越短,表示越能用较少的库存完成同样的工作,使积压、占用在库存上的资金减少。也就是说,资金的使用率高,企业利润也随货品周转率的提高而增加。

通常可采取下列做法来提高库存周转率:

(1) 压缩库存量:通过配送中心决定采购、补货的时机及存货量。

(2) 建立预测系统。

(3) 增加出货量。

3. 呆废货品率

$$呆废货品率 = \frac{呆废货物件数}{平均库存量} \quad 或 \quad = \frac{呆废货物金额}{平均库存金额}$$

呆废货品率用来测定配送中心货品损耗影响资金积压的状况。可采取以下措施降低该比率：

（1）验收时力求严格把关，防止不合格货品混入。

（2）检查储存方法、设备与养护条件，防止货品变质，特别要重视对货品的有效期管理。

（3）随时掌握库存水平，特别是滞销品的处置，减少呆废货品积压资金和占用库存。

（四）订单处理作业绩效评价指标

1. 订单延迟率

订单延迟率衡量交货的延迟状况。

$$订单延迟率 = \frac{延迟交货订单数}{订单总量}$$

降低订单延迟率的措施主要有：

（1）找出作业瓶颈，加以解决。

（2）研究物流系统前后作业能否相互支持或同时进行，谋求作业的均衡性。

（3）掌握库存情况，防止缺货。

（4）合理安排配送时间。

2. 订单货件延迟率

考察配送中心是否应实施客户重点管理，使自己有限的人力、物力做到最有效的利用。

$$订单货件延迟率 = \frac{延迟交货量}{出货量}$$

降低订单货件延迟率的措施应考虑实施顾客 ABC 分析，以确定客户重要性程度，而采取重点管理。例如，根据订单资料，按客户的购买量占配送中心营业额的百分比做客户 ABC 分析。尽可能减少重要客户延迟交货的次数，以提高服务水平。

3. 紧急订单响应率

这是分析配送中心快速订单处理能力及紧急插单业务的需求情况。

$$紧急订单响应率 = \frac{未超过 12 小时出货订单}{订单总量}$$

提高紧急订单响应率的措施主要有：

（1）制定快速作业处理流程及操作规程。

（2）制定快速送货计费标准。

（五）拣货作业绩效评价指标

1. 人均作业能力

衡量拣货的作业效率，以便找出在作业方法及管理方式上存在的问题。

$$人均每小时拣货品项数 = \frac{订单总笔数}{拣货人员数 \times 每天拣货时数 \times 工作天数}$$

提升拣货效率的方法主要有：

（1）拣货路径的合理规划；

（2）货位的合理配置；

（3）确定高效的拣货方式；

（4）合理安排拣货人员数量及合理分工；

（5）拣货的机械化、电子化。

2. 批量拣货时间

衡量每批次平均拣货所需时间，可供日后分批策略参考。

$$批量拣货时间 = \frac{每日拣货时数 \times 工作天数}{拣货分批次数}$$

批量拣货时间短，表示拣货的反应时间很快，即订单进入拣货作业系统乃至完成拣取所费的时间很短。它特别有利于处理紧急订货。

3. 误拣率

衡量拣货作业质量的指标。

$$误拣率 = \frac{拣取错误笔数}{订单总笔数}$$

降低误拣率的主要措施有：

（1）选择最合理的拣货方式；

（2）加强拣货人员的培训；

（3）引进条码、拣货标签或电脑辅助拣货系统等自动化技术，以提升拣货精确度；

（4）检查拣货的速度。

（六）配送作业绩效评价指标

（1）人均作业量。评估配送人员工作能力及作业绩效。

$$人均配送量 = \frac{出货量}{配送人员数}$$

（2）车辆平均作业量。衡量车辆的利用率。

$$平均每辆车的配送量 = \frac{配送总件数}{自有车辆数 + 外车数}$$

（3）空驶率。衡量车辆的利用率。

$$空驶率 = \frac{空车行驶距离}{配送总距离}$$

要减少空驶率，关键是做好回程顺载工作：可从"回收物流"着手，例如容器的回收（啤酒瓶、牛奶瓶），托盘、笼车、拣货周转箱的回收，原材料的再生利用（如废纸板箱）以及退货处理等。

（4）外车比率。评估外车使用数量是否合理。

$$外车比例 = \frac{外车数量}{自有车数量 + 外车数量}$$

一般使用外车的原因是为了应付季节性商品、节假日商品与平日形成的淡旺季供货状况的需求。若季节性商品比例较高，表示配送中心淡旺季出货量的差别很大，应尽量考虑多雇用外车，减少自有车辆数量。若季节性商品的比例很低，表示配送中心的淡旺季出货量差别不大，应选择使用自有车辆来提高配送效率。

（5）配送延误率。这是考核配送的准点率。

$$配送延误率 = \frac{配送延迟车次}{配送总车次}$$

造成配送延迟率过高的原因往往是车辆、设备故障，路况不佳，供应商供货延迟、缺货以及拣货作业延迟。

（七）服务质量评价指标

物流服务质量评价的指标有很多，常见的有：

（1）服务水平。计算公式为：

$$服务水平 = \frac{满足要求次数}{用户要求次数} \times 100\%$$

或用缺货率表示，计算公式为：

$$缺货率 = \frac{缺货次数}{用户要求次数} \times 100\%$$

（2）满足程度。计算公式为：

$$满足程度 = \frac{满足要求数量}{用户要求数量} \times 100\%$$

（3）交货水平。计算公式为：

$$交货水平 = \frac{按交货期交货次数}{总交货次数} \times 100\%$$

（4）交货期质量。计算公式为：

$$交货期质量 = 规定交货期（天） - 实际交货期（天）$$

正为提前交货，负为延迟交货。

（5）商品完好率。计算公式为：

$$商品完好率 = \frac{交货时商品完好量}{物流商品总量} \times 100\%$$

或用缺损率表示，计算公式为：

$$缺损率 = \frac{缺损商品量}{物流商品总量} \times 100\%$$

也可用货损货差赔偿费率表示，计算公式为：

$$货损货差赔偿费率 = \frac{货损货差赔偿费总额}{同期业务收入总额}$$

（八）配送中心经营管理综合评价指标

（1）配送中心坪效。衡量配送中心单位面积（每平方米）的营业收入（产值）。

$$配送中心坪效 = \frac{配送中心产值}{总建筑面积}$$

（2）配送中心生产率。是配送中心实际产出与实际投入的比率，以此可以测量配送中心生产过程满足需求的效率。配送中心运作中可以运用的生产率计算方法主要是：

$$配送中心生产率 = \frac{同时期装运的订单数}{某时期接受的订单数}$$

或

$$配送中心生产率 = \frac{某时期装运的订单数}{每时期装运的平均订单数}$$

（3）人员作业能力。衡量配送中心的人员单产水平。

$$人员作业能力 = \frac{配送中心营业额}{配送中心总人数}$$

（4）直间工比率。衡量配送中心作业人员及管理人员的比率是否合理。

$$直间工比率 = \frac{直接作业人数}{配送中心总人数 - 直接作业人数}$$

改善直间工比率的措施主要是：

1）有效地利用自动化物流机械设备；

2）减少配送中心从业人员,首先考虑削减间接人员,尤其是当直间工比率不高时。

（5）固定资产周转率。衡量配送中心固定资产的运行绩效,评估所投资的资产是否充分发挥效用。

$$固定资产周转率 = \frac{配送中心产值}{配送中心固定资产总额}$$

（6）产出与投入平衡率。判断是否维持低库存量,与零库存的差距多大。

$$产出与投入平衡率 = \frac{进货量}{出货量}$$

产出与投入平衡率是指进出货件数比率。如果想以低库存作为最终目标,且不会发生缺货现象,则产出与投入平衡比率最好控制在1左右,而实现整改目标的关键是要切实做好销售预测。

生产绩效考核指标的运用会由于各个仓库或配送中心服务对象的不同而使管理的重点产生较大的差异。案例3列举的是北京某配送中心的生产绩效考核质量指标,如表9-2所示。

▶ **案例3**

某配送中心生产绩效考核质量指标说明书

表9-2 生产绩效考核质量指标说明书

序号	指标名称	指标定义	达标标准数			计算方法		备注
			A类客户	B类客户	C类客户	按票数	按件数	
1	物品破损率	在集货、配送和仓库管理中总的物品破损率					（集货破损数＋配送破损数＋仓库中破损数）÷总件数×100%	避免同件物品多次记录,收发差错不计在内
2	在途物品破损率	在集货、运输和配送中总的破损率,以票数计算				（集货货损票数＋运输配送货损票数）÷总票数×100%		避免同件物品多次记录,收发差错不计在内

（续表）

序号	指标名称	指标定义	达标标准数			计算方法		备注
			A类客户	B类客户	C类客户	按票数	按件数	
3	物品丢失率	物品在仓储部控制期间丢失的比率					所有的物品丢失件数÷总件数×100%	由于含有仓库内丢失的物品，所以不按票数计算
4	物品收发差错率	在收货和发货过程中，错发、少发和错送物品占总物品的比率				（发错物品票数＋少发物品票数＋错送物品票数）÷总票数×100%	（发错物品件数＋少发物品件数＋错送物品件数）÷总件数×100%	
5	集货延误率	未按照合同约定时间到达指定地点的比率				集货延误票数÷总票数×100%	集货延误件数÷总件数×100%	
6	配送延误率	未按合同约定时间到达指定配送地点的比率				配送延误票数÷总票数×100%	配送延误件数÷总件数×100%	
7	签收率	城际运输、市内配送单据签收的比率				（城际运输签收单数＋市内配送签收单数）÷总票数×100%		
8	签收单返回率	城际、市内运输签收单返回比率				已签收单返回票数÷总票数×100%		返回但未签收按未返回处理
9	通知及时率	到货、货损、延误等信息及时告知率				（1－所有未通知信息数/总信息数）×100%	所有未通知信息＝未通知到货信息次数＋未能预先通知延误信息次数＋未能预先通知货损信息次数（可重复记录），总信息次数是应该通知的信息总数	
10	信息准确率	各部门指标的准确及时的比率				（1－信息失误数/总信息数）×100%	信息含集货、发货、运输商发运、到货、配送信息及跟踪中发现的投诉信息	
11	客户满意度	客户对本公司整体满意比率				满意的客户反馈/所有调查个数×100%	每月定期向客户及收货人进行抽查，随机抽查或重点检查	

第三节　仓库与配送中心绩效管理过程

▶ **案例 4**

某高速列车制造厂配件库的绩效管理

随着我国高速铁路建设进程的加快,高速列车需求量大幅增加。某高速列车制造厂的订单比以往增加了 25%,生产节拍要求由 2 天/辆缩短为 1.5 天/辆。这一变化使该企业配件仓库的拣选备货、送货工作大大增加,每日必须延长工作时间才能完成订单。该仓库经过对拣选备货、送货时间进行分析,发现送货时间变化幅度不大,拣选备货时间延迟是关键问题。然后对拣选备货再深入分析,发现有大约 30% 左右的延迟是由于关联部件储存分散造成的。管理人员遂对库存进行邻接规划,调整货位,很快就消除了加班。

（案例依据相关企业实践编写）

一、绩效管理的基本工具

（一）TOC 理论

约束理论（theory of constrains,TOC）通常称之为最优生产技术 OPT 的软件和技术也属于 TOC 的范畴。TOC 理论就是关于进行改进和如何最好地实施这些改进的一套管理理念和管理原则,可以帮助企业识别出在实现目标的过程中存在着哪些制约因素,TOC 理论称之为"约束"、"瓶颈"或"核心冲突",并进一步指出如何实施必要的改进来——消除这些约束,从而更有效地实现企业目标。在企业生产环境中,所谓"约束"或"瓶颈",指的是实际生产能力小于或等于生产负荷的资源,这一类资源限制了整个企业生产产品的数量,其余的资源则为非约束资源。当仓储或配送需求发生变化时,仓库或配送中心也同样要处理不断出现的诸如仓位不足、拣选或配送延迟、差错率上升等"约束"或"瓶颈"。TOC 找到约束的聚焦五步法如图 9-3 所示。

（二）指标分析

利用绩效考核指标体系的统计数据对指标因素的变动趋势、原因等进行分析是一种比较传统的分析方法,仓库在使用这类方法时,必须注意的问题是:

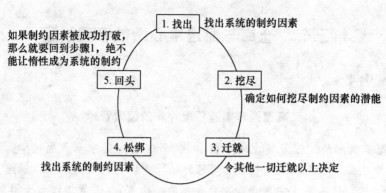

图 9-3　TOC 找到约束的聚焦五步法

第一,指标本身必须是正确的,也就是说统计数据必须准确、可靠,指标计算法正确。

第二,在进行指标比较时,必须注意指标的可比性。

第三,对指标应进行全面的分析,不能以偏概全。

第四,在分析差距、查找原因的过程中,将影响指标变动的因素分类,并在生产技术因素、生产组织因素和经营管理因素中找出主要因素。

第五,一定要正确运用每项指标的计算公式。

1. 对比分析法

对比分析法是将两个或两个以上有内在联系的、可比的指标(或数量)进行对比,从对比中寻差距、查原因。对比分析法是指标分析法中使用最普遍、最简单和最有效的方法。

根据分析问题的需要,主要有以下几种对比方法:

(1) 计划完成情况的对比分析。计划完成情况的对比分析,是将同类指标的实际完成数或预计完成数与计划数进行对比分析,从而反映计划完成的绝对数和程度,然后可以通过帕累托图法、工序图法等进一步分析计划完成或未完成的具体原因。

(2) 纵向动态对比分析。纵向动态对比分析是将仓储的同类有关指标在不同时间上的对比,如本期与基期(或上期)比、与历史平均水平比、与历史最高水平比等。这种对比反映事物的发展方向和速度,表明是增长或是降低,然后再进一步分析产生这样的结果的原因,提出改进措施。

(3) 横向类比分析。横向类比分析是将仓储的有关指标在同一时期相同类型的不同空间条件下的对比分析。类比单位的选择一般是同类企业中的先进企业,它可以是国内的,也可以是国外的。通过横向对比,能够找出差距,采取措施,赶超先进。案例 5 是某配送中心 2003 年成本和费用的对比表,参见表 9-3。

▶ **案例 5**

某配送中心 2003 年成本和费用对比表

表 9-3　2003 年成本和费用对比表　　　　　单位:万元

指标	本期		上年实际	同行先进	差距(增 +)(减 -)		
	实际	计划			比计划	比上年	比先进
仓储总成本							
单位仓储成本							
进出库总成本							
进出库单位成本							
运输总成本							
运输单位成本							
配送总成本							
配送单位成本							
……							

(4) 结构对比分析。结构对比分析是将总体分为不同性质的各部分,而后以部分数值与总体数值之比来反映事物内部构成的情况,一般用百分数表示。例如,在物品保管损失中,我们可以计算分析因保管养护不善造成的霉变残损、丢失短少、不按规定验收、错收错付而发生的损失等各占的比例为多少。(结构对比分析参见帕累托图法)

应用对比分析法进行对比分析时,需要注意以下几点:

首先,要注意所对比的指标或现象之间的可比性。在进行纵向对比时,主要是要考虑指标所包括的范围、内容、计算方法、计量单位、所属时间等相互适应,彼此协调;在进行横向对比时,要考虑对比的单位之间必须是经济职能或经济活动性质、经营规模基本相同,否则就缺乏可比性。

其次,要结合使用各种对比分析方法。每个对比指标只能从一个侧面来反映情况,只作单项指标的对比,会出现片面,有时甚至会得出误导性的分析结果。把有联系的对比指标结合运用,有利于全面、深入地研究分析问题。

最后,还需要正确选择对比的基数。对比基数的选择,应根据不同的分析和目的进行,一般应选择具有代表性的作为基数。如在进行指标的纵向动态对比分析时,应选择企业发展比较稳定的年份作为基数,这样的对比分析才更具有现实意义,否则与过高或过低的年份所作的比较,都达不到预期的目的和效果。

2. 因素分析法

因素分析法是用来分析影响指标变化的各个因素以及它们对指标各自的影响程度。因素分析法的基本做法是,假定影响指标变化的诸因素中,在分析某一因素变动对总指标变动的影响时,假定只有这一个因素在变动,而其余因素都必须是同度量因素(固定因素),然后逐个进行替代,使某一项因素单独变化,从而得到每项因素对该指标的影响程度。

在采用因素分析法时,应注意各因素按合理的顺序排列,并注意前后因素要按合乎逻辑的衔接原则处理。如果顺序改变,各因素变动影响程度之积(或之和)虽仍等于总指标的变动数,但各因素的影响值就会发生变化,得出不同的答案。案例6是某仓库4月份柴油消耗情况分析,参见表9-4。

▶ **案例6**

某仓库4月份柴油消耗情况分析

表 9-4　某仓库 4 月份柴油消耗情况分析表

指标	计划	实际	差数
装卸作业量(吨)	300	350	+50
柴油单位消耗量(升/吨)	0.9	0.85	-0.05
柴油单价(元/升)	5.29	5.42	+0.13
柴油消耗额(元)	1 428.3	1 612.45	+184.15

装卸作业量变化使柴油消耗额变化:$+50 \times 0.9 \times 5.29 = +238.05$(元)

单位消耗量变化使柴油消耗额变化:$-0.05 \times 350 \times 5.29 = -92.575$(元)

柴油单价变化使柴油消耗额变化:$+0.13 \times 350 \times 0.85 = +38.675$(元)

合计:$+184.15$(元)

3. 平衡分析法

平衡分析法是利用各项具有平衡关系的经济指标之间的依存情况来测定各项指标对经济指标变动的影响程度的一种分析方法。案例7是B企业仓储部 2007 年进、出、存情况分析,见表 9-5。

▶ **案例 7**

B 企业仓储部 2007 年进、出、存情况分析

表 9-5　2007 年 B 企业库存总量及进出库总量情况分析表　　　单位:吨

指标	计划	实际	差额(±)
年初库存	2 000	2 300	+ 300
全年进库	24 000	25 000	+ 1 000
全年出库	22 500	26 700	+ 4 200
年末库存	3 500	600	− 600

在此平衡分析表的基础上,进一步分析各项差额产生的原因和在该年度内产生的影响(正反两方面都有)。

4. 帕累托图法

帕累托图法是基于 19 世纪经济学家维尔弗雷多·帕累托(Vilfredo Pareto)的工作而形成的。帕累托图法虽然简单,却能找到问题及其解决的途径。案例 8 是一家生产企业通过帕累托图法找到产品缺陷的主要原因的案例,仓库也可以通过这种方法寻找影响仓库服务质量或作业效率等方面的主要原因。参阅案例 9。

▶ **案例 8**

酒杯缺陷的帕累托图分析

卡斯特姆酒杯制造公司从某日生产出现的 75 个缺陷产品中采集有关数据,数据表明 75 个缺陷中划痕 61 个、小孔 5 个、缺口 4 个、玷污 3 个和杂质 2 个,帕累托图(图 9-4)明确显示 80% 的缺陷是由划痕这一个原因造成的。一旦主要原因找到并加以纠正,大部分的缺陷就可以消除了。

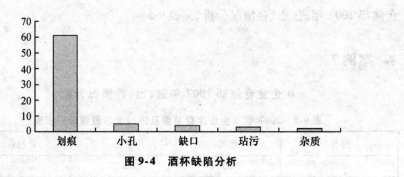

图 9-4　酒杯缺陷分析

▶ **案例 9**

配送延迟原因的帕累托分析

　　某配送中心全年共发生 40 次配送延迟,其中配送车辆不足造成 27 次,备货人员不熟练造成 7 次,货主单据传输有误造成 4 次,卡车司机私自改变路线造成 2 次。帕累托图(图 9-5)显示 67% 的延迟是由配送车辆不足造成的,因此,该配送中心重点要加强与配送部的协调工作,其次要加强职工的业务培训,与货主建立更快捷的通信联系,加强对卡车司机的监督和奖惩。

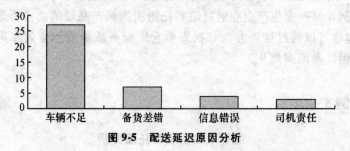

图 9-5　配送延迟原因分析

（三）程序分析

　　程序分析使人们懂得流程如何开展工作,以便找出改进的方法。仓库与配送中心的生产就是一个比较典型的流程控制过程,所以,这些方法非常适合于在仓库绩效管理中使用。

　　(1) 工序图法。工序图法(process charts)是一种通过一件产品或服务的形成过程来帮助理解工序的分析方法,用工序流程图标示出各步骤以及各步骤之间的关系。

仓库与配送中心可以在指标对比分析的基础上,运用这种方法进行整个仓储流程或某个作业环节的分析,将其中主要问题分离出来,并进行进一步分析。例如经过对比分析发现物品验收时间出现增加的情况,那么就可以运用工序图法,对验收流程:验收准备—核对凭证—实物检验—入库堆码上架登账进行分析,以确定导致验收时间增加的主要问题出现在哪一个环节上,然后采取相应措施。

工序图分析可以应用标准的图示符号来进行,美国机械工程师学会(ASME)的标准工序符号为:○代表操作,⇩ 代表运输,□代表检验,⊃代表延误,▽代表储存等。

(2) 因果分析图法。因果分析图法(cause-and-effect diagram)也叫石川图(Ishikawa diagram)或鱼刺图 (fish-bone chart),每根鱼刺代表一个可能的差错原因,一张鱼刺图可以反映企业或仓储部质量管理中的所有问题。因果分析图可以从物料(material)、机器设备(machinery)、人员(manpower)和方法(methods)4 个方面进行,这 4 个"M"即为原因。4M 为开始分析提供了一个好的框架,系统地将此深入进行下去,很容易找出可能的质量问题,可设立相应的检验点进行重点管理。例如一些客户对仓库服务的满意度下降,那么仓库管理部门可以在以上 4 个方面分析原因,以便改进服务体系,如图 9-6 所示。参阅案例 10。

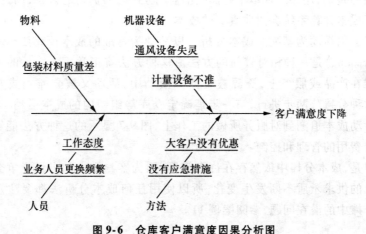

图 9-6 仓库客户满意度因果分析图

▶ **案例 10**

因果分析使关键因素"浮出水面"

　　某物流公司与某客户签订了仓储和配送合同,合同中规定仓库有责任为客户的市场推广策略提供支持。某日,仓库向外埠配送,将货主计划近期只在 B 地区销售的品种发送至异地,从而打乱了货主的整个营销策略,使货主不得已临时改变营销计划,预期利润目标不能实现。根据合同中的有关条款,该物流公司将赔付高达 10 万元的罚款,后经与货主进行交涉,货主做出较大让步。该物流公司仓储部由此对曾经发生过的类似出库错误和产生的影响进行分析,结果显示人员素质低和进出库复核制度不健全是导致发生差错的主要原因,需要加强岗位培训,健全复核制度。

　　(案例依据企业实践编写)

　　(四)成本分析

　　(1)传统的成本分析。在传统的仓库成本分析中,经常采用的方法是把成本总金额分摊到客户或渠道的重量数上,但实际上,客户或渠道上库存的物品通常并不按金额或重量数的比例消耗仓储资源,例如仓库中经常有从低价值到高价值的物品混存的情况,仓库接受、存储和发送物品时不仅有价值方面的差别,还会出现单个物品、托盘货物到大宗货物的差别,因此,传统的仓库成本计算系统会扭曲真实的成本。

　　(2)以活动为基准的成本分析。以活动为基准的成本计算法(Activity-based costing)是一种相对较新的方法。这种方法将正常成本之外的成本直接分摊在产品或服务上,资源被分摊到活动中,活动又被分摊到成本对象上。这种分摊分两步进行,第一步是确定仓库等组织内的成本活动,第二步是将活动成本追溯到对服务所做的工作上,图 9-7 显示的这种方法能够提高对间接费用的管理和控制。

　　但是,成本分摊中依然存在许多问题,因为客户需求和市场竞争会使物流资源的供求矛盾不断发生变化,所以使用任何成本分析法都要注意那些成本分摊中的潜在问题,参阅案例 11。

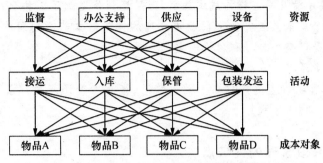

图 9-7　基于仓库生产活动的成本分摊

▶ **案例11**

仓库成本分摊的潜在隐患

　　绝大多数的物流成本核算系统还处于初级阶段，并且严重依赖于成本分摊来决定每部分（包括产品、客户、区域、部门或岗位）的绩效。D公司所使用的分摊方法导致了错误的决策，并使公司的利润遭受损失。

　　D公司是一个多部门的企业，主要生产和销售高利润的药物产品以及包装物。这个公司在许多地方拥有现场仓库，由公司员工管理。这些带有温控的仓库是为药品设计的，要求的安全和管理技能远远超过包装物产品的储存要求。为了充分利用这些仓库设备，公司鼓励非药品部门将他们的产品储存在这些仓库里。运营这些仓库的费用大部分是固定的，但如果产量增加就需要增加额外的工作人员或加班。这个公司的政策是把成本按照在仓库中的占地面积来分摊，药品仓储的要求使得这个费用相对很高。此外，公司各个部门是在分散的利润中心的基础上管理的。

　　一个经营相对笨重、价值较低的消费品的部门副总裁认识到，类似的服务能够以更便宜的价格在公共仓储服务中获得。他将本地区的产品从公司的仓库中撤出，开始采用公共仓库来储存产品。尽管公司配送中心仓库的处理和储存的货物量大大减少了，但节约的成本却很小，这是因为这些设施的固定成本比例太高了，几乎同样的成本额被分摊到了更少的使用者头上，使得其他部门也开始使用公共仓库来降低成本。结果，整个公司的仓储成本不是减少了，而是增加了。

　　公司的仓储成本是固定的，所以无论仓库是空的还是满的，都不能大幅度改变成本。当非药物产品转移到公共仓库去时，公司为其而建设的仓库设施依旧要承受几乎一样的成本总额,而且还额外增加了公共仓库的成本。实际上,这个成本系统促使部门物流经理的行为以本部门利润的最大化为原则,而不是以整个公司利润的最大化为原则。因而,整个公司的成本增加了,利润减少了。

（案例选自〔美〕道格拉斯·兰伯特著,张文杰等译,《物流管理》,电子工业出版社2003年版）

二、绩效管理的突破点

从物流服务质量、生产效率和程序效率等方面的测定考核入手,可以有效地促进仓库绩效的提高。

（一）服务质量

服务质量的测定考核可以通过识别、追踪、消除仓库作业流程中不稳定、不合理的问题和环节,整合流程以降低不确定因素的干扰和影响来实现。

要测定考核仓库服务质量,提高服务水平,可以采用以下方式来进行:

首先,通过结果观察仓库现有服务质量,要回答"目前做得怎样?"等问题;其次,通过诊断进一步观察服务低于(或高于)目标的原因;最后,通过产生的影响追溯服务质量的直接成本和间接成本。参阅案例12。

▶ <u>**案例12**</u>

测定某仓库订单处理的准确性与完整性

■结果:已完成订单比例:

- 准确的库存
- 容许限度内的正确数值

■诊断:计算订单装运前没有完成的比例,给出原因:

- 订单输入错误
- 产品尚未生产
- 库存数量不足
- 在仓库中找不到物品
- 承运机械空间不足
- 标签或记录错误

- 发运错误

■影响:不准确或不完整订单的成本:

- 被拒绝或取消订单的价值
- 处理退货的成本
- 多余的分销成本
- 多余库存资金占用

（二）生产效率

生产效率是实际产出与实际投入的比率,以此可以测定仓库或配送中心生产过程满足需求的效率。

提高生产效率可以采取三种途径:

（1）重新设计程序。程序的选择在很大程度上决定了生产率水平,仓库或配送中心库房可以在现有设计内进行某些调整,例如重新分配库房的空间。但是,重新设计会导致用于改装设备和重新分配或培训人员的支出增大。

（2）更好地利用现有资源。许多仓库或配送中心库房的设计都远远大于需求,当一个设计存储 20 000 个托盘的库房中,实际只能最多存放 10 000 个托盘时,多余空间的成本必须分摊到这些物品上去,从而使每一个通过库房的物品的成本增加。因此,要使库容量更好地得到利用,计划非常关键,库房空间管理追求的是满库存的目标。

（3）致力改进问题突出的工作环节。在一些仓库或配送中心中,某些工作环节的绩效常常总是与目标相去甚远,例如分拣差错、包装破损等情况,管理者就需要致力分析这些情况出现的原因,以提高执行者的生产率。

（三）程序效率

程序效率也是一种测定考核内部顾客服务的方法,在仓库或配送中心绩效管理中运用广泛。只要有形产品或信息从一个人或部门传到另一个人或部门,接受者就是内部顾客。这种供应商与内部顾客之间的关系很重要,它会直接影响公司对最终顾客的服务。内部服务失败发生的越多,外部或最终顾客看到这种绩效为劣质服务的可能性就越大。因此,运用程序分析工具既能巩固物流程序满足顾客需求的效力（物流的服务质量方面）,又能提高程序的效率（物流的生产率方面）,最终结果是顾客将得到更超值的服务。

本章小结

像其他企业或部门的经理一样,仓库或配送中心经理必须时刻寻找改进具体操作的方法。在对指标、程序、成本的分析过程中,仓库或配送中心经理应该找到提升仓库或配送中心竞争能力的途径。要想使仓库能够不断获得最终顾客认同,服务质量、生产率和程序效率必须适当。但是,程序会很难改变,仓库或配送中心经理必须明确并消除可能减缓或阻碍改进仓库或配送中心物流活动的任何障碍。

思考题

1. 你认为自用型仓库或配送中心的绩效评价体系应该如何构建?
2. 你认为营业型(公用型)仓库或配送中心的绩效与哪些因素相关?
3. 仓库或配送中心经理怎样才能提高生产率水平?
4. 调查一家仓库或配送中心并完成对其绩效状况的简单分析和评价。
5. 仓库或配送中心采用以活动为基础的成本计算法有哪些好处?
6. 仓库或配送中心服务质量应如何提高?应采取哪些措施实现改进?
7. 哪些问题可能阻碍管理层改进物流绩效?

附　　录

附录1　仓库保管合同范本

订立合同双方：

保管方：

存货方：

保管方和存货方依据委托储存计划和仓储容量的情况,双方协商一致,签订本合同,共同信守。

第一条　储存货物的名称、规格、数量、质量：

1. 货物名称：

2. 品种规格：

3. 数量：

4. 质量：

5. 货物包装：

或者采用如下表格：

编号	包装	货物名称	品种规格	数量	质量

第二条　货物包装：

1. 存货方负责货物的包装,包装标准按国家或专业标准规定执行,没有以上标准的,在保证运输和储存安全的前提下,由合同当事人议定；

2. 包装不符合国家或合同规定,造成货物损坏、变质的,由存货方负责。

第三条　保管方法：根据有关规定进行保管,或者根据双方协商方法进行保管。

第四条　保管期限：从　　年　月　日起至　　年　月　日止。

第五条　验收项目和验收方法：

1. 存货方应当向保管方提供必要的货物验收资料,如未提供必要的货物验收资料或提供的资料不齐全、不及时,所造成的验收差错及延误索赔期或者发生货物品种、数量、质量不符合合同规定时,保管方不承担赔偿责任。

2. 保管方应按照合同规定的包装外观、货物品种、数量和质量,对入库货物进行验收,如果发现入库货物与合同规定不符,应及时通知存货方。保管方未按规定的项目、方法和期限验收,或验收不准确而造成的实际经济损失,由保管方负责。

3. 验收期限:国内货物不超过 10 天,国外到货不超过 30 天。超过验收期限所造成的损失由保管方负责。货物验收期限,是指货物和验收资料全部送达保管方之日起,至验收报告送出之日止。日期均以运输或邮电部门的戳记或直接送达的签收日期为准。

第六条 入库和出库的手续:按照有关入库、出库的规定办理,如无规定,按双方协议办理。入库和出库时,双方代表或经办人都应在场,检验后的记录要由双方代表或经办人签字。该记录应视为合同的有效组成部分,当事人双方各保存一份。

第七条 损耗标准和损耗处理:按照有关损耗标准和损耗处理的规定办理,如无规定,按双方协议办理。

第八条 费用负担、计算办法:_____
_____
_____。

第九条 违约责任:

一、保管方的责任

1. 由于保管方的责任,造成退仓或不能入库时,应按合同规定赔偿存货方运费和支付违约金。

2. 对危险物品和易腐货物,不按规程操作或妥善保管,造成毁损的,负责赔偿损失。

3. 货物在储存期间,由于保管不善而发生货物灭失、短少、变质、污染、损坏的,负责赔偿损失。如属包装不符合合同规定或超过有效储存期而造成货物损坏、变质的,不负赔偿责任。

4. 由保管方负责发运的货物,不能按期发货,赔偿存货方逾期交货的损失;错发到货地点,除按合同规定无偿运到规定的到货地点外,并赔偿存货方因此而造成的实际损失。

二、存货方的责任

1. 易燃、易爆、有毒等危险物品和易腐物品,必须在合同中注明,并提供必要资料,否则造成货物毁损或人身伤亡,由存货方承担赔偿责任直至由司法机关追究刑事责任。

2. 存货方不能按期存货,应偿付保管方的损失。

3. 超议定储存量储存或逾期不提时,除缴纳保管费外,还应偿付违约金。

三、违约金和赔偿方法

1. 违反货物入库计划的执行和货物出库的规定,当事人必须向对方缴付违约金。违约金的数额,为违约所涉及的那一部分货物的 3 个月保管费(或租金)或 3 倍的劳务费。

2. 因违约使对方遭受经济损失时,如违约金不足以抵偿实际损失,还应以赔偿金的形式补偿其差额部分。

3. 前述违约行为,给对方造成损失的,一律赔偿实际损失。

4. 赔偿货物的损失,一律按照进货价或国家批准调整后的价格计算;有残值的,应扣除其残值部分或残件归还赔偿方,不负责赔偿实物。

第十条　由于不能预见并且对其发生和后果不能防止或避免的不可抗力事故,致使直接影响合同的履行或者不能按约定的条件履行时,遇有不可抗力事故的一方,应立即将事故情况电报通知对方,并应在数天内,提供事故详情及合同不能履行,或者部分不能履行,或者需要延期履行的理由的有效证明文件,此项证明文件应由事故发生地区的公证机构出具。按照事故对履行合同影响的程度,由双方协商决定是否解除合同,或者部分免除履行合同的责任,或者延期履行合同。

第十一条　其他:

保管方:　　　　　　　　　　存货方:

代表人:　　　　　　　　　　代表人:

地址:　　　　　　　　　　　地址:

开户银行:　　　　　　　　　开户银行:

账号:　　　　　　　　　　　账号:

邮编:　　　　　　　　　　　邮编:

附录 2

货物验收单

到货时间	年　月　日		厂商名称		合同订购数	
货号					交货数	
订单名称			品名规格		点收数	
运单号码					实收数	
检验项目	检验规范		检验状况		数量	判定
检验数量			不良数		不良率	
处理情况	允收		拒收		抽验	全验
备注		仓库主管		理货员	质量员	计量员	复核员

附录 3

库存管理明细表

订购										进货			出货				抵押		摘要
月	日	订单编号	订购数	交货日	交货数	验收数	合格数	不合格数	未交货余额	月／日	订单号码	数量	月／日	订单号码	数量	库存数	月／日	结余	

附录4

库存量计划表

货物名称	每月用量	平均每日用量	每日最高用量	订货点数量	交货日期	订货数量	最高库存	平均库存	可用日数	备注

附录5

库存供需分析表

月至 月 　　　　　　　　　　　　　　　　　　　　　　　　页次：

货物名称	规格	单位	供应状况				基本库存						供需措施				备注
			库存	已订	未订	合计	月份	月份	月份	月份	月份	合计	增购数量	催交数量	缓交数量	减购数量	紧急采购	

附录6

进货日报表

					年　月　日		
编号	货号	品名规格	供应商	数量	消单	备注

附录7

进货月报表

供应商编号	供应商	日计		月计			余额		
		进货净额	收支金额	进货金额	进货退货折让金额	净进货金额	余购金额	未结清票据金额	总债务余额

附录 8

送货日报表

送货者姓名：　　　　　　　　　　　　　　　　　　　　　　　年　月　日

	行程	配送数量	交货金额	实收金额	配送总金额	现金	应收账款	收款数量	收款率	出发时间	回公司时间	行程时间	出发前公里数	回公司公里数	行程里数	耗油量
上午																
下午																
合计																

报告事项（客户反应）
1. 对本公司的意见
2. 商品方面
3. 单价方面
4. 对于销售的要求
5. 其他

附录 9

库存缺货日报表（据此进行补货）

编号　　　　　　　　　　　　　　　　　　　　　　　　　　年　月　日

货物号码	品名	规格尺寸	数量	进货日期	摘要

附录 10

客户销货、进货、库存月报表

客户名称：　　　　　　　　　　　　　　　　　　　　　　　年　月　日

客户	库存代号	品名	期初库存		本月进货		本月销货		期末库存		周转率	备注
			数量	金额	数量	金额	数量	金额	数量	金额		

参考书目

① 〔美〕戴维·J.布隆伯格等著,雷震甲等译:《综合物流管理入门》,机械工业出版社 2003 年版。

② 林立千:《设施规划与物流中心设计》,清华大学出版社 2003 年版。

③ 罗鸿编著:《ERP 原理、设计、实施》,电子工业出版社 2003 年版。

④ 李永生、郑文岭:《仓储与配送管理》,机械工业出版社 2003 年版。

⑤ 中华人民共和国国家标准《建筑设计防火规范》GBJ16-87,中国计划出版社 2002 年版。

⑥ 〔美〕Ronald.H.Ballou 等著,王晓东等译:《企业物流管理》,机械工业出版社 2002 年版。

⑦ 〔美〕肯特·N.卡丁等著,綦建红等译:《全球物流管理》,人民邮电出版社 2002 年版。

⑧ 俞仲文、陈代芬:《物流配送技术与实务》,人民交通出版社 2002 年版。

⑨ 周全申:《现代物流技术与装备实务》,中国物资出版社 2002 年版。

⑩ 丁立言、张铎:《仓储规划与技术》,清华大学出版社 2002 年版。

⑪ 窦志铭:《物流商品养护技术》,人民交通出版社 2002 年版。

⑫ GB/T18354-2001《物流术语》,标准出版社 2002 年版。

⑬ 郑功成:《财产保险》,中国金融出版社 2002 年版。

⑭ GB/T28001-2001《职业健康安全管理体系规范》,国家标准化管理委员会 2001 年版。

⑮ 〔美〕唐纳德·J.鲍尔索克斯等著,林国龙等译:《物流管理》,机械工业出版社 2000 年版。

⑯ 熊启才:《集装单元运输标准应用指南》,中国标准出版社 2000 年版。

⑰ 〔美〕杰伊·海泽等著,潘洁夫等译:《生产与作业管理教程》,华夏出版社 1999 年版。

⑱ 王玲、罗泽涛等编著:《现代企业后勤学》,经济科学出版社 1999 年版。

⑲ 陈梅君:《物资仓储管理》,中国物资出版社 1992 年版。

⑳ 李振:《仓储管理》,中国铁道出版社 1987 年版。

㉑ 崔介何:《物流学》,北京大学出版社 2003 年版。

教师反馈及课件申请表

　　北京大学出版社以"教材优先、学术为本、创建一流"为目标，主要为广大高等院校师生服务。为更有针对性地为广大教师服务，提升教学质量，在您确认将本书作为指定教材后，请您填好以下表格并经系主任签字盖章后寄回，我们将免费向您提供相应教学课件。

书号/书名	
所需要的教学资料	教学课件
您的姓名	
系	
院/校	
您所讲授的课程名称	
每学期学生人数	_____ 人　　_____年级　　学时
您目前采用的教材	作者：_____　出版社：_____ 书名：_____
您准备何时用此书授课	
您的联系地址	
邮政编码	联系电话（必填）
E-mail（必填）	
您对本书的建议：	系主任签字 盖章

我们的联系方式：

北京大学出版社经济与管理图书事业部

北京市海淀区成府路 205 号，100871

联系人：石会敏

电　话：010-62767312 / 62752926

传　真：010-62556201

电子邮件：shm@pup.pku.edu.cn　em@pup.pku.edu.cn

网　址：http://www.pup.cn